岩佐又兵衛

浮世絵をつくった男

小室千鶴子

郁朋社

岩佐又兵衛　――浮世絵をつくった男――／目次

第二章　北ノ庄　125

第三章　江戸――282

カバー画像：「山中常盤物語絵巻」ＭＯＡ美術館所蔵

岩佐又兵衛

——浮世絵をつくった男——

序章　有岡城炎上　天正七年十月

有岡城が、火を噴いている。

織田軍に内通した城内の兵が、火を放ったのだ。

天正七年（一五七九）十月十五日亥の刻（午後十時頃）のこと、それを合図とばかりに、有岡城の城壁の周囲をびっしりと包囲した五万の織田信長の軍勢が、喊声《かんせい》をあげて、怒涛《どとう》のように城内に突入した。

摂津の有岡城主荒木村重《むらしげ》が突如、中国攻めの大将羽柴秀吉の戦線から離脱、主君の織田信長に叛旗をひるがえし、城にたてこもってから、およそ一年ばかりが経っていた。

だが城づくりの鬼才、村重が大改築した有岡城は、織田軍の猛攻にも容易に落ちなかった。

激怒した織田信長は、交通を遮断、兵糧攻めの作戦にでた。

二重、三重に堀をほりたて、櫓を築いて柵を付け、前に前にと兵をすすめ鉄砲をうちかけた。有岡城の周囲には砦が築かれ、戦線は有馬から山崎まで広範囲におよび、長期化の様相をおびてきた。

それもこの夜の攻撃で、まずは総構えの城内の侍屋敷が焼きはらわれ、百姓家、町人らの住まいのことごとくに火が放たれ、またたくまに城は丸裸にされてしまった。

月のない漆黒の闇に火柱が立ちのぼり、城内は敵、味方入り乱れての混戦となった。

荒木村重、重臣らの一族妻妾子らが、悲鳴をあげてどっと二の丸御殿に逃れる。それも織田軍のすばやい追撃で、二の丸から、空堀をへだてた本丸御殿に、おしこめられてしまった。

もはやこれまでと、降伏の使者が、白旗をかかげて、あわただしく織田陣営に馬を飛ばす。

本丸御殿では泣き叫ぶ女房、子らのなかで、ひとり静かに両手をあわせていた若くて美貌の側室が、きっと面をあげるや、かたわらの赤子を抱いた乳母に、すばやく合図した。

「いまじゃ、和子を連れて城をおちよ。京の、本願寺に、お助けを請うのじゃ」

乳母ははっと身震いすると、立ちあがった。

腕にかき抱いた赤子に頭巾をかぶせ、もうもうと立ちこめる黒煙のなか、忽然《こつぜん》と姿を消した。

織田軍の精鋭が本丸におどりこんだのは、その直後のことである。

第一章　京の都

一　三条河原の惨劇

いつもなら見物客でにぎわう四条河原がやけに閑散としている。なかでもひときわ大きく板囲いで建てられた阿国《おくに》歌舞伎の小屋まで閉まったままなのはみょうだ。

名物ともなった「天下一」ののぼりもはためいていない。

岩佐又兵衛《いわさまたべえ》はがっくり肩をおとした。かれは十八歳の若さにふさわしく、今風の傾《かぶ》き者らしい派手な小袖に袖なしの絆纏《ぺす》をはおり、ビロウドの細帯を腰に巻き、長刀を落とし差しにしている。おまけに胸には細紐でつるした水晶の南蛮念珠《ろざりお》をぶらさげ、いまも手でじゃらじゃら鳴らしながら、未練気に木戸口をにらみつけている。

せっかくの非番の日、北野の織田信雄《おだのぶかつ》の屋敷をぬけだし、流行りのかぶき踊りを見るのを楽しみにやって来たのに、とんだ拍子ぬけだ。やけくそに小石を蹴飛ばすと、蒸し風呂のように泡だった鴨川の浅瀬にはじかれた。まったく、この夏の暑さは異常だ。世の中なにもかもが暑苦しくてかなわん。

又兵衛がなおも立ち去りかねていると、不意に小屋の木戸があいて、なじみの呼子の老人が前歯の欠けた口を開けてニタニタ笑いながら近寄ってきた。

「こりゃ又兵衛の若さま、今日はあきまへん。なんせ三条河原にぎょうさんな見世物がでますんで、お玉もそっちにいっておりやす」

又兵衛はしかめっ面でぺっと唾を吐くと大股で歩きだした。気がついたら三条の橋にたどりついていた。その頃には噂を聞きつけたおびただしい見物人が橋の上下、周囲をとりまいて身動きできないありさまだった。やっとのことで橋の上にのぼり欄干から見おろすと、河原には二十間四方もある大きな穴が掘られて、土が東側に盛りあげられている。その周囲には鹿垣《ししがき》が結いまわされて、物見高い群衆が押し合いへし合い鈴なりにひしめきあっていた。又兵衛は人の群れにもまれながら、河原に降り立った。遠巻きに騒ぎたてる群衆の背後から眼をこらすと、土盛りの上に黒い塊が見えた。

「これで枕を高くして眠れるわ」

「ほんま、鉄砲で狙い撃ちされることも、刀で試し切りにあうこともあらしまへん」

黒い塊はどうやら殺生関白の悪名をとった前関白の豊臣秀次の首らしい。血糊《ちのり》は拭ってあるものの、真夏の暑さに変色して、ただ紫の肉の塊が剥きだしにされている。

まもなく豪華な車が列をなして到着すると、見物人の間から頓狂《とんきょう》な声があがった。

「きたぞ、聚楽第《じゅらくだい》から連れてこられはったんや」

真っ先に引きずりだされたのは、前関白の正妻なのか、静かに河原に降り立つと、血の気のうせた青白い頬にほつれ毛をはりつかせたまま、塚の上の夫に手をあわせている。

そのとき又兵衛の背後から悲鳴のような声があがった。

「あれは！　関白さまの奥方、一の台さまではないか、菊亭右大臣のご息女じゃ」

又兵衛がふりむくと、いつの間にきたのか小姓仲間の二条道平《みちひら》が、萌黄《もえぎ》色の水干《すいかん》に葛袴《くずばかま》といった装束で、あんぐり口をあけて茫然と突っ立っていた。道平は十二歳で公家の両親にあいついで死なれ、こまっていたところ、門流の二条昭実《あきざね》の縁で信雄の小姓になった変わり者で、年も又兵衛と同じだった。

一の台さまにつづいて他の妾たちが車から引きずりだされた。だれもみな恐怖のあまりすくんで、ひとりでは車から降りることもおぼつかない。獄卒どもがそれを無理やり引っ張りだして河原にうっちゃる。おどろいたことに愛妾たちの中には、十二、三の姫君から六十に手の届く老女までがいて、いずれの女もこれが死出の旅路とばかりぜいたくに着飾って、世にも美しく見えた。奉行の石田三成が増田長盛《ましたながもり》に眼で合図すると、白刃をぬいた獄卒が走りよって、まず三人の若公を抱きかかえ、斬り捨てては穴にほうりこむ。続いて泣き叫び逃げだそうとする女たちの衿髪をつかんで滅多斬りにし、これも穴に蹴落《けお》とす。

こうして三十九人の女たちがことごとく処刑されると、鹿垣のまわりの見物人もあまりの惨さに、息をつめたまま茫然と立ちつくしていた。

暑い陽射しが河原を照りかえしている。鴨川は流れをせき止めたように濁って異臭を放っていた。又兵衛は胸くそが悪くなった。なおも物見高くとりまく群衆の群れをかきわけ、汗だくになりながら、やっとのことで三条の橋にあがった。

三条の橋はごった返していた。前に進もうにも大勢の人がひしめいて、うかつに立ちどまれば転倒しそうなありさまで、おまけに真夏の熱い陽ざしが真っ直ぐ頭上からさしこんで、中には気を失いかけて倒れそうな女もいて、そのつど群衆の中から悲鳴があがった。

(ふん、とんだ茶番だ)やっぱり見に来なければよかった、こんな見世物じみた処刑、所詮太閤となった秀吉と、甥の前関白秀次の権力争いでしかない。その腹いせに罪もない秀次の一族をなで斬りにしたのだ。

それにしても暑い、又兵衛はやけに高く澄んだ青空をいまいましく見あげる。すると、さっきの光景がみょうにべたべた肌にまとわりついて、遠いむかし、かくまわれていた本願寺の支院で、乳母からさんざん聞かされた悪夢のような話が、記憶のふちから立ちのぼってきた。息苦しさにあやうく嘔吐しかかる。脇を歩いていた道平が顔をのぞきこむ。

「又兵衛、だいじょうぶか?」

「なに、大事ない」

又兵衛は蒼ざめた顔を傲然とあげると、肩をゆさって歩きだした。

「しかし太閤殿下もむごいことをなさる。前関白豊臣秀次とて自分の甥ではないか。関白の座を譲ったのも豊臣家に跡継ぎがいなかったため、それが側室淀殿に男子ができたからといって、殺生関白などあらぬ疑いをかけ罪におとしめ、あげく妻妾、子らの首まで斬らせるとはのう」

思わずため息をはく道平をしり目に、又兵衛はなおもこわばった表情のまま、むっつりと歩いている。その蒼ざめた横顔を見て、道平がはっとしたように頭をかいた。

「又兵衛、いやなこと思いださせた、すまん」

だが又兵衛にはそれすら聞こえていないのか、口をきっと結んで宙をにらみつけている。その背後からは、町衆らしい男たちの興奮した話し声が、いやでも耳に飛びこんでくる。

「いや、むごたらしゅうてあきまへん。けどぞくぞくしましたがな」

「そりゃめったに見られんものですがや、高貴なお公家の姫さんが、着物を剥《は》がれて真っ白い肌でふるえていなさる。まったく殺さなあかんとは、もったいのうてあきまへん」

「ほな、二条柳町までいかなあきまへんわな、まっ、体の芯がうずいて、火照って、ここは遊女でも湯女でもかましまへん」

「そや、これから柳町までくりだしまひょ」

笑いと歓声がどっとおこって、男たちがどやどやと歩きだした。そのひょうしに背中をいやっというほど小突かれた道平は、ろこつに眉をしかめて、ぷりぷりしながら毒づいた。

「まったく、あさましい連中だ。菊亭右大臣のご息女一の台さまの首がころげても、女を漁《あさ》りにいくことしか考えられんのか」


ようやく橋を渡りきったとき、突然、男のだみ声がした。

「無礼者！　武士の刀を何と心得る」

見ると、たったいますれ違ったばかりの鼻先がやけに赤い牢人者が、又兵衛をにらみつけている。よれよれの朽葉色の着流しは垢じみて、てかてか光っている。

「どうかなされたか？」

「どうもこうもない。武士の刀に鞘あてするとは、武士の風上にもおけぬやつだ。謝れ！」

どうやら腰の刀がさわったと因縁をつけ、あわよくば何がしの酒代ぐらいふんだくろうとの魂胆がミエミエだ。又兵衛は黙ってやりすごすと歩きだした。

「待て！　名を名のれ。橋を渡った先でイザ尋常に勝負せよ」

ひげづらも負けてはいない。ますます大声でわめき、酒臭い息をはきかける。

「何をひとりで怒っておる。だいいちわしは貴殿の刀などに触れてはおらんぞ」

うんざり顔で又兵衛が言うと、ひげづらはますます顔を真っ赤に、どなりだした。

「言い訳するとはますますもって卑怯な。こうなったら性根をたたき直してやる」

騒ぎを聞きつけた群衆が、さっと潮が引くように又兵衛らのまわりをとりまいた。こうなるとひげづらはますます勢いづいた。

「さて若造たち、詫びをいれるなら今のうちだ。だがわしとて蒲生氏郷《がもううじさと》どのに仕えた武士だ。真剣勝負だとて、まさか命まで奪う非道はしたくない。せいぜい腕や足の一本ばかり使えなくするだけで許してしんぜる」

「嘘をつくな。蒲生どのの家来だと！　まこと蒲生どのならおぬしのような外道を家来にはされぬわ」

又兵衛は腹の底から唸るようにわめいた。

たった今見た処刑の惨たらしさに辟易《へきえき》していたところに、よりによって蒲生の名を語る輩《やから》に出会った。こうなったら相手をぶちのめすしか、腹の虫がおさまらない。

「なに！」男がすかさず刀の鞘を捨てた。

又兵衛もつられて刀をぬいた。その時である。

「待たれよ、その勝負わしが預かった」

群衆の中から一人の男がすすみでた。身の丈六尺はある長身で、萌葱《もえぎ》の小袖に裁着袴《たつつけばかま》、頬骨が高く顎ががっしりした風貌だが、総髪を後ろでたばねて赤い組紐で結んでいる。何とも武士らしからぬ風体だが、腰には長刀を差している。

「故あって亡き蒲生氏郷どのには恩義がござる。ご貴殿がまこと蒲生どののご家来とあらば、黙って見過ごすわけにはまいらぬ。してご貴殿の名は？」

鋭い一瞥をくれると、はたしてひげづらは真っ青になり、たじたじと後じさりした。

まさか蒲生氏郷を知る人物にでくわすとは、思ってもみなかったのか、名前も名のらず、ほうほうのていで群衆の中に逃げこんだ。かたずをのんで見守っていた群衆のなかから、どよめきと歓声があがった。又兵衛はつかつかと男に近づくと深々と頭を下げた。

「これは危ういところを助けていただき恐縮でござる。手前、岩佐又兵衛と申す」

「岩佐、又兵衛どの？　……もしやお父上は有岡城主の荒木村重さまでございますか？」

「いかにも、だがご貴殿は？」

「はっ！　若さま、これは、ご無礼申しました」

男は飛びあがってその場にひれ伏すと、押し殺したような声でうめくように言った。

「私は狩野内膳重郷《かのうないぜんしげさと》と申します。父は、かつて有岡城主荒木村重さまにお仕えした一庵重光と申しまする」

「今なんと申した？」

「はっ、若さま、ようご無事で」

内膳と名のった男はそれだけ言うと、にわかに絶句し、あふれる涙を手の甲でぬぐうと、

「有岡城落城の際、乳母どのに抱かれて無事城を逃れられたと聞きおよんでおりましたが、ようご無事で、大きゅうなられました」

と、熱い眼差しで、又兵衛を見あげた。

すわ、喧嘩か、勇みあがって息をのんでいた群衆が、拍子ぬけしたように散りぢりになっていく。

「殿が堺で亡くなられ、若さまが京にまいられたと聞き、お訪ねするつもりでした」

「そうだ、父もすでにこの世にはおらぬ。いまさら荒木村重の遺児でもあるまい」

又兵衛はそっけなく言いはなつと、眼をそむけた。

「殿は、ご無念にござりました、それに奥方さまも」

内膳はまなじりの涙をぬぐいながらきっと唇をかんだ。

「母を、知っておるのか」

「はい、有岡城で殿の小姓をしておりました。当時十歳で一番年少でしたので、殿にも奥方さまにも、かくべつ御寵愛いただきました」

「そうか」又兵衛はまぶしげに高く澄んだ青空に眼をやった。

東山連峰に小さな雲がぽつりとかかって、風にゆったりと流されていく。

「母は、美しい女性《ひと》だったと聞くが」

「それはもう、子ども心にもまぶしゅうて」

内膳はそう言うと顔をあげ、どぎまぎしたように顔を赤らめた。それから懐中に手を入れると、紙きれをとりだして恭しくさしだした。

「奥方さまの辞世の歌にござります」

消ゆる身は　惜しむべきものにもなきものを　母の想いぞ　障りとはなる
残し置く　そのみどり子の心こそ　思いやられて　悲しかりけり

文字はかすれて消えかかっていたが、美しい手蹟だった。又兵衛の眼から涙がふきだした。見かねた道平がわざと陽気に言った。

「又兵衛、ご家来とつもる話もあろう。どこぞ茶屋でも入るか」

「でしたら私の家におよりください。あばら家でございますが旨い酒がございます」

「それはいい」すかさず道平が手をうった。

しばらく六条河原にそって歩いていくと、内膳の家にたどりついた。思ったより広い。

「こりゃあ好都合だ。おれ一人ぐらい、寝泊まりできそうだ」

「たしかに、ひろい」道平も眼を丸くした。

「広いだけでございます、奥は工房をかねておりますが」

内膳は没落貴族の邸を安く買いとりみずから修繕したと、はにかみながら言うと、座敷にあがった又兵衛と道平の盃に酒を注いだ。

「うまい！　こんなうまい酒をいつも飲んでおるのか。それに先ほどそちは、工房があるともうした、となると絵師か？」

「はっ、狩野派の絵師で豊臣家の御用をつとめております」

内膳は膝を正すと、うやうやしく頭を下げた。

「ほう、太閤殿下の御用絵師となな！　えろう出世したもんや」

道平がまぶたまで赤くしながら、黙って酒をあおっていた又兵衛の脇腹をこづいた。

「狩野派、もしや師匠は永徳《えいとく》か？」

「いえ、その父上の狩野松栄《しようえい》さまにございます、三年前に亡くなられましたが」

「ふん、永徳でなくてよかったのう」又兵衛が傲然と言い放つと、

「若さまも、絵には興味がおありですか？」内膳が、どこかくすぐったげに聞いてきた。

「わしか、そう、土佐派のやまと絵師だ」

「土佐派の、やまと絵師でございますか？」

「おう、本願寺にも、織田の屋敷にも、絵巻物のたぐいはごそっとしまわれておっての」

孤独だった本願寺では、警護の雑賀《さいが》衆が竹刀で稽古をつけてくれたし、境内では馬を操ることも教えてくれた。だがたいがいは独りだったし、そんなとき、広い寺のなかの障壁《しようへき》画《が》や襖絵をきままに見て歩くのが気晴らしでもあった。

「失礼でございますが、お師匠は？」

「むっ、師匠か、むろん、土佐光信」

無意識にその名がでた。本願寺にいたとき、一度だけ偶然眼にした。あるとき住職が大事そうに持ち帰ったもので、住職の留守をみはからって、こっそり盗み見した。

後で知ったが、これが土佐光信の代表作、十王図の一枚、三途川の場面図だった。

鬼どもが両側から眼をらんらんと光らせ見張る中、三途川を馬で渡る賢者らしき風体の男と、川に落ちて、火をはく龍から逃れようとする裸体の女の腰まである長いもつれた髪のおどろおどろしさ、その光景はしばしば又兵衛の夢にまであらわれて、そのたびに引きつけを起こし乳母をあわてさせた。

「はっ？」内膳は首をかしげた。土佐光信といえば土佐派の総指で宮廷絵師だったが活躍したのは室町将軍全盛のときで、故人である。内膳が首をひねった時、又兵衛が言った。

「たしかに永徳の大画面は迫力がある。時の権力者には気にいられようが、本来絵は誰のものか、民衆が見てよろこび、楽しむものではないか」

内膳は深々と頭を下げたが、内心では可笑しさがこみあげた。又兵衛の言う土佐光信こそ、じつは室町将軍の寵愛を一身にうけ、土佐派の隆盛の基礎をつくった人物である。

だが又兵衛の澄みきった眸を見ると、さすがに何も言えない。

「そういえば、殿は摂津能の名手、茶の湯も千利休《せんのりきゅう》どのの高弟のひとり、若さま、お血筋は争えぬものでございまする」

「その若さまはよせ、いまじゃ仇《かたき》のせがれ、織田信雄《のぶかつ》の小姓をしておる。これも、そちの言う太閤殿下のおぼしめしよ」

織田信雄は、言わずと知れた織田信長の次男だ。

内膳の顔に血がのぼった。しばし絶句し、くいしばった歯の隙間から嗚咽がもれた。

二 荒木一族

織田信雄の屋敷にもどると年少の小姓が手紙を届けてきた。封をきると、難波の荒木新五郎村次からで、息子村常が誕生したから来るようにとのことだった。

村次は荒木村重の嫡男で又兵衛には長兄にあたる。有岡城落城の際には尼崎城にいて、村重とともに信長軍と戦った。兄とはいえ村次は、又兵衛とは年も二十ばかり離れている。

「ひさびさに難波にでかけるか」

又兵衛は、朝から酒びたりの織田信雄の御前にまかりでると、仔細を述べた。

「ほう、荒木村次そちの兄か。賤ケ岳《しずがたけ》の戦いで負傷したと聞いたが、生きておったか」

信雄は好奇心に一瞬眼をひからせたが、じきに興味なさげに大あくびした。信雄の機嫌を見て、「みどもも難波にはやんごとなき用がござりて」と道平もちゃっかり休暇をねだる。

真夏の熱気をあびた京街道を宇治川沿いに馬を走らせる。後を追いかける道平の馬の蹄の音も軽やかだ。「上達したな」と、ふりかえって又兵衛が言うと、向かい風に顔を真っ赤にした道平が、「なに？」

と叫ぶ。「なんでもない」と、又兵衛も大声で怒鳴り返しながら、ふきぬける風を全身にあびていた。

大坂は暑かった。

「ばかでかい城だな」

大坂ははじめてだという道平は、眼を真ん丸にして歓声をあげた。外堀の幅はゆうに三十間はあろうか、満々たる水をたたえて、五層の天守閣がそびえていた。二匹の虎が金箔で描かれて各階の屋根のまわりにも金箔がふんだんに使われている。それが熱さで溶けだしてきそうに白っぽく輝いていた。

「さすが太閤殿下が総力あげて築いた城だ。徳川どのとてかんたんには攻め落とせまい」

道平が声をうわずらせて叫ぶのを、又兵衛もにやにやしながらうなずいた。

「それに近江や堺の商人をごっそり移したうわさはまことだな」

道平は店先をのぞきながら、品数の豊富さにおどろいていた。米や酒、菓子や反物にまじって鉄砲まで置いてある。隣の店には南蛮渡来のギヤマンや毛皮を手にした町人にまじって武士までのぞきこんでいる。南蛮人や切支丹の宣教師まで往来を自由に闊歩していた。

「都とはだいぶちがう、まるで異国に来たようだ」

道平は買ったばかりの金平糖をかじりながら、着飾った女たちをながめすかして、ため息をはいた。

村次の屋敷は谷町筋にちんまり建っていた。派手に意匠をこらした町家の豪華さからくらべて見おとりがする。又兵衛を式台に迎えたのは、二十五、六の体格の良い女である。

「まあ又兵衛どの、立派になられました。さっ、兄上がお待ちかねでございます」

聞けば村重の末娘で、有岡城包囲の直前に京にでており危うく難をまぬがれたという。

座敷に入ると村次が両足をのばして脇息にもたれかかっていた。

「よう参った。息災であったか」

「はっ、兄上もお変わりなく、こたびはまたご子息の誕生、おめでとうございまする」

「太閤殿下のお役に立たずに、子だけはまだつくれおったわ」

村次は自嘲気味に薄く笑ったが、又兵衛を鋭くにらみつけると、傲然と言いはなった。

「又兵衛村直、わしは賤ヶ岳の戦で負傷し、たしかに歩くこともできなくなった。だがそれでも子をなしたのは、そちのせいだぞ。荒木一族の後継者ともあろうおぬしが、よりによって絵師の真似事をしているとは浅ましいかぎりだ」

織田信長が本能寺で討たれた後、村次は秀吉の軍に入り賤ヶ岳の戦で柴田勝家らの軍勢と戦った。そのときの怪我が原因で歩行不能となったのだ。かつて大勢いた妻妾の中には明智光秀の娘もいたが、落城のとき他の妾とどうよう親元にかえしてやった。今では一人残った妾が身のまわりの世話をしている。村次としては武将の道を断たれ、病弱な弟の村基を抱えて一族の将来を思うと居ても立っても居られない。せめて末弟の又兵衛が荒木家の宗主となり家名を再興して、荒木又兵衛村直の正式名称を名のってほしいのだが。

「ですが又兵衛どのに絵師を命じられたのは太閤秀吉さまではありませんか。のう又兵衛どの、豊臣家の御用絵師であろうな」

村次の妹がおっとりととりなした。

「いえ、織田信雄どのの小姓をつとめております」

「なんと！　仇の扶持《ふち》をえて、しかも絵を描いているだと。亡き父上が聞かれたらさぞや無念とおぬしを非難されるであろう」

村次は眉をしかめ、吐き捨てるように言った。

「弟の村基さまはいかがでございますか？」

「あれはあてにはならぬ。一時はわしと秀吉どのの家来になったが、病がちで医師もみはなした」

「まあ、まあ、村次どの、きょうはめでたい若君の誕生の祝いの席でございますぞ。これ村常をこれに」

障子がするりと開いて、赤子を抱いた乳母がおそるおそる顔をだした。

「又兵衛どの、村常じゃ。この後も伯父として村常の力になってくだされ」

「そうだ、又兵衛、そちには何としてでも村常の後見役になってもらいたい」

「はっ、およばずながら尽力いたします」

「よう申した。これでわしもひと安心じゃ。父上のご無念を晴らすよう、これからも村常をもりたてて、何としても荒木家を再興させるのだ。又兵衛、しかと頼んだぞ」

村次は萎えた両足をひきずりいざるように近づくと、又兵衛の盃にみずから酒を注いだ。

「わしもこの体だ。いつ何時父上のもとに呼ばれんともかぎらん。心残りは荒木一族の今後である。父上が許され堺に住んだのも、わしや弟の村基が出仕できたのも、すべては太閤殿下のお慈悲あってのこと、かくなるうえは村常を立派な武将に鍛えて、豊臣家のためにつくしてくれ」

村次は眼に涙をにじませ、又兵衛の手を握った。痩せて細くなった女のような手の感触に又兵衛は複雑な思いを胸にかかえながらも、兄の手を握り返していた。村次はしきりに泊まっていけとすすめたが、又兵衛は大坂での仕事を口実に屋敷を退散した。酒をしこたまふるまわれたせいか、西日がやけにまぶしい。思わず眼を細めると、道平が気の毒そうにふりかえった。

「やれ、やれ、又兵衛も大変だな。背中にべったり荒木家がのしかかっておる。だいいち一族といっても顔も姿もまるで似ておらん。まこと兄者か？」

「母が違う。二人とも村重どのにうりふたつだ」

「なるほど、大柄でかたぶとり、優男のおまえとは似つかんはずだ」

どこか旅籠を見つけようと平野橋の方に向かう。道平はまだ荒木一族のことが脳裡に引っかかっているのか、

「だが又兵衛、あんなふにゃふにゃした赤ん坊の後見人など、本気で引き受けたのか。だいいち無事育つかどうかも分からんじゃないか」

たしかに眼も開いていない赤子の将来をまかされるなど、考えただけでも空恐ろしい。やがて街並みが途絶えると広々とした空き地にでた。土塁がつまれて、所々に二階建ての矢倉が配された塀が、ぐるりとはりめぐらされている。

「これが総構《そうがまえ》だろうか」

「だろうな。それにしても太閤殿下は土塁で囲むのがお好きだ。京の洛中をお土居《どい》でまわして敵に備えた。この土塁だって、たしか東西全長三里八町にものぼるってうわさだ、大坂城の防備を固めるためらしいが、これも秀頼公と淀殿のためらしい」

「人間、死期がせまるとろくなことを考えんようになるらしい。総構などで大坂城を本気で守れるとは太閤殿下だって思っていないだろう」

「しっ、又兵衛、声が大きい。うっかり聞かれでもしたらどんな罪をきせられるか、分かったもんじゃない。大坂には太閤の御詰衆《おつめしゅう》も近侍しておる。選りすぐりの剣の達人で、いわば親衛隊だ。めったなこと言って、ばっさり首を斬られても文句は言えんぞ」

平野橋をわたると船場の町にでた。道なりに下ると堺につづいている、浜の道だ。

又兵衛はふと馬の足を止めた。父村重にはじめて対面したのは堺の屋敷だった。

秀吉は、本能寺で主君、織田信長を殺した明智光秀を、あっというまに山崎で討ち取ると、天下を掌握した。それまで毛利により尾道にかくまわれていた又兵衛の父荒木村重を、堺に呼び屋敷をあたえた。村重は豪放な面構えに似ず、利休の茶の湯の高弟で、摂津能を舞わせては天下一品、芸能に秀でていることからお伽衆に取りたて、大坂城への出入りもゆるした。

本願寺の顕如《けんにょ》は、当時京の支院にかくまっていた村重の末子、又兵衛村直を父親のもとに返した。だが又兵衛を見る村重の眼は冷ややかだった。出家して道薫《どうくん》と名のっていた村重の興味は、大坂城で開かれる秀吉の茶会であり、そこでの千利休、今井宗久、宗二ら一流の茶頭とともに茶の湯にひたる、その刹那の瞬間こそに情熱のすべてを捧げていた。

「おうおう、上様に謀反を起こした豪の者も、いまや牙を抜かれて茶の湯に戯れておる」

秀吉は満足げに腹をかかえて笑いころげた。その村重も、又兵衛が九歳の年に死んだ。

孤独だった堺の思いでの中で唯一楽しかったのは、千利休の家を訪ねたことだった。その頃利休は秀吉の知恵袋として忙しく、たいがいは京の聚楽第にでかけていたが、たまに居合わすと座敷にあがらせ茶を点てて菓子などくれた。金平糖の味をはじめて知ったのも利休の家である。

三　織田信雄《のぶかつ》の今夜の客

難波からもどってみると、北野の織田信雄の屋敷では昼間っから管弦の調べが華やかに鳴りひびいていた。廊下に跪《ひざまず》き、開け放たれた座敷のようすをうかがっていると、ちょうど舞台では白拍子が袖を大きくゆらして、背筋がたわむほどしなやかに舞っているところだった。

「みごとじゃ、あれほどの白拍子、都でなければお目にかかれぬわ」

口髭をたくわえた池田輝《てるまさ》政の歯切れのいい声がする。

今夜の客はみょうなとりあわせだが、公家の二条昭実と、武将の池田輝政、豊臣秀吉の茶道頭の古田織部《おりべ》である。二条は関白の座を秀吉に譲って、秀吉にもっとも親密な公家といわれ、池田輝政も、父恒興《つねおき》が信長の乳兄弟だったということで、秀吉との関係は深い。さらに古田織部は千利休亡き後、秀吉の茶頭をつとめて、近年とみに勢力をましている。

信雄は、口先では太閤秀吉を親父の草履とりだった下郎だの、猿だの、バカにしくさるが、内心では可笑しいほどおびえている。それも無理のないことか。

織田信長が家来の明智光秀に討ちとられて、跡目をつぐのは自分だと思いあがっていた。ところが、光秀を山崎で破り、柴田勝家を北ノ庄で敗退させ、あっという間に天下をかっさらったのは羽柴秀吉だった。その秀吉は朝廷にすりより関白の座につくと、やがて太閤にとのぼりつめた。秀吉は、天下に号令した。これからはいくさはしてはならない。違反した者は成敗する。九州で隣国を攻めるなどしていた島津氏が成敗され恭順を誓わされた。

五年前の天正十八年三月には北条氏の本拠地小田原城を二十二万の兵で包囲した。対する北条勢は五万六千、秀吉の敵ではなかった。しかも小田原城攻めの一ヶ月前には、奥羽の覇者伊達政宗がみずから兵を率いて参戦、秀吉に服従を誓ったから、奥州の豪族らも服従、秀吉の天下統一は実現した。

秀吉の命令で、伊勢の領主だった蒲生氏郷に会津が与えられ、徳川家康は先祖代々の駿府から関東六ヶ国に転封、その駿府への国替えに織田信雄が割り当てられた。家康にも不満があったろうが、苦労人で辛抱強いかれは秀吉に従った。ところが信雄は、尾張は織田家の本貫地である、なにゆえ家来の秀吉から追いだされねばならぬ、と頑として拒んだ。

秀吉はついに信雄の所領を没収、下野《しもつけ》の那須《なす》に追放したのである。

その二年後、織田信雄は徳川家康に泣きついて赦免《しやめん》された。改易と同時に出家した信雄は、その後秀吉の御伽衆《おとぎしゆう》に加えられ、大和国にわずか一万八千石をあてがわれた。

よほど懲《こ》りたのか、その後秀吉から肥前名護屋城《ひぜんなごやじよう》に派兵を求められると、千五百を率いてみずから着陣したほど、秀吉の鼻息をうかがうようになっていた。

その名護屋の陣からもどった信雄は大和と北野の京屋敷を往復していたが、見違えるほど気が弱くなった。道楽三昧、放蕩に身をやすつのも、日頃の鬱憤《うつぷん》のせいかもしれない。

「唐入《からい》りなど、まったくたわけたことじゃが」

白拍子の舞が終わったか、座敷からは信雄のキンキン声が廊下にまでひびいてくる。

「さよう、太閤さまもいささかお年をめされたか、日本を統一されはった勢いで、今度は明国の王になりはる、大きゅでなさったもんや」

「しっ、二条どの、お声が高い。どこで誰が聞いておるやもしれませんぞ」

「おお、こわっ、太閤はんの知恵袋おました利休はんも、唐入りには反対でござった、そいで太閤はんのご機嫌をそこねて」

目を白黒させた二条が、ふっくらした手で腹を斬るまねをすると、野太い声がした。

「しかし、利休どのに腹を斬らせたんは、奉行の石田三成《みつなり》でござる。太閤さまはさような愚かではござらん」

「そや、織部どのの言うとおりや。まったく、あの小ざかしい石田三成め、いくさのなにも知らんで、ひたすら太閤さまに取り入って、近頃じゃ、朝鮮に渡ったキリシタン大名の小西行長《ゆきなが》と組んで、はやくも和睦策をこうじておるそうな。これには太閤さまの命令を忠実に実行しようと命がけで戦っておる加藤清正なんぞ、憤懣《ふんまん》やるかたなしじゃが」

後を引きとったのはどうやら池田輝政か、かれは三十五、六の壮年で、このなかでは一番若い。

「そこへいくと、徳川はんはかしこい、朝鮮に行かはったんは、みな太閤はんの兵でおじゃるとも」

公家の二条がふくみ笑いしながら、おっとり相づちをうつ。

「家康、抜け目がないやつめ、猿、あいや太閤の死ぬのを、今かいまかと待っておる」

「そや、朝鮮の兵を撤退させはるも、太閤はんが死んでからでっしゃろか」

秀吉の重体は公然の秘密である。二条はうっかり口にして、肥えた肩をすくませた。

「あな、おそろしや、口は災いのもとや、やっぱり利休はんの二の舞や」

「だがそれで、佐介はもうけたがにゃ、いまじゃ利休の後釜《あとがま》に座っておる」

信長の家来だった織部は佐介と呼ばれていた。信雄はいまだに佐介と見下している。

「そういや、織部はんの茶の湯はえろう評判でおじゃる。なんや近頃では家康はんの息子の秀忠はんにも茶の湯の指南をされはっておじゃるとか」

二条が声を一段はりあげ媚びるように言うと、織部がふと話題を変えるように言った。

「ところで、この壺、かの有岡城の荒木村重がもっていた兵庫壺でござるか？」

「そや、さすが佐介や、目利きやな」

「いや、てまえも有岡城で、何度か茶会で見せてもろた」

「有岡城っていやあ、輝政、そちの父は有岡城攻めの総大将であったがにゃ」

「いかにも、わしの十三歳の初陣でござるからようおぼえておる」

「ほう、ではこの男に見覚えがありゃあすか、又兵衛、まいれ」

ところが又兵衛は返事もしない。道平に背中を小突かれ、しぶしぶ座敷に入った。

「小姓でござるか、はて？」

「村重の子せがれ、有岡城の生き残りよ」

「なんと、蟻一匹はいでる隙もなかったあの城から脱出しただと？」

「そや奇跡の子だ、ありがたかろうと、猿めが下されたわ」

「そいで小姓に？　さすが尾州内府どの、豪気だ。村重のせがれに太刀持ちさせて、よう首が無事じゃったもんや」

輝政がわざとらしくのけぞって白い歯を見せた。尾州内府とは秀吉の推挙で内大臣まで昇進した信雄のことである。

織部がほうっとため息を吐いた。あれは秀吉が開いた北野の茶会でのこと、十歳ばかり少年が千利休に連れられ秀吉の前にだされた。

「なに？　有岡城から生きて脱出した？　そりゃええ、十三になったら信雄の小姓にせい。ついでに兵庫壺も買わせてまえ」

哄笑した秀吉の黒く縮んだ顔が、いまいましげに顔をそむけた利休のにがい顔が、思いだされた。信雄は満面の笑みをうかべて、

「だがとんだうつけものよ、父親とおんなじ、いくじなしじゃったわ、寝首をかくより、絵筆が似合っておるわい」

「絵筆？　又兵衛、絵を描くのか？」

織部が濃い眉をひらいて笑いかけた。

「そや、佐介の似せ絵がええ、裏切り者の顔を、とくと描かせたるわい」

憎々しげににらみつける信雄に、織部は頭をかきながら困ったようにつぶやいた。

「たしかにわしは、村重謀反のとき、上様に言われて村重の従兄弟の中川清秀を寝返りさせた」

「そや、謀反のきっかけの本願寺への兵糧米の横流しとて、中川清秀の家来がやったこと、おまけに煮え切らん村重のケツをたたいて、謀反に踏み切らせたんも清秀やった。それを見事に裏切らせたんは、佐介の手柄や。もっとも佐助は清秀の妹を妻にもらったがにゃ、これも父の命令やったから、しょもないが」

「めんぼくござらん」

織部は大きな体をすくませ、情けなそうな眼で又兵衛を見た。

又兵衛は筆をとった。そんな耳もとに、しこたま酒を飲んだ信雄のろれつのまわらぬ声が蠅のように五月蠅《うるさ》く聞こえた。

「だが村重め、よほどいのちが惜しかったとみえる。有岡城を逃れ毛利に走った。兵庫壺を後生大事にもってのう。父の再三の説得にも応じず、妻子が殺されようと、家来が磔《はりつけ》、生きたまま納屋に火をつけられ焼き殺されようとも、自分だけは生き永らえおったわ」

座は静まり返った。重苦しい沈黙をやぶるように、輝政が声をはりあげた。

「たしかに、上様（信長）は、尼崎城から花隈《はなくま》城に逃げた村重がいさぎよく降伏すれば、有岡城に残された一族、家来の命を助けるとも約束された。城を守っていた家老らはみずから急使となり村重を説得した。だが村重は降服に応じないばかりか、家臣に徹底抗戦の檄《げき》を飛ばした。やがて総攻撃の火ぶたがきっておとされ、城は焼け落ちた。家老らも、身内を見殺しに、いずこともなく逃げた」

「なるほど、毛利への援軍要請と言いながら名物の兵庫壺をもって逃げはったとは、さすが利休の七哲のひとり、風流じゃ。だが城主が逃げたとなると、城に残されはった奥方はん、お妾はんは、さぞ心ぼそうておじゃるわな」

「あたりまえや、城を落としても、父の怒りはおさまらなんだ」

「おう、上様（信長）は、度々の降服に応じなかった村重にえろう激怒されてのう、その結果といえども、残虐な見せしめとなった」

「その村重め、父が死ぬと、のこのこあらわれおったわ。猿めに命ごいでもしたか、自分だけ生き永らえおって。大坂城でわしも会ったが、生き恥をさらし卑怯者であるのに、あやつ、涼しい顔をしおって、秀吉の茶席におさまっておったわ。まるで一族を虐殺された恨みなど、すっかり忘れたような破《は》廉恥《れんち》ぶりに、誰もがあきれて口もきけなんだわ」

信雄は鼻息も荒く喚くように言うと、横目で又兵衛をちろっと見た。その又兵衛は顔色一つ変えずに黙々と筆を動かしている。見かねた輝政が、

「しかし、村重かて罪なことをした。いかに壺が名物だろうと、壺はつぼじゃろが、まさか抱いて寝たわけでもあるまいに」

と、わざとひょうきんにおどけてみせた。

「いやはや輝政はん、壺は壺でも、たとえばこの志野焼《しのやき》の壺、まるで無垢な女の真っ白な肌に刻印を焼きつけたような悩ましさ、まことの女を抱くより、ぞくぞくしはりますがな。それに、女人といえば、輝政はんの父上は城を攻めなはって、信長はんに有岡城をもらいなすった。そんなら輝政はんもいっそのこと、村重のお妾さんをもらいはったら、よろしゅうおわしたな。今楊貴妃《いまようきひ》と呼ばれた女人じゃ、えろう美しゅうお方でっしゃろ」

二条が喉をならす艶っぽい口調で輝政を冷やかすと、輝政が陽気にこたえた。

「ああ、たしかに輝くばかりに美しかった。年も二十歳ぐらいであったろうか、信長さまに頼んでもらい受けたいほどであった。たしか、だし殿とかいったな」

輝政が無造作に言った母のことに、又兵衛は一瞬ぎくっと背筋を緊張させた。

「あの処刑の光景、わしは見ていた。六条河原に引きずりだされた妻妾がみな悲鳴をあげ泣き叫ぶなかで、だし殿だけは違ってござった。静かに辞世の歌をしたためると、あまりの美貌に思わずひるむ獄卒どもに胸をはり《はよう首をはねぬか》と凛と言いはなった。女の美しさに茫然と我を忘れていた獄卒は、途端に正気になりかっと逆上した。獣じみた声をあげ、だし殿の長い黒髪をつかんでまっ白な喉元にやおら刃を突きたてた。飛び散る鮮血、みるみる血の気がひく女の白い肌、ふむ、とんだ生唾《なまつば》もの、なに首など、さっさと刎ねてやればすんだものを。下衆《げす》め、凌辱《りょうじょく》まがいのむごい処刑をしおって」

輝政の乾いた笑い声に、又兵衛は思わず握っていた絵筆を、刃のように紙に突きたてた。

「又兵衛、こらえろ」

道平が門流の二条の顔を遠慮がちに見ながらしきりと耳うちする。それも頭に血がのぼった又兵衛には聞こえない。織部が心配そうに何か言いかけたとき、

「うおおっ！」

又兵衛は織部の似せ絵を真っ二つに切り裂くと、傷を負った獣のように吠えたてながら、織田の屋敷を飛びだしていた。

四　本願寺

又兵衛は駆けた。北野から馬車馬のように吠えながら、河原町通りを駆けぬける。往来には涼をもとめて人がでていた。その中を、異様ななりをした又兵衛が、血相変えて、暴れ馬のように突進していく。人垣がさっと両側にひらいて、誰もが疾風のように駆けぬけた若者を、気味悪くふりかえって見ている。

万里小路《までのこうじ》を通りぬけた。そのとき通りの両側から、「寄っていかんがね」「あがらんがね」と、女たちの嬌声がした。いつしか二条柳町の遊女街に足をふみこんでいた。

又兵衛を見るとだらしなく胸をはだけた遊女たちが、先をあらそって抱きついてきた。十八歳の体だ。いつもならこれだけで股間がふくれあがる。

だのにどうしたことか、触っても疲れた犬の舌のようにだらりと下がったままである。

どれくらい町をふらついていたのか、時間の観念さえもぶっ飛んでいた。

どうとでもなれ、小砂利を思いっきりけとばすと、はじき飛ばされて足元にあたった。

いまいましい、歯ぎしりしながら見あげると、眼の前に豪勢な唐門がそびえていた。

本願寺である。その瞬間、又兵衛はなつかしさに泣きたくなった。

遠い昔、本願寺の支院の境内で、乳母や警護の雑賀衆と歓声をあげていた。数えの五歳の又兵衛には何が何やら分からなかった。ただ、誰もが涙をながして手をうち、喜びの雄叫びをあげる光景に、幼いながら興奮して、自分も踊りの輪の中にいたことだけは覚えている。

あのとき織田信長を討った明智光秀《あけちみつひで》に天が味方し、光秀の天下はゆるぎないものに思われた。荒木一族も、又兵衛も、本願寺門徒も、そう信じた。だが光秀の栄光も一瞬で、中国の毛利と戦闘中の秀吉が目にもとまらぬ早業で取って返すと、光秀はあっけなく敗れた。又兵衛は再び本願寺で息をひそめて見守るしかなかった。

それもすべては遠いむかしの記憶となってしまったが。

そんな又兵衛の眼の前を、橡葉重色《とちはかさねいろ》の衣をまとった高僧が五、六人の弟子をひきつれ歩いてきた。

細面の白い顔、鷹のような鋭く高い鼻にかすかな記憶があった。

「顕如《けんによ》さま！」と、又兵衛はなつかしさのあまり高僧に駆けよった。

「……？」

「本願寺の支院にかくまわれておりました又兵衛にござる」

「又兵衛？……もしや荒木村重どのの若さまか？」

「いまは岩佐又兵衛を名のっておりますが」

「大きゅうなりはった。ですがわたしは息子の教如《きようによ》です」

「これはご無礼を、ところで顕如さまはご健在にございますか」

「御存じなかった？　父はとうに亡くなりましたのや。まっ、ひさしぶりや、入りなはれ」

教如は気さくに門主の御座所に又兵衛を案内した。自然の木材の皮を残した杉の面皮柱《めんかわばしら》の真新しい匂いが、又兵衛のすさんだ気持ちを楽にした。

「お父上は勇敢でござった。稀代《きだい》の仏敵、織田信長に敢然《かんぜん》と戦いを挑《いど》まれた。それも我ら本願寺と心をひとつに阿弥陀《あみだ》の世界を築こうとした信心からである。御仏はすべてを見ておられた。見よ、悪業《あくごう》のかぎりをつくした信長は、あえない最期《さいご》をとげた」

稚児《ちご》が茶を運んできた。教如は茶をすすめながら、

「ところで又兵衛はん、今なにをしてはります？　どこぞのお大名にお仕えで」

又兵衛が織田信雄の小姓だと言うと、教如はろこつに眉をしかめた。

「えろうご苦労なこって、ですが太閤殿下でも近頃では年には勝てぬとあらぬうわさもあります。徳川どのとひと戦にならんとええどすが。もっとも若さまには手柄を立てはって大名にならはる、ええ機会かもしれまへんなあ」

おっとり言いながらも眼は鋭く光っている。まるで戦になるのを本心では楽しんでいるようなふてぶてしさである。本願寺が織田信長と戦になったとき、父の顕如は朝廷の斡旋で、信長との和議に応じ紀伊鷺森《さぎのもり》に引っこんだ。だが教如は降伏をけって、最後まで信長軍と戦った。気の強さが眼の光りにあらわれている。ふっとその眼に引きこまれるように、又兵衛はここ数日の苦しみを吐きだしていた。

「母者の生首におびえられはった、又兵衛はん、いつくになりはった」

「十八です」

「母者が亡くなられたのは、たしか二十一か。まだまだ人生これから先があったのに、無念じゃったろう」

又兵衛は泣きそうになった。

「それで又兵衛はんはこれから何をしようと考えておられる？」

「何になろうと？　分かりません。織田の小姓となって半年、十三歳ではじめて小田原攻めで戦場にでた。軍監の蒲生氏郷どののような立派な武将になりたいと憧れてもいた。ですが戦場は思っていたのとは大ちがい、戦の終わった野山に散乱する武士、足軽、ことごとく素っ裸で、顔の見分けもつかず、手も足も胴体もばらばら、陣屋の前にずらりと並んだ北条の武将等の化粧した兜首の不気味さ、名もない足軽らの歪んだ醜い首、身震いするほど惨たらしゅうて、すっかり虚しゅうなった」

「そや、武士は人を殺すのが本分や。それゆえ悪者の筆頭にあげられておる」

教如にとって信長の天下布武《ふぶ》など法敵のたわごとでしかない。だが親鸞《しんらん》が開祖した浄土真宗では、獣を殺す猟師、漁をはたらく漁師、武力で敵をなで殺しする信長のような武士も、悪をなすものとされるかわりに、善人より救われるとする。一見矛盾した教義の奥には、鎌倉武士の台頭以来、急速に問題化した武士階級の魂の救済もあったようだ。

「それにな、若いもんは未来への時間がたっぷりとある。それだけ死への恐怖心も大きく強うてあたりまえや」

又兵衛は畳にうつぶせた。そんな又兵衛を気の毒そうに見ながら教如がつぶやいた。

「又兵衛はん、御仏におすがりなされ。そうして死んだ母者のぶんまで生きる。死者の人生を背負って、とことん生きるしかありませんのや」

「教如さま……」

又兵衛はしゃにむに涙をのみこんだ。かすかに霧が晴れたように眼の前が明るくなった気がする。望んだわけではないが、浅ましい生をこの世にうけた自分が生きる道は、おそらくそれしかないのかもしれない。

そのときさっきの茶を運んできた稚児が、来客をつげた。

「渡辺了慶《りょうけい》はんか。早いな、あとでいくさかい、なんや飛雲閣に用事がある？　ほなそこで待っときなはれ」

本願寺の飛雲閣《ひうんかく》にはたしか狩野永徳の障壁画があると、道平が言っていた。

どんな絵か、見たいものだ。又兵衛の体内から急に好奇心がわいてきた。

「飛雲閣といえば障壁画が有名でござる。見せていただきたいが」

「ほう、絵に興味がおありか」

教如は気のない返事をしながら大きな一枚石の橋をわたった。縁にあがるとそこはすぐ柳の間だった。二十畳ばかりの座敷の障壁画の前に小柄でずんぐりした男が立っていた。

「渡辺了慶どの、狩野派の絵師じゃ。若いが絵は師匠の光信どのよりうまい」

了慶は教如の声にふりむくと、えらのはった四角な顔に妙に粘っこい細い眼をむけ頭を下げた。

「ええできや。了慶はんの絵は狩野派の中でも色があざやかすぎんのが、ええ」

了慶は腕組みしたまますぐ笑った。そのひょうしに顔の左の頬のあばたが見えた。

「近いうちに対面所の障壁画、お願いしますわ」

「たしかに、お引き受けします」

了慶はにこりともせず盛りあがった肩をいからせた。

こんな若いのに本願寺の障壁画をまかされるとは、狩野派の中でも相当腕が立つようだ。

それにしても横柄なやつだ。それに教如も又兵衛を引きあわせようともしない。二人とも又兵衛のことなど完全に無視している。むかっとしたが又兵衛はそれ以上に畳の奥に広がる障壁画に圧倒された。だが、それもしばらく見つめるうち又兵衛は違和感をおぼえた。

これがはたして永徳なのか？　たしかに背景は金地で、雲の形も金地にぬられている。

しかし描かれているのは厳冬の池畔に雪をかぶった柳と、水面に広がる波紋の動きのみである。幽玄で瀟洒《しようしや》な趣《おもむき》が、画面いっぱいに不思議な静寂観をただよわせていた。

「教如どの、これってまこと永徳が描いた絵ですか？」

しきりと首をかしげる又兵衛に、背後でせせら笑う声がした。

「永徳じゃあらしまへん。この絵はわしが描いたんや」

了慶が、どうだと言わんばかりに猪首をそらして皮肉にあばた面をさらしていた。

「おぬし狩野派と言われたか、して師匠は？」

「狩野光信、永徳どのの長男、家督を継がれて狩野一門の総領でござる」

「なるほど。ところで了慶どの、狩野派の門に入られ何年になられる」

「十五で入門を認められかれこれ十年になる。そういう貴殿は何者でござる」

了慶はあきらかに年少の又兵衛に横柄な口をきかれて、むっと気色ばんだ。

「わしか、岩佐又兵衛、そちと同じ絵師だ。狩野派など新興ではない。伝統的なやまと絵師土佐派でござる」

「なに！　狩野派を侮辱《ぶじょく》する気か」

「侮辱！　それが武士に向かって言う言葉か」

どっちも顔面蒼白で、今にもつかみかからんばかりに血相をかえにらみあっている。

おどろいたのは教如である。険悪な雰囲気の二人の間に割って入ると、

「又兵衛はん、たいがいにしておくれやす。絵師など戯《ざ》れ言《ごと》を」

「いや教如どの、わしはたった今、決めた。これからは土佐光信末流の絵師である」

教如は鋭い眼で又兵衛を見ていたが、ふうっと肩の力をぬいた。

「あの勇猛な荒木村重はんの若さまが、やれやれ、やまと絵師にならはるとは」

今度は了慶がねばっこい眼で見た。

「荒木村重の息子、なるほどたいそうな経歴だ。わしの家も代々出羽国に仕えた武士だ」

「たしかにきょうび、お侍はんかて生きなあかん。それは分かりますが、それも茶の湯だけでのうて、和歌を詠まれはったり、絵など描かれはって、それでいざ戦にならはったら刀をとるおつもりか」

教如はろこつに高い鼻をしかめると、首をふりふり飛雲閣をでていった。

その後姿を見送りながら、了慶は表にでると、あとからついてくる又兵衛に耳うちした。

「戦が起こるのが待ち遠しいのは教如どのだ。どうやら徳川家康どのに近づいておる」

「まことか？」

了慶は本願寺出入りの絵師らしく寺の内紛にも通じていた。本願寺の宗主の地位をめぐって教如と

弟の准如《じゅんにょ》は激しく争っているとか。

「ああ、教如どのは顕如どのが信長に降伏した後も戦った。それで太閤秀吉には嫌われた。このままでは本願寺の宗主の地位は弟の准如に奪われる。そこで徳川に近づいた」

騒動のきっかけは教如の母、如春尼が本願寺を三男准如に継がせる「顕如譲状」を秀吉に提出し調停を求めたことだ。秀吉の裁定は今後十年教如に宗主の地位を認め、あとは准如に譲るといったものだった。ところが教如は猛然と異議をとなえた。怒った秀吉は直ちに宗主の地位を准如に譲れと命令したのである。

「われわれ絵師だって、いずれ太閤殿下の豊臣家か、それとも徳川どのにつくか、おそらく狩野派は見あやまらない。土佐派のぶざまさは、その感覚にうとかったことだ」

狩野永徳は信長が滅びたとたん、秀吉にのりかえた。さらに狩野派一門は徳川家康にも急接近している。まるで絵師の魂を売りわたすような汚い真似をする。それで真の絵が描けるというのか。絵師は少なくとも己の信念に忠実に生きるべきだ。そうでないと新しいものなど生みだせない。又兵衛が眉根にしわをよせ内心憤慨していると、了慶が言った。

「それはそうと、おぬし本気で絵師になるつもりか？」

「武士に二言はない」

「武士？　ほう、だがおまえは絵描きだと言ったばかりだ」

「志は武士、だが描くのは本物の、おれだけの絵だ。それでどこが問題だ？」

「たいした自信だ。だが永徳どのの本物、なまで見たことあるか？　それも織田信長から上杉家に送られた洛中洛外図の三年も前に描いた、洛外名所遊楽図、永徳二十歳の若描きだ。じつに見事なものだ。天才とはまさにあの人のことだ。おまえにも一度見せてやろう。たしか狩野松栄《しょうえい》先生のお屋敷にあった」

了慶は猪首をつきだすと、「どうだ、これから僧坊で一杯やらんか」と腰にぶらさげていた徳利を見せにんまり笑うと、体をすりよせてきた。

妙なやつだ。さっきまでの不愛想がうそのようだ。だが永徳の絵を見せると言われて又兵衛の目じりがゆるんだ。僧坊に入ると、了慶はあっという間に徳利を空にした。

「どうももの足りんな」ぶつぶつ言いながら、了慶はしばらく中座して、もどると徳利を何本もかかえていた。

「飲め、遠慮はいらんぞ」

又兵衛は高飛車な了慶に腹が立ったが、そのうち酔いがまわったか、気づくと又兵衛は、聞かれるままに有岡城脱出のうろおぼえの記憶まで、すっかりしゃべっていた。

「なんだ、おまえの悩みはそんなことか」

「なに！　おまえになんか、おれの苦しみが分かってたまるか」

又兵衛はさっき無視された恨みもあって、逆上した。

「まあ聞け。おまえも絵師だろう。だったら絵を描くことでしか救われんくらいのこと分からんか」

了慶の粘っこい眼に凄味がはしった。

「母者の、生首を想い、打首にされた苦しみ、無念を、おのれの痛みとして感じること、それが絵師の感性だ。そうすればおのずと死んだものの魂が伝わってくるというものさ」

又兵衛はいっぺんで酔いがさめた。迷いがわずかにふっ切れた気がする。

これまでは有岡城の生き残り、呪われた怨念をかかえて生まれた宿命の子として、人々の好奇の眼にさらされてきた。又兵衛がハリネズミのように全身の毛を逆立て周囲と身がえてきたのも、一族、母者を惨たらしく殺されながら、仇の息子の扶持をえて生きながらえてきた自分への嫌悪感だった。生まれ落ちての呪われた人生を、どう生きたらいいのか。

「了慶、おれの生は糞《くそ》みたいなものだ。おれは仇に養われている。それでも武士と言えるか？　そうだ、武士なら今夜にでも信雄の寝首を掻《か》っ切るもんだ」

「だがあの海北友松《かいほくゆうしょう》の雲龍図《うんりゅうず》、友松は刀をふりまわさんが、絵で敵をぶった斬る」

「うむ、だが友松は一つだけまちがっている。武技にくらべて画技を一段低く見ておる」

「そうだ。又兵衛、分かっているじゃないか。刀を振り下ろそうが、絵筆で切りつけようが同じことだ。絵を描くことで、おのれの苦しみさえも、いつかよろこびと感じられるまで描きつづける。死んだ者の想いを背負って生きるとは、そういうことかもしれん」

了慶は照れて笑った。それからいきなり又兵衛の手をつかむと、両手でもみしだいた。

「今夜、ここに泊まっていかんか」

又兵衛は飛びあがった。汗ばんだ了慶の手を払いのけると、すばやく立ちあがった。

通りにでると、ばったり道平と会った。

「又兵衛、さがしたぞ」

道平は泣きださんばかりに顔をしかめて、恥も外聞もなく、又兵衛に飛びついてきた。

「もどろう、殿は、もうおまえのことなど忘れておる。それに織部どのが、おまえが描いた似せ絵にいたく感心され、太刀持ちなどさせるより、いっそお伽衆に取り立て絵でも自在に描かせたらと進言してくれた。それで殿も機嫌をなおして、腹をかかえて笑ったわ」

「むっ」

又兵衛はわざと気のない返事をしたが、自然と頬がゆるむのを感じてにんまりした。なるほどお伽衆とは良い身分だ。これで公然と好きな絵を描いて暮らせる、教如の話いかんでは本願寺に居候《いそうろう》を決めこむつもりだったが、了慶に言い寄られると、それもわずらわしく、いささか閉口していた。

「どうだ、考えなおしてくれたか」

道平がおずおずと顔をのぞきこむ。

又兵衛は、ぶっきらぼうに唾を吐くと、肩を怒らせ、北野に向かって歩きだしていた。

五　阿国歌舞伎《おくにかぶき》

又兵衛は織田の屋敷にもどった。信雄は又兵衛を見ても眉ひとつ動かすでもなく完全に無視していた。だが又兵衛の日常は一変した。なるほどお伽衆とは良い身分だ。小姓のように四六時中やかましくおいまわされることもない。ましてや信雄の太刀をもって、日がな一日酒びたりの信雄の背後に座っているなど、気骨もおれるし、体力もつかう。

それらの労働から解放されると、又兵衛は水を得た魚のように、毎日のように寺院や公家屋敷を訪れては、秘蔵の絵巻物や襖絵、障壁画など見てまわった。

とりわけ紫野の大徳寺は多くの塔頭があり、狩野永徳、雲谷等顔《うんこくとうがん》など今をときめく絵師らが描いた水墨画、障壁画、襖絵など見ることができた。さらに秀吉の長男鶴丸の菩提寺である祥雲寺の長谷川等伯父子の華麗な障壁画、海北友松が描いた建仁寺北条大壁画など、又兵衛はおどろくべき貪欲さでこれらの絵を模写し、吸収していった。

なかでも又兵衛がもっとも惹きつけられたのは、清水寺に所蔵された土佐光信の絵巻物であった。清水寺に一ヶ月も連日通いつめて、縁起絵巻の模写にあけくれた。これも又兵衛が織田信雄のお伽衆だというだけで便宜をはかってくれた。

それでも非番の日ともなると、又兵衛の足は自然と四条河原に向かっていた。小姓仲間の道平が汗だくになりながら、後を追いかけてきた。陽が落ちかかったとはいえ真夏の昼下がり、河原からは三味線、太鼓、囃子の音が熱風をまきちらしながら華やかに聞えてきた。阿国の歌舞伎小屋や隣の浄瑠璃小屋、遊女小屋、南蛮曲芸の幕のなかには、男女がぞろぞろ入っていくのが見えた。なかにはひと目で堅気の女房と分かる女たちが、着飾って嬌声をあげるあとから、傾き者の風体の若侍どもが、にやにやしながらついていく。小屋がはねた夏草のかげで、彼らが秘かな快楽にふける、その楽しみに賭けているかのように。

馴染みの木戸番の年よりが、ようやく又兵衛に気づいて、

「こりゃ又兵衛の若さま、お玉が、よろこびますんで、へっ、入っておくれやす」

拍子木をうちならしながら、小屋の垂れ幕を開けた。又兵衛と道平は吸いこまれるように中に入った。

小屋の中はすでに満員で、客席から一段上につくられた舞台を見物人の熱い視線が這うようにおっている。

舞台の上では黒塗りの笠をすっぽり被り、黒い生絹《すずし》をまとって僧形をした踊り手を中心に、花染め、茜染めの色とりどりの小袖をきた若い女たちが輪になって、足腰ふみならして念仏踊りをしているところだった。

女たちは裾を大胆にけりあげて、ふっくらした形のいい脚を見せ、腰をくねらせ踊り狂う。その見事な足拍子に見物人からはため息とも歓声ともつかぬ声があがる。

お玉が、又兵衛に気づいて嬉しそうに片眼をつむって、これみよがしに裾を跳ねあげる。浅黒いがひきしまったお玉の体は、水をえた魚のようにしなやかに舞う。そのたびに、はちきれんばかりの胸や肉づきのいい腰、ふっくらした足のくるぶしが、十五のお玉の若さをきわだたせてまばゆいばかりだ。

そのとき念仏踊りがやんで、舞台の僧形の踊り手が不意に僧衣をぬぎ笠をとった。中から美しい顔を上気させた阿国が艶やかな小袖の袖をふってあらわれると、観客は一斉に総立ちになった。女たちが素早く二手にわかれて幕引きに下がると、阿国のはりのある声がひときわ高くなる。大柄でふとり肉の阿国が鉦《かね》や太鼓にあわせて軽やかに足拍子をふみながら、舞台せましと踊りくるう。水晶の南蛮念珠が盛りあがった胸の上で妖しくゆらぐ。「散らであれかし桜花　散れかし口と花ごころ……」

阿国歌舞伎がこれまでのややこ踊りから、女ながらも男装し、しかも大胆に傾《かぶ》いてみせたことが評判になり、今や京では知らぬものもないほど人気があった。

又兵衛もはじめて阿国歌舞伎を見てからというもの、これまでの白拍子の舞いにはなかった大胆な足拍子に魅せられた。それ以来、非番になると四条河原の阿国の小屋を訪ねることにしていた。座がひけ、又兵衛が楽屋の暖簾をくぐると、お玉が飛びついてきた。

「又兵衛さま、みずくさいじゃないか、来るなら来るって、言っとくれよ」

お玉は、汗くさい体を又兵衛の胸におしつけながら、鼻声であまえる。

「お玉、まずは酒だ。たのしみは、それからだ」

「ほんと！　今夜はとまっていけるの、だったら、うんとふんぱつするよ」

お玉はぱっと眼をかがやかすと、「阿国あねやん、又兵衛さまがお泊りだえ」と、とびっきり陽気な声でさけんだ。ちょうど鏡の前で髪をとかしていた阿国が、眉をひそめて、

「いやだね、この娘ったら、まるで又兵衛さまの女房きどりじゃないか。いいかげんにおし、おまえとは身分がちがう、それに今夜ばかりは、だめだって言っただろう」

「いやだ、阿国あねやんたら、焼きもちやいて」

「ばか、おまえなんぞに、だれが」

「そうそう、あねやんにはいい人がいたっけ」

「軽口たたいていないで、おふたりにはやくお酒もっておいで」

阿国がしかりつける。お玉は口をとがらせながらも、いそいそと酒の支度をする。

そこへ踊り子のお千賀が飛びこんできて、

「阿国あねやんははりきってござんす。なんせ今夜はえらいお人の席に呼ばれておいでござんす」

道平に気づくと片目をつむってみせた。

「えらいお人って、だれ？」

お玉が口をとがらかす。

「そりゃあたいの口からは言えないよ。とびっきりのお客人さ」

阿国はぎょっとしたように上体を引いて、しきりにお千賀に目くばせする。ところがお千賀にはつうじない。

「なんでも天下さまのご養子さまだって」

「えっ、天下さまのご養子さまって、だれだい？」

お玉がたたみかけるように言う。

「たしか、ねえ、阿国あねやん、結城少将秀康《ゆうきしょうしょうひでやす》さまでござんしたか」

「お千賀、いいかげんにおし」

「ふうん、そんなにえらいおかたの前で踊るなんて、阿国あねやんもたいしたものだ。でもねえ、あたいにはそんなことどうでもいい。又兵衛さまだけがいればいい」

「お玉ちゃんはのんきでいいね、だけど又兵衛さまっちゃ、阿国あねやんの話じゃないけど、あの織田信長に謀反をおこした荒木の若さまっだっていうじゃないか。世が世ならお大名だよ、いまにすてられ、泣きを見るのは、あんただよ」

「へん、あたいはお千賀あねやんみたいに、がりがりじゃないよ。又兵衛さまは、あたいの体は弁天さまもかなわないって」

「なんだって、もういっぺん言ってごらん」

お千賀は十七歳だがひどく痩せてそれを気にやんでいる。真っ赤な顔をしかめて、狐のようなつり眼をむいて、いきなりお玉の頬をはりったおした。

「いたっ！　なにすんのさ」

とお玉もまけずにお千賀の体をつきとばす。お千賀は悲鳴をあげてあおむけに倒れこむ。その上に馬乗りになって、お玉がなおもなぐりつける。さすがに阿国が、怒鳴りつける。

「ふたりとも、よさないか。顔に傷つけたら、しょうちしないよ」

にやにやしながら酒を飲んでいた道平が、ふと盃を置くと真顔でたずねた。

「阿国、いま結城少将秀康って言わなかったか？」

「えっ、そりゃまあ、……ほんとうは平野のおだいじんに呼ばれてござんす。ここだけの話でござんすが、どうも結城さまが一度阿国歌舞伎を見てみたいと」

「そうか、阿国もたいしたものだ。やっぱり天下一だな」

言いながら、又兵衛はむかし一度だけ見たことがある結城秀康のことを思いだしていた。

あれは太閤秀吉が朝鮮への出兵をきめたときだから、たしか文禄元年（一五九二）だった。十四歳だった又兵衛は、連日のように京から九州の名護屋に出陣する武将等を、道平と見に行った。

三月十六日には加賀の前田利家が出陣した。同じ日には又兵衛がひそかに憧れる会津少将の蒲生氏郷が、南蛮衣装とおぼしき派手ななりで出発した。袴は、腰がやたらとふくれあがった、宣教師のヴァリニャーノたちがはいていたもので、首には白い衿飾りを巻きつけ、胸には朱色の十字架と念珠をさげていた。このときかれが切支丹大名だと知った。

その翌日も伊達政宗、上杉景勝らが出立した。なかでも又兵衛の印象に残ったのは関東をおさめたという江戸内府徳川家康の出陣だった。軍勢の多さは他の大名とは比較にならなかったが、でっぷり肥えた家康は鎧もつけず普段着のままのように質素だった。拍子ぬけしたが、家康とほとんど馬の轡をならべた美しい公達風の装いの若者と偶然眼があった。

「あのお方が家康さまのご次男、小さい頃に太閤殿下のご養子にだされて、その後結城家の養子になった結城秀康さまだ」

又兵衛の耳にささやいたのは、情報通を自認する道平である。

「ということは、あの男が家康の後継者か？」

「まさか、秀吉の養子にだされた男だ。自分の跡継ぎにはしないさ。それにうわさでは、家康は結城秀康を嫌っておるらしい」

（ほう、実の親にも嫌われるとは、おれとおなじだ）

急に口をつぐんだ又兵衛を気づかうように、

「いやですよ、又兵衛さま、あたしら出雲の山奥からでてきた河原芸人でござんす」

阿国は出雲の巫女というふれこみで、堺、大坂、それに京と渡り歩いてきたという。そういう阿国自身、又兵衛とおなじ、まだ十八の若さだった。

「そんなことはない。河原だろうが大舞台だろうが、芸の上手さには関係ない」

「若さま、ありがとうござんす」

阿国はしんみりと言うと、又兵衛の黒々と濡れたような眸をまぶしそうに見た。


阿国の小屋をでて、二人は酒の酔いをさますように、寺町通りに歩いていった。

遠くから祇園祭の鉦《かね》や太鼓、御囃子《おはやし》がにぎやかに風にのって聞こえてきた。眼の前をふくらんだ布を背負った鎧武者《よろいむしゃ》がつぎつぎと通りすぎる。つづいて神輿をかついだ町衆が威勢よくかけ声をあげながら道路一杯ねり歩く。男たちの顔は興奮のあまり、酒を飲んだように真っ赤になっていた。又兵衛が大声で怒鳴った。

「道平、見よ、この町衆のにぎわい、これぞ歓びの極致だ」

「そうかな、わしには町衆の騒ぎも興ざめよ。だいいち武士が命がけで戦う母衣《ほろ》とて、祭りの道具にする、浅ましいかぎりよ。それより今夜は女官の利子の柔肌に溺れようぞ」

道平は、このところ御所の女官と良い仲になって、夜な夜な忍んで朝方寝ぼけた顔で帰ってくる。年は十五、女官になりたてのほやほやで、道平がはじめての男だと打ち明けられ、すっかりとりのぼせている。

「なにが女官だ、おおかた年寄りの女狐かなんぞが化けたものだろう」

「利子が化け物！　いくら又兵衛でも言っていいことと悪いことがある」

「そう怒るな。この世はしょせん夢、幻だ。人の執着が見せる一瞬の夢かもしれぬ。その夢の中で、人は善悪をとなえ、さらにはこの世の栄耀栄華《えいようえいが》を手にしようと血みどろに戦っている。だがそんなことは何になる？　すべては虚構の世界でしかない。人は、しょせんおのれが惹かれるもののためにこそ生きる。おれにとってこの世の至福は、男女の交わりの完全な恍惚感《こうこつかん》、それこそ菩薩《ぼさつ》の境地であり、解脱《げだつ》に導いてくれるものなのだ。おれが描きたいのはまさにそれ、人の幻影が見せる極彩色の浮世だ」

そりゃ好きな女と極彩色の寝屋で、しっぽり濡れれば成仏もはやかろう。道平は女官の利子のしなやかな体を思いうかべると、思わずごくっと生唾をのみこんだ。

六　古田織部の伏見屋敷

又兵衛と道平は、伏見城下を古田織部の屋敷に向かって馬を駆けさせていた。

慶長四年（一五九九）二月、かれこれ午の刻（正午）か、街道ぞいの道ばたには蓮華《れんげ》草や野の草花が咲き乱れて、青くほどよく晴れた空からはたえず雲雀の声がのどかにひびいている。

「殿もいいあんばいに病になられたものよ」

道平が白い歯を見せて笑っている。

織田信雄《のぶかつ》は昨夜から急に高熱がでて、明朝の茶会にはでられなくなった。医師は流行り病だろうと薬を処方し、安静に休むように言ったが、信雄は地団太踏んで悔しがった。

なにしろ織部の茶会は人気がある。

昨年の夏、伏見城で豊臣秀吉が死ぬと、後をまかされた五大名の中でもひときわ徳川家康の勢力が強まった。秀吉の茶道だった織部は引き続き家康に認められ、後継者の秀忠の正式な茶道に取り立てられたから、天下の武将、数寄《すき》者はこぞって織部をひいきした。それだけにせっかくの招待の機会を逸して、信雄は病床で不機嫌だった。断りをかねて織部の屋敷の使者にみずから申しでた又兵衛だが、むろん又兵衛の狙いは織部から正式に絵の注文を受けること、それも永徳のむこうをはって、洛中洛外図だ。

京からだとたっぷり二里はある伏見まで、淀川下りの朝の船に乗ろうという道平をおしきって又兵衛が馬を走らせたのも、前夜から眠れぬほど興奮していたこともある。

伏見城は秀吉の隠居所として造られ、その後政局の中心となった。木幡山に本丸を構え、西の丸、松の丸、名護屋丸、右衛門尉郭、治部少輔郭、三の丸が高石垣で築かれ、さらに外方に御花畑や山里丸などが設けられた巨大なものであった。秀吉の死後は秀頼が住んでいたが、その後秀頼が大坂城に移ると、徳川家康が入城した。

諸大名の屋敷が立ち並ぶ一角に古田織部の屋敷があった。二人は案内をこうと、座敷に通された。縁側から広大な庭に一面陽があたって、意匠をほどこした庭の切り石がきらりと光っている。若い侍女が茶を運んできた。妙にひしげた（歪んだ）セト茶碗である。茶碗の奇抜さにおどろいたが、点てた茶の味わい深さに二人は思わず顔を見あわせた。

「これは、見事なお点前で」

女は切れ長で涼しげな眼を真っ直ぐむけると静かに頭を下げた。細面で、白粉っけのない素肌は李朝の白磁を思わせる質感がある。それが冷たく見えないのは、唇の自然の血の紅さのせいだろうか。まるで白磁に一点紅をさしたような華やかさを感じさせる。

そのとき織部が座敷に入ってきた。又兵衛は織部の坊主頭にぎょっと眼をむいた。いつのまに僧形になられたか、問いかける前に織部がハリのある声で話しだした。

「この娘《こ》は琴江といってな、今年十八になる。縁あって当家で預かっておる」

「なるほど、それにしてもまだお若いのに、たいそうなお点前で」

「あたりまえや。わしの弟子だ。まっ、尾州内府どののことはあい分かった。ゆるりとしてまいれ」

織部は鷹揚に言うと、坊主頭を心もち傾けて、さっさと座敷をでていった。

琴江もすばやく後にしたがって、廊下にでるなり、ぴしゃりと障子を閉めてしまった。

屋敷をでると腹がなった。朝から茶一杯しか飲んでいない。空腹をかかえ織田信雄の伏見屋敷に向かいながら、道平が仏頂面で言う。

「又兵衛、あの琴江という女、どう思う。美人だが取りつくしまもないとはあのことだ」

「うむ、だが愛想のない女も悪くない」

「それはそうと、又兵衛、かんじんの絵の注文、どうした？」

「む、なに？　絵の注文だと」しまった、すっかり忘れていた。

「明日またでかければいい」

「しかし明朝は茶会で織部どのも忙しい」

「だからいい。琴江どのにゆっくりと茶をたててもらえる。あれはなかなかじゃ」

「やれやれ、又兵衛、おまえは惚れっぽい、だが女をし止めるには馬を射よ、だ」

「なるほど馬か、さすれば織部どのをあっと言わせればいい。なに造作ないこと、ほれこんなこともあろうかと、描きためた洛中洛外図の下絵、持ってまいった」

道平は嫌な気がした。琴江といい洛中洛外図といい、又兵衛のやつ、長居するつもりだ。すると急に女官の利子が恋しくなった。こうなったら一刻もはやく京にもどりたい。

「なに、京へ帰りたい？　馬鹿言っちゃこまる。まだ伏見に来たばかりじゃないか。織部どのから注文を取りつけるまでは帰らんぞ」

又兵衛は小鼻をふくらませ言いきると、織田の屋敷に着くなり、座敷いっぱいに下絵をひろげ、絵筆をにぎって手をくわえはじめた。

翌朝又兵衛は一目散に駆けて織部の屋敷の門をたたいた。遅れて道平が駆けつけると、又兵衛は門番と大喧嘩していた。

「どうした？」

「こやつ聞き分けがない。わしはただ琴江どのに取り次ぐよう頼んでおるだけだ。それを、不審者あつかいして、けしからん」

騒ぎを聞きつけたか通用門がかすかに開いて、琴江が姿をあらわした。

「これは、琴江どの、いやなに、今日は茶会でござろう。なにかと人手も入り申そう」

言うなり又兵衛は呆気にとられている琴江の腰を抱きかかえるように門をくぐった。

琴江は広い邸内をゆったりと歩いていく。途中奥まった露地の奥に数寄屋が見えた。利休の茶室で見なれた、あたかも深山に入るように大松や大樅などの類は植え込まれてなく、手水鉢の近くの樹木や腰掛付近の飛石など、麗しく華やかに造られている。しかも近くの植え込みには、たんぽぽの花が植えられて、なかから山鳩が啼く声がする。

「織部どのの趣向ですか？」

琴江はにこりともせずうなずきながら昨日の座敷に通すと、そのままでていってしまった。又兵衛は大きくため息をはいて肩をおとした。

「どうも愛想のない女だ」

それ見たことかと道平が文句を言うと、又兵衛はすかさず、「琴江どのに無礼だろ」と憤然と息まいたが、琴江のでていった襖を未練げに見ている。それっきり琴江はあらわれなかった。

やがて客が到着したのか、茶室のあたりが騒がしくなった。それもまもなく静まると、又兵衛は我慢ならずに廊下にでた。すると眼の前に琴江がいた。又兵衛はどぎまぎした。

「茶会、はじまりましたか」

「ええ」

またもするりと又兵衛の脇を通りすぎようとする。

「どなたが客人でござる」

逃してなるものかと、琴江の動きにあわせて前に立ちはだかろうとする。

「毛利宰相さま、毛利秀包《ひでかね》さま、それに博多から神谷宗湛《かみやそうたん》さまが」

なるほど織部の茶会の客人は多種多様だ。毛利輝元は秀吉亡きあと豊臣家の五大老の家康とならぶ筆頭格である。しかも輝元は大坂方の豊臣家が最も頼りにする大物で、家康の手強い敵でもあったのだ。豊臣方は必ずしも一枚岩ではない。秀吉の最晩年の家来の石田三成らの文人派と、秀吉政権を武力で支えてきた武闘派の加藤清正、福島正則、池田輝政、浅野幸長《よしなが》らの反目が激しくなってきている。家康の狙いはそこにある。武闘派の大名らを自らの陣営に引きこみ、石田三成ら大坂城の豊臣秀頼、淀殿らを打倒しようというものだ。

織部の茶会にはそうした家康の意向をくんでか、これまでにも浅野長政や浅野幸長父子やその動向が注目される織田有楽《うらく》も頻繁に出入りしている。しかもさりげなく博多の豪商神谷宗湛まで呼んでいる。着々と石田三成らへの包囲網がめぐらされている、というべきか。又兵衛が一瞬これだけのことを判断していると、琴江は腰を小さくかがめて、すばやくすり抜けようとしていた。

「待たれよ、琴江どの、じつは又兵衛、織部どのから頼まれたものを持参しておる」

琴江がいぶかしげに首をかしがせる。ふるいつきたくなるほど愛らしい仕草だ。

「これにまいられよ」

又兵衛はとっさに琴江の手をにぎると、強引に座敷に引っぱりこもうとする。その瞬間、又兵衛の体はもんどり宙に浮いて、畳に叩きつけられていた。

「ご無礼をなさいますな」

琴江は息も乱さず裾をはらうとでていきかけた。

「いやすまん、無礼などもうとうする気もござらん。琴江どの、じつはここに下絵がある。洛中洛外図の下絵だ。織部どのにお渡しねがいたい」

又兵衛は座敷にあった風呂敷包みを開け、哀願するように琴江を見あげた。琴江は乱雑にちらばった下絵を見て、不思議そうに膝をついた。

「織部どのから依頼を受けて、その下絵を持参いたした」

べつに織部から正式に頼まれたわけではない、が、織田信雄の屋敷で又兵衛が描いた似せ絵を見て、その才能を認めてくれたのは事実だし。琴江の態度がにわかにやわらいだ。

「まあ、それは失礼いたしまして、で、これがその下絵、又兵衛どのが描かれた？」

興味深そうに琴江は眼を細めて、その白い指で一枚一枚ていねいにめくっていく。色白の頬が紅を刷いたように明るく染まって、やがて小さな溜息がもれた。その都度又兵衛の胸も息苦しさに緊張の度が高まる。

「さよう、織部どのに見ていただき、これでよければ直ちに本図にとりかかる」

「あなたさまは絵師でしたか、ちっとも存じませんで」

「なに、分かってくだされればいい。ところでいかがかな、下絵のできばえは」

「私の祖父は美濃の国守だった土岐《とき》家の地侍で、絵師もかねておりました」

「ほう、土岐一族か」

土岐一族は守護大名で「土岐の鷹」といわれた土岐洞文《とうぶん》はじめ水墨画の名手が多くいる。

「そういえば織部どのも元々は土岐氏に仕えておられた？」

「ええ」琴江はうなずいたが、茶会が気になるのか座敷の外をうかがっている。

その土岐一族を追放し美濃一国を手にした斎藤道三《どうざん》も、やがて織田信長に屈した。

「なるほど、惨い眼にあわれたようだ。お察しいたす」

又兵衛は勝手に琴江の境遇を想像し、身につまされて、ほろりとした。すると、

「あなたに察していただくことなど、ございません」

琴江は不意に鋭く叫ぶと、立ちあがった。又兵衛は飛びあがるほどおどろいて、琴江の前に立ちはだかる。

「待たれよ。なにを怒っておられる？　気にさわったら許せ。武士は落城のたびに惨い眼にあう。だからそなたにもつらい記憶を思いださせたかと思うただけだ」

「落城もなにも、私は知りませんわ。私が生まれた頃父は地侍というより、百姓の真似事をしておりましたから。もうよろしいでしょう。殿さまが呼んでおられます」

琴江はきっぱり言うと、廊下を足早に立ち去った。

その後数日かけて又兵衛は織部の屋敷にでかけたが、織部は駿府の徳川家康に呼ばれてでかけた、しかも琴江も留守だと、門前払いをくった。置いてきた下絵のことも、正式な注文の依頼ももらえないまま、すごすごと京の織田信雄の屋敷にもどらざるをえなかった。

七　結城秀康　北ノ庄に

又兵衛が四条河原の阿国歌舞伎の楽屋で酒を飲んでいると道平があたふたとやって来た。

「又兵衛、二条城に徳川家康が入城する。これから見に行かないか」

秀吉が死んで、徳川家康率いる東軍と、石田三成の西軍が関ヶ原で激突したのが三年前、世間では天下分け目の戦いといわれたが、たった一日で決着がついた。それも家康が、豊臣恩顧の武将等の中でも石田三成に反感をもつ武断派と呼ばれた加藤清正、福島正則、池田輝政、浅野幸長らの武将を味方につけたこともある。かれらは槍一筋の武功で豊臣政権を成立させ、しかも朝鮮出兵の犠牲を払ってまで豊臣家を支えてきた。それが、ろくに戦功もない石田三成が、秀吉晩年に大きな権勢をふるっているのが、どうにも我慢ならない。そういえば細川忠興も古田織部も、家康の東軍に加わった。

ともかく関ヶ原の一戦を決した徳川家康に征夷大将軍が下された。

これにより家康は、徳川幕府を江戸に開いた。天下の政《まつりごと》の中心は、江戸に移った。

「あたしも連れてって、天下さま見たい。ねえ、阿国あねやん、いいでしょう」

「なにお言いだよ、この娘は。まだ二幕舞台が残っているじゃないか。だいいちお前が天下さまを見たって何にもなりゃしない。あとで又兵衛さまからたっぷり聞かせてもらい」

阿国はもろ肌ぬいで長い髪をすきながら、お玉を叱りつける。

「分かった。又兵衛さま、今夜ね」

お玉は蛇皮線をじゃらりと弾いて片目をつむった。

「よしよし」又兵衛はお玉の厚ぼったい唇を指でつつくと、道平と二条城に向かった。

関ヶ原の戦いで敗れた西軍の首謀者石田三成や安国寺の恵瓊《えけい》らが、鉄の輪を首に枷られ、市中引き回しの上、六条河原で首を刎ねられたことが、まるで昨日のように思いだされる。

それにしても関ヶ原の先陣で焼失した伏見城をあっという間に築城した手際の良さといい、いままた二条城をまたたくまに再建させた徳川家康という男の底力を思うと、大坂城の豊臣秀頼や淀殿の今後がどうなるのか、兄の村次ではないが案じられてならない。

その村次が息を引き取ったのは、奇しくも秀吉が死んだ翌月のことである。

又兵衛らが着くと、ちょうど徳川家康の行列が入城するところだった。太閤秀吉のように華美でもなく質素なもので、まもなく馬回り衆を従えた家康があらわれた。

家康はふっくらした顔に大きな眼をした老人で、馬が喘ぐほど肥満していた。

「さすが、貫録だ」

道平のため息まじりの声に、又兵衛はかつて一度だけ見たことのある結城秀康の、凛々しい一文字眉、筋肉質の敏捷そうな体を思いだしていた。

父と子は、まるで似ていなかった。その秀康は関ヶ原の戦のあと、北ノ庄六十八万石に封じられ越前へ発っていった。ふたたび又兵衛と道平が阿国の小屋にもどってくると、「ねえ、天下さまってどんな？」と、お玉がかけよってきた。

「ひどく肥えて、馬があえいでおったわ」

「へえ、結城さまとはえらいちがいや」

「結城さまは凛々しくて、それは美しいおかたでござった」

「なんだ、お玉、知っておるのか」

道平が頓狂な声をあげると、

「知っているどころか、阿国あねやんなど、みずから盃をいただいて」

お玉が胸をはる。

「そりゃ、まあ、結城さまはまるで伏見城主のようでござんした」と、阿国は照れたようになおも髪をすきながら、夢見るような眼で嫣然《えんぜん》と笑った。

「ほう、伏見城主とは、すみにおけんな」

「又兵衛さま、あたいら阿国歌舞伎の一座は伏見城に呼ばれたんですよ」

もじもじして言いしぶる阿国にかわって、お玉が口をはさんだ。

「それはすごい」道平が眼をまるくした。

「いえねえ、結城さまはいよいよ越前北ノ庄に発たれるまえに、天下の阿国歌舞伎をいまいちど見たいとおおせでねえ」と、阿国がおもたい口をひらいたが、

「贅《ぜい》をつくした大広間に、透明な硝子の盃でお酒をあおられた秀康さまの凛々しいお姿は、まるで伏見城主になられたように晴々とされて」と、あとは泣いているのか涙でくぐもった声になった。お玉がみかねて後をひきとって、

「それが、阿国ねえさんの踊りが終わると、結城さまは、ふっと笑うて、涙をこぼされて、阿国は天下一になったが、わしは天下をとりそこねた男だって……これで都も見納めだと、しんみりなされた。それから阿国ねえさんに、その水晶は見苦しい」

そう言われて珊瑚《さんご》の南蛮数珠《じゅず》を手ずから阿国にあたえたのだという。

「よっぽどご無念でござんしたか、女のあたしに胸のうちをうちあけられるなんて」

「ほう、これが結城少将みずからくだされた南蛮数珠か」

道平は、阿国から渡された数珠を珍しそうに手でもてあそんでいる。又兵衛はかすかに鼻白んだ。

宰相ともあろう男が河原の芸人ごときに本音を明かすとは、哀れなものだ。しかし秀康もたしかに運に見放された男だ。家康の次男に生まれながら、豊臣家に養子にだされた。その後淀殿の生んだ鶴丸君がわずか生後四ヶ月で後継者に指名されると、秀康はふたたび結城家の養子とされた。又兵衛は二条城に入る家康の行列を思いだしながら酒をあおった。

そういえば、長々とつづく家康の供侍の行列をながめていると、一行の中で、ひときわ眼つきの鋭い坊主頭の男が見えた。

「あっ、織部どの！」

思わず叫んだ又兵衛の眼の前を、織部は悠然と馬をすすめた。

八　豊国《ほうこく》神社祭礼

京では秀吉の七回忌として豊国神社臨時礼大祭が華やかにおこなわれていた。

それに先立って、又兵衛と道平は内膳の供をして豊国神社にでかけた。

強い日差しが豊国神社の瓦の金箔を溶かすように白っぽく光っている。境内の白砂をふんで神社の拝殿にあがると、細面の鼻の高い高貴な風貌の武士が座っていた。

「これは片桐さま、お待たせいたしました」

内膳はすばやく片桐且元の前にひれふした。

「いや、わしもたった今来たばかりだ」

「おそれいりまする」

内膳はうやうやしく応えると、控えていた又兵衛を引きあわせた。

「ほう、そちが又兵衛か。織田どののご家来だと聞いたが、絵が達者とか」

且元は武将というより公家風の風貌で、又兵衛を見る眼も穏やかだった。

その且元は、十七歳で浅井長政の家臣として織田信長軍に攻められ、幼い頃の淀殿姉妹などと落城を経験している。その後豊臣秀吉に仕えて、秀吉に敵対した柴田勝家との賤ヶ岳の戦では、七本槍の一人として勇名をとどろかせた。さらに小牧、長久手の戦いでは馬廻衆として活躍したが、その後は主として作事奉行や検知奉行、寺社の修復造営奉行など秀吉政権の後方支援の任にあたっていた。総奉行として豊国神社祭礼をとりおこなうかたわら、北野天満宮の修復や、秀吉の念願である方広寺の大仏殿、梵鐘の鋳造等の重要事項は、すべて且元の手腕にかかっていた。その寺社の造営、修復には絵師がかかせない。且元がひいきする絵師は狩野派でも傍系の内膳であった。

「ところで内膳、豊国祭礼図屏風、しかともうしつけたぞ。大坂城の秀頼さま、淀殿も、豊臣家の威信にかけて屏風絵を楽しみにされておられる」

「内膳、身にあまる光栄にございまする。かくなるうえは、亡き太閤殿下のご威光が豊臣家の幾久しき繁栄をもたらすよう、豊国祭礼図屏風に命をかける所存にございまする」

且元はうなずきながら咳きこんだ。すかさず内膳が心配そうな眼をむけ、腰をうかす。

「冷たい水でも汲んでまいりましょうか」

「いや、このところ手にあまることが多く、疲れがたまっておる。わしも年かな」

「めっそうもございませぬ。且元さまは大坂と徳川を結ぶ大事なお役目にございますれば、秀頼さまのためにもお体をいたわっていただかねば」

「そうだな。ご奉公がまだ残っておる」

且元はそう言うと拝殿から静かに立ちあがった。


祭礼の当日となった。大仏殿前の舞台では今しも猿楽《さるがく》や田楽《でんがく》が奉じられ、桟敷の上で北政所はじめ公家門跡、大名たちが、下からは町衆たちが見物している。

又兵衛の眼の前を烏帽子《えぼし》、狩衣《かりぎぬ》姿の騎馬武者の軍団が列をなして進んでいく。その頭上にのぼった太陽は、かれらに燦々とした陽の光をあびせていた。鎧武者の髭面の真っ赤な顔には玉のような汗がしたたっている。続いて華やかな町衆の踊りの輪が通りすぎる。

内膳はまさにおのれの命をかけて、豊臣の威信を鼓舞するその一念で、眼前で繰り広げられる光景を、整然と描こうとしていた。息子の重良《しげよし》、六名の弟子たちも総出で熱心に筆を動かしている。誰もが内膳に言いつけられたのか、眼の前の光景をただありのまま、おどろくべき執拗さで丹念に写生している。まるで記録画のような正確さで。事実を正確に写すのが歴史画の役割だとしたら、内膳の絵が後世に果たす役割は大きい。

信長も秀吉もこの世を去ったいま、征夷大将軍となった徳川家康には、大坂城の豊臣秀頼ら豊臣家の存在が目の上のたん瘤《こぶ》のように煩わしい。いっそ、秀頼を奥羽の一大名にでも放逐したいところだが、豊臣方もおいそれとは応じない。豊国神社祭礼に熱狂する京の連中を見たら、家康とて豊臣家を完膚なく叩きっ潰す気になるはずだ。

「内膳、よう描けておる」

「若さま、これは内膳一生の覚悟の絵にございます。関ヶ原の戦いで敗れたのは豊臣家ではありません。石田三成どのを一派とする一部にすぎません。加藤清正どの、浅野長政どの、さらには加賀の前田さま、太閤殿下の御恩をこうむった大名はまだまだ健在で、ゆくゆくは徳川家康どのとの戦に備えておられます。ですが穏健派の片桐さまは、必ずしも徳川どのと一線を交えずとも平和的に豊臣家が温存する道を模索しておいでです。淀殿は分かりませぬが、秀頼公はそんな片桐さまを信頼なされておられます」

「ご苦労なことだ」

又兵衛は内膳と並んで祭礼の下絵を描きながら、生真面目な内膳には悪いが全く別の思いにとらわれていた。

舞台を見る北政所や公家衆、武士や町衆にいたるまで、誰もが楽しそうに食べたり飲んだり、笑ったり怒ったり、はては見物にまぎれて抱きあう男女、好色な僧、一人としてじっとはしていない。太閤殿下の世をなつかしむふりをしながら、かれらの関心は眼の前の快楽なのだ。応仁の乱で焼け落ちた京が再建され、祭りも復活した。今さら誰が天下をとろうと、なんの祭りの楽しさに変わりがあろうか。この世に生きて存在しているだけで奇跡なのだから。今をだいじに、欲望を発散させて、踊り狂うことこそ、命の証なのだ。

「内膳、豊国祭礼図、おれにも手伝わせてくれ」

「よろこんで」

内膳は律義に応えたがその眼は妥協をゆるさない険しい光をおびていた。

翌年、内膳の豊国祭礼図屏風はついに完成した。

大坂城からもどった内膳はめずらしく酒の匂いをさせ、顔を赤くしていた。

「秀頼公、淀君さまには格別のお褒めを頂戴いたしました。これで太閤さまのご恩に多少なりとも報いることができました」

そう言うとまなじりの涙をぬぐった。

実際、内膳の祭礼図にかける熱意は鬼気迫るものさえ感じさせた。内膳にとって秀吉は命の恩人ばかりか、狩野派の絵師として一代限りであったが御用絵師の地位まで授けられた。その恩は又兵衛の考えるところをはるかに超えていた。ほとんど細部まで弟子の手にまかさずみずから絵筆で描きこんだ。ろくに寝もしないで焼飯をほおばり絵に没頭するうち、もともと労咳をわずらっていた内膳の体も痩せて衰えてきた。その間あれほど好きな酒も一滴たりとも口にしない。これには又兵衛が音をあげた。もともと親子の仲がさほど良くない息子の重良など、親父の好きなように描いたらいいと、すっかりふてくされたほど、内膳は一年もの間、ひたすら祭礼図と向き合っていた。まるで僧が苦行するようだ、又兵衛は悪態をつきながらも、そんな内膳の熱気が感染したように、又兵衛もまた、洛中洛外をくまなく歩きまわっては念願の洛中洛外図の屏風絵に没頭した。

そのとき工房の戸がきしんで、徳利を手にした道平が入ってきた。

「おめでとう、これから祝盃をあげよう」

「良いところに来た。内膳、久々の祝い酒だ。とことん飲もう」

「若さま、ありがとう存じます。これで内膳、思い残すことはございませぬ」

「そうだな、そちの祭礼図は後の世に残る」

言いながら又兵衛は内膳の祭礼図を見た静かな感動を思いだしていた。だが一方で何かがもの足りない。祭礼図はいかにも内膳らしく、事実のとおり整然と秩序だって描かれていた。だが、かんじんの祭礼を楽しむ民衆の爆発力は、どこからも感じられない。

おそらく内膳の眼に映った祭礼は、秀吉亡きあともその徳を慕う騎馬武者や町衆の心情を、自分の生真面目な忠義にすりかえた。だから華やかな祭礼が重苦しい雰囲気をあたえ、彼らのまわりにただよう熱気が伝わってこない。祭礼の壇上の舞いやら、ひげづらの騎馬武者らの勇猛な叫びやらが、実際には熱狂のあまり無秩序の混乱の極みにあるのを見逃している。太閤秀吉の七回忌はただの口実でしかない。実際には又兵衛があの日眼の前で見たように、彼らはたんに自分たちの内部からわきあがる強烈な欲望の氾濫に身をゆだねていただけなのだ。秀吉が家康に変わろうと、おそらく彼らの熱狂は焔を失わない。生命とは本来そういう制御不能なものなのだから。

だから絵師が、見たままを、おのれの精神を通さずただ模倣すると無残なものになる。

又兵衛は内膳の豊国祭礼図屛風に敬意を表しながらも、いつかこの祭礼の光景を自分なりの魂にふるいをかけて表現してみせる。人々のからだは回転し、いろいろな形が隆起し、ぐるりと空気がながれこみ、太陽は最初、いちばん光があたっているでっぱったまるみにとりついて、それからひしげた陰にうつっていく。壇上での踊りのひょうきんさ、騎馬武者はやたらめったら馬を鞭打つ。さらに町衆の華やかな踊りは恍惚のきわみだ。

又兵衛は自分なりに描いた下絵を内膳にも見せた。内膳は、うやうやしく礼を述べたが、又兵衛の下絵はまったく採用しなかった。

そのとき工房の戸が開いて、息子の重良と弟子の紀三郎が顔をだした。

「父上、おめでとうぞんじます」

「ああ、重良、片桐さまから格別のお言葉をいただいた」

「それはようございました。ですがいつまでも片桐さまに頼ってはいかがなものか」

「どういう意味だ」

「父上、これからは江戸の徳川幕府の天下です。事実狩野派はすでに一門が大挙して江戸にでて足場を築いております」

「ならん。徳川に尻尾をふるなど、わしの眼の黒いうちはゆるさん」

「父上は古い。太閤殿下の世は終わったのです。江戸にでて徳川家に仕える、それがどうして悪いのです」

「ですが狩野派も一門あげて江戸にでるわけではありません。京には天子さまや寺社もおおく、絵師の仕事もまだまだあります」

道平がやんわりと重良をなだめにかかる。だが重良は血相変えて噛みつかんばかりに反論した。

「狩野派でも父上のは一代限りの御用絵師、このまま京に残っても勝ち目はありません」

そう言うと、ぷいっと座をはずしてどこかにでかけてしまった。

「若さま、醜態をお見せして申し訳ございませぬ」

内膳は激しく咳きこんで、懐紙に血痰を吐いた。

「気にするな。それより内膳、疲れたであろう。今夜はゆっくりと休め」

「せがれは一度言いだしたら後にはひかない頑固者です。わたしが死ねば翌日にでも江戸に発つでしょう。そうなったら若さま、この工房をお使いください。わずかばかりの蓄えもございます。洛中洛外図を描く絵具の足しにでもしてください」

「内膳、洛中洛外図を描くことを、どうして知っておる？」

「片桐且元さまからお聞きしました。若さまが洛中洛外図を描きたがっておられると古田織部さまがおっしゃったそうで」

「ほう織部どのが」

どうやら忘れていなかったようだ。又兵衛は思わず表情をゆるめた。

「織部さまは徳川秀忠公の茶の湯の指南をつとめて徳川家康どのの信頼も厚い。その織部さまの後ろ盾とあれば、内膳も心おきなく死ねます」

「何をもうす。死ぬなど縁起でもないわ」

又兵衛は内膳を叱ったが、織部が自分のことを覚えていてくれたことはうれしかった。

「内膳どの、そうです。あなたはまだ四十八とお若い」

道平も身をのりだして言う。すると横でじっと聞き耳立てていた紀三郎が、

「お師匠さま、工房を又兵衛さまが引き継がれるなら、わたくしも又兵衛さまのお弟子になりとうございます」

「紀三郎……、江戸には行かんと言うのか」

「はい、申し訳ございません」

紀三郎は消え入りそうな声で言うとうなだれた。

「分かった。若さまを、どこまでもお守りしてくれ」

内膳が静かにうなずいた。

紀三郎はよろこびのあまり大きな眼をうるませている。紀三郎は内膳の工房の中でも十八と若いが、内膳が見こんで熱心に教えこんでいるだけに、近頃ではめきめき腕をあげている。

「内膳、疲れたであろう。もう休め」

帰ろうと立ちあがった又兵衛を、内膳は律義に見送ろうと上体を起こそうとする。

「無茶いたすな、寝ておれ」

「はっ、若さま」

内膳は紀三郎にかかえられて、寝床にたおれこんだ。

「又兵衛、良かったな。工房と弟子と銭まで手に入る。これに古田織部どのの援助があれば、洛中洛外図を安心して描けるな」

又兵衛はうなずいたが、内膳の病状は気がかりでならない。

工房をでると室町通りにでた。多くの呉服商が軒をつらねて色とりどりの着物が並んでいる。大きな朱傘をひろげた茶店の長床几には小さな女の子がみたらし団子をほおばっている。隣には市女笠《いちめがさ》をかぶった母親らしい婦人が愛おしそうに女の子を見ている。母者とはかような優しいものか、身につまされながら室町通りの両側の軒をつらねて並ぶ呉服屋をのぞきこむ。多くは絹織物で、色とりどりの意匠をこらした着物で、若い娘たちがあらそって品物を手に取っていた。その娘らを、傾いた格好の若者たちの好色そうな眼が、ねっとりと追いまわしている。又兵衛はぺっと唾をはくと四条河原に向かう。

浄瑠璃小屋や遊女踊りの小屋がかかって、さすがににぎわっていた。だが、「天下一」や「阿国歌舞伎」の幟はなかった。「これからは徳川さまのお江戸よ」、阿国はそう言って一座をつれて江戸に行ってしまった。

その時、薄闇の中から渡辺了慶が歩いてくるのが見えた。

「つい今しがた、内膳どのの工房に永徳の洛外屛風絵、運んでおいたぞ」

「なに」、又兵衛は言うが早いか、はやくも河原を走っている。

内膳の工房の戸を開くと、弟子の紀三郎が「たった今、了慶さんが屛風絵を」と叫んだ。

「どこだ、灯りをもってまいれ」

又兵衛は薄暗くなった工房の土間で顔をしかめた。

「あった！」

又兵衛は紀三郎が持ってきた燭台をかかげるや、ぎくっと足をとめた。

「又兵衛さま、この四曲一双の屏風絵って、了慶さまが描かれたのですか？」

「いや、永徳だ」

又兵衛の肩越しに、紀三郎が唾をごくりと飲むのが分かった。

さすがだ。右雙《そう》には、大堰川《おおいがわ》をはさんで東の嵯峨の釈迦《しやか》堂、天龍寺が大きく描かれて、大堰川にかかる渡月橋《とげつきよう》や西に見える嵐山といった、平安の昔から天皇などの行幸や貴族の舟遊びなど盛んにおこなわれた名所が、細密画でていねいに描かれている。

さらに左雙を見ると、平等院を中心とする宇治の景観が配されている。

ふつう大堰川の右雙の対としては、祇園や清水寺のある東山の光景が絵師の常識とされる。それを永徳は大胆な構想で宇治をもってきた。いかにも永徳らしい、二十歳の挑戦だ。

「どうだ、かなわんだろう」

ふりむくと、渡辺了慶がにやにや笑って立っていた。

「永徳どのは信長、秀吉に愛された。それも永徳どのが安土城の華麗なる金碧障壁画など天下人の気宇を機敏に察知し、象徴的にあらわしたからだ。だが永徳どのの出発点は細密画にある。なみの絵師なら配置からして伝統にしたがう。だが永徳どのはその伝統そのものに真っ向から対決した。狩野派にあって彼だけは模倣者じゃない。おのれ自身の絵にとりつかれた野心家だった。彼らが気に入る絵を描くことで、内心では優位に立っていた。天下人の笠の下にありながら、永徳どのの夢は天下人を凌駕《りようが》することだった」

「なるほど、ものも言いようだ。永徳の才能は認めるが、彼は権力にあまりにすり寄った。安土城は彼の苦心の絵ごと焼きつくされた。信長の肖像画だって、秀吉にもっと貧相に描きなおせと言われて応じたそうじゃないか」

「狩野派への中傷だ。いくら太閤殿下でもそれはなかろう」

「絵師がほんとうに描きたいものを描くには、莫大な銭がいる。かの千利休どのでさえ太閤に屈し、あげく自害においやられた。権力を利用するなど公家のお家芸でしかない」

そうは言いながらも、又兵衛は永徳の絵に心底圧倒された。魂がえぐられるほど衝撃を受けた。そうなると居ても立ってても居られない。いつまでも織田信雄の飼い犬でいるわけにはいかん、本物の、おのれの絵を描くには、決断が必要だ。又兵衛は永徳の絵を睨みつけると、歯がみしながら頭の毛をかきむしった。

九　琴江

又兵衛は織田信雄の屋敷を飛びだした。真っ昼間っから管弦の宴に興じ、信雄の気分次第で客の似せ絵を描かされ、浅ましい生い立ちが酒の肴にされる。あるとき又兵衛は屈辱のあまり、わざと滑稽な戯画で応じてやった。客は腹を立てるわ、信雄は面目をなくし青くなるわ、騒然とした座を又兵衛は悠然と退散した。

又兵衛はその足で内膳の工房に転がりこんだ。だが織田の扶持をはなれてみると、待っていたのは貧乏だった。それに内膳の工房もさほど余裕もなさそうだ。食うための苦労を思うと、さすがに心細くもなる。だが一歩表にでると、又兵衛はのびやかさに空をあおいだ。頬をなぶる風も、枝を飛びかう小鳥の声までが、昨日までとはちがって感じられる。

なにより織田信雄の束縛から自由になったという精神の軽やかさ、それに描く絵の目標がさだまり、やっと洛中洛外図にとりくめる、そのよろこびが又兵衛を快活にした。

かれは一日中洛中洛外の隅々まで歩いて、下絵を何百枚と描きためた。脳裏には狩野永徳の洛外遊楽屏風絵がちらついている。だがあれは永徳の洛外図だ。おれの裸の眼で見た洛中洛外の光景は、応仁の乱に続く戦乱で焼け野原になった京を、再び自分らの手にとりもどした、庶民のよろこびが爆発した熱狂の渦だ。かれらはようやく訪れた泰平の世に、おのれの欲望をまるごと発散させ、酒を飲み、歌い、躍り狂う。それがいかに儚い夢であろうと、かれらは今の幸せを命のかぎり楽しむのだ。武家の若者たちは、武功で仕官する未来を断たれた鬱憤《うつぷん》を、傾《かぶ》いた派手なりをして、京の町中をほっつき歩き、女を漁《あさ》る。公家の若者だって、夢のないのは武家以上だ。笠を被って顔を隠しているが、好色なまなざしは京中の素人娘、遊女、あらゆる女たちを視野にいれている。

そんなある日、道平が息をはずませ、又兵衛に手紙を届けてきた。見ると伏見の古田織部からである。又兵衛は道平を誘うと、その日の午後には伏見城下に馬を走らせていた。

琴江の白磁のような白い顔が胸いっぱいに甘酸っぱい感傷を呼びさます。気づいてみれば、琴江に会うのも五年ぶりである。

伏見城は、かつて関ヶ原の前哨戦で城も城下の大名屋敷も猛火につつまれた。だが眼の前の城下は見事に復興をとげていた。かつての太閤秀吉の豪壮さとは比べようもないが、家康の都市づくりの見本のように質実剛健につくられている。

　又兵衛は門番の案内で座敷にとおされた。しばらく待たされやっと侍女が茶菓を運んできたが、琴江があらわれる気配はない。しまった、琴江は嫁いだのかもしれん。あのときすでに十八、婚期を逃しかかっていた。

「又兵衛、おちつけ、そうイライラしてはいかん」

　道平が眉をしかめてたしなめる。

「分かっておるわい」

　爪をかみながら、イライラ襖の外をうかがっている。

　そこへ主の織部があらわれた。てかてかした坊主頭に大きな眼玉をぎょろっとさせ、どっかとその場に胡坐をかいたが、いくら待っても琴江が入ってくる気配がない。

「下絵、見させてもらった。よい。支度の金子をわたす。仕上がったら見せてくれ」

　織部は客を待たせているらしく早口で言うと、さっさとでていきかけた。見かねた道平が、「織部さま、琴江さまは？」と、すがるような眼で口ごもりながら聞くと、

「嫁にいった」

「えっ！」又兵衛は飛びあがった。みるみる肩を落とすと、あやうく噴きだしかけた涙をのみこむように、鼻をすすりあげた。頭の中は真っ白で、織部の前だということさえ忘れていた。道平が何かささやいている。それも蚊の羽音のように微かにしか聞こえない。

　又兵衛はよろよろと立ちあがると、廊下にでようとした。そのときするりと障子が開いて、又兵衛

と鉢合わせする格好に女が入ってきた。

「琴江どの！」

又兵衛は、まるで幽霊でも見たように悲鳴をあげると、腰をぬかした。

「お久しゅうございます」

「琴江どの？　嫁がれたのでは」カラカラの喉をふりしぼって、又兵衛が叫んだ。

「ええ」

「それがどうして？」

「分からんやつだ。琴江は出戻ったのだ」

織部が不愛想に言う。

「えっ、まことに？」

「誰がうそなど申す」

「ごもっとも、琴江どの、ようもどられた」

又兵衛は不覚にも涙をこぼした。

「たわけ、何をようもどられただと。まあよい。ゆるりとしてまいれ」

織部は豪快に笑うと、さっと腰をあげすばやく廊下にでていった。又兵衛は琴江に微笑みかけた。なんとも都合よくもどってくれたものだ。やがて陽がくれかかり、侍女が行燈に灯をともしていった。

まもなく夕食の膳が運ばれ、酒がついている。織部の心づくしがうれしい。

「どうぞ」と、琴江が又兵衛の前ににじりよって、酒をすすめる。

「これは、あいすまん」

又兵衛の盃がぶるぶる揺れている。エライ変わりようだ。婚家でよほど苦労したのか、そう思うと又兵衛は憐れさに泣きそうになった。気のせいか、白い手も荒れたようで、さしもの美貌にも翳りが見られる。

「ご苦労なことでござった」

「えっ？」

琴江は眼をみはった。

「女が婚家をだされるとは、よほど事情がござろう。さぞつらかったことであろう」

琴江は意外そうに眼を瞬かせていたが、それからふきだした。

「つらくなんかありませんでしたわ。婚家をでたのは私の都合でしたから」

「琴江どのの都合？　追いだされたのはなかったのですか？」

「いやですわ。それより、殿さまからうかがいました。ようございましたな、屏風絵」

「ああ、そうでした。ありがたい。琴江どのも下絵をごらんになった？」

「ええ、あれからずっと見ておりました。おもしろうて、たのしゅうて、嫁いでからもずっと見ておりました。それで家をでる決心がつきましたの」

「なに？」

「織部のお殿さまがしきりと思いだされて。だって殿さまのセト茶碗に似て、どこか歪《ひず》みて、剽《ひょう》げ物(剽軽《ひょうきん》もの)じみて、不格好ですわ。でもそれが楽しくてならないのです」

琴江はそう言うと、白い喉を見せて笑いだした。まるで芙蓉の蕾が一度に開花したような華やかさに、又兵衛もつられて泣き笑いした。琴江はその後、しぶりながらも又兵衛の問いに答えた。琴江の夫は織部の家来で、琴江の美貌に一目ぼれしたとかで、たっての願いで嫁いだ。ところが婚家に入ると、夫はその家に古くからいる召使とただならぬ関係にあることが分かった。琴江との結婚も、世間体を恥じた母親が勝手にすすめたことだった。

「織部のお殿さまも事情を知って、もどってこいと」

「なるほど」

又兵衛は琴江の話を聞きながら、不安になった。もしや琴江が婚家をでたのは織部のせいだろうか？　ことばの端々に、織部のことがでる。ということは琴江が惚れているのは織部ということか？　そんな馬鹿な、織部は祖父のような年だし、だいいち見事な丸坊主だ。又兵衛が胸のもやもやと戦っていると、琴江の涼しい声がした。

「又兵衛さま、これに色をつけたら、もっと鮮やかで画面全体が生き生きと動きだすのでしょう。屏風絵できあがったら見せてくださいまし」

「むろん、むろんです。さっそく取りかかります。できあがったら真っ先に、琴江どのにお見せいたそう。さよう、その時には琴江どの……」

わしの嫁になってくれ。又兵衛は喉からでかかった言葉をかろうじて飲みこんだ。それからおずおずと顔をあげると、道平が嫉妬するほど、とろけるような美しい眼で琴江を見つめた。琴江もかすかに息をはずませて、どぎまぎしたように頬を上気させている。

やれやれ、この場の成り行きを案じていた道平は、ほっとするやら、しあわせそうなふたりにすっかりあてられ、妬ましくも思ったが、一方で感心もした。

たしかに又兵衛がこれまで描いた人物の表情、動きには独特の表現がある。それは人物のみならず風物にいたるまで一貫しており、極端によじったり、ねじまがったり、つまりはゆがみ、ゆずみ、へうげといった不均衡な動きがことさら強調されることで、絵に不思議な躍動感をあたえている。それを織部の茶碗と本質において似ていると瞬時に見ぬいた琴江の感性に、道平はほとほと感嘆させられたのだ。

翌朝、又兵衛は後ろ髪引かれる思いで織部邸を後にすると、内膳の工房に馬を駆けさせた。

「内膳！　内膳はおるか」

工房の戸を勢いよく押し開けると弟子の紀三郎が振り向いた。

「御師匠さまでしたら片桐且元さまのお屋敷です」

「そうか、紀三郎、わしは洛中洛外図の注文を古田織部さまから受けた。大量の紙と絵の具の手配をしてくれ」

「又兵衛さま、まことですか」

紀三郎が眼をむいた。

「うそをついてどうなる、たわけ」

紀三郎は夢から醒めたように大きな眼でうなずくと、下働きの辰蔵に手早く指示をだすために工房の奥にかけこんだ。

十　浮き世の命の花

　又兵衛は熱気の真っただ中にいた。洛中洛外図は面白いほど筆がすすみ、かれは気のすむまで絵に没頭すると、伏見城下の織部の屋敷に馬を走らせた。そうして彩色したばかりの絵を琴江に見せる。しまいには琴江も心待ちしているのか、又兵衛の好物の金平糖まで茶うけにだされた。織部はほとんどでかけて留守だった。

「どうです、わしの絵は」

「活気に満ちて浮かれて踊りたくなります」

「祭りは、好きか？」

「ええ、祭りも、踊りも、それに馬も」

「馬に乗られるのか？」

「幼い頃、父の馬の背に乗って野山を駆けまわりました。それが父とのたったひとつの思い出ですの」

「それはいい。どうです、これから私が馬に乗せてあげよう」

　おどろいたことに琴江はすなおにうなずいた。又兵衛は勇んで内膳の工房まで走らせた。

　琴江はあまりにもみすぼらしい工房にとまどっていたが、紀三郎のいれた茶を美味しそうに飲みほすと、「どんな立派な茶席のお茶より、味わい深くておいしゅうございます」と言って、紀三郎を感動させた。病床の内膳は琴江に見舞ってもらうと、紀三郎に体を支えられ、ようやく布団から上体を

起こすと、

「亡きだし殿に、よう似ておられます」

めがしらをおさえて涙をあふれさせた。

工房にもどると、琴江は又兵衛の描きかけの絵をおそろしく熱心に見てまわり、ひとつひとつの情景に眼をみはった。

「これが又兵衛さまの洛中洛外図！　これまでの洛中洛外図といえば都の景観を中心に人物は点景でしかなかったのに、又兵衛さまのはあきらかに近接した視点で人物を大きく描いておられる。そのせいか人々の暮らしぶりや生き様がおどろくほど生き生きと描かれて、誰が絵の主役か、この世の主人公は誰なのか、長い戦乱を生きぬいた民衆の、泰平をよろこぶ熱狂ぶり、また反対に夢をうばわれた武士や公家の若者らの絶望が傾いたさまにようあらわれて、まさに憂き世、いいえ浮き世が、見事に描かれておりますわ」

「琴江どの」

又兵衛は感きわまって、つと琴江の両手をにぎりしめた。ひんやりして、じきに暖かくなった。琴江ははにかみながら、その手をひっこめようとしない。又兵衛は喉がからからになった。

「夕餉の用意をさせます。今夜はもう遅い。明日の朝、伏見までお送りいたそう」

「お殿さまは夜のうちにもどられると。ですから今夜はおいとまいたします」

又兵衛はなごり惜しげに琴江を馬に引きあげる。琴江はすなおに手を又兵衛の腰にまわし、背中に体をもたれかけてくる。琴江の息が背中を暖かくし、おまけに馬の振動が、又兵衛の欲望をこれ以上ないほど激しくかりたてる。いっそこのまま草むらに押し倒して、一気に想いをとげたい。だがそんなことをして琴江に嫌われたら、もともこもない。

「琴江どの、洛中洛外図が完成したら」

「えっ、なにかおっしゃいまして？」

不意に琴江が、くっ、くっと笑った。女のよじった体のゆれが、耳たぶにかかる甘い息が、悩ましい。もう我慢も限界だ。このまま馬にムチをあて、激しく責めたて、女の体ごと馬から転げて、唇をうばうか、又兵衛は思わず悲鳴のような声をあげた。

「そのときは、わしの……」

「ええ、妻にしてくださいまし」

「えっ！　いま、なんと言われた？」

琴江は又兵衛の背中に顔をうずませると、腰にまわした両手の指にそっと力をいれた。


その年、又兵衛は洛中洛外図の完成を待たずに琴江と所帯をもった。内膳が工房の庭にあった古家を手直しして新居にあてがってくれた。

琴江は、一緒に暮らしてみると、貧乏と情愛にはとびっきり強い女だった。

父は生まれこそ土岐一族につらなる武士だが、美濃が織田信長に攻められると牢人して越前の朝倉義景に一時期仕えた。そのとき敦賀出身の母を妻にむかえた。その後朝倉氏が信長に滅ぼされると、地侍に身をおとした。ていのいい百姓で、母親は百姓のかたわら幼かった琴江をつれて、野菜を売り歩く行商をして、やっとその日の糧《かて》にありついた。

やがて両親が相次いで死ぬと、十三歳になっていた琴江は、父の形見の書付けをもって、伏見の織部の屋敷を訪ねた。父は織部には面識がなかったが、おなじ土岐一族の出という縁だけをたよりに、一人娘の身柄を預けた。無謀なこころみだが、それしか道がなかった。

はたして琴江は門番にこばまれて何度も門前払いをくった。七日目、琴江は空腹と寒さのあまり、とうとう門前で行き倒れた。騒ぎの最中、織部が馬でもどってきた。

「あのとき織部さまに運よく拾われていなかったら、野垂れ死にしておりましたわ」

「そうか、そんな苦労があったのか」

琴江が必要以上に警戒心がつよかったのもうなずける。

琴江は今ではすっかり又兵衛との暮らしにもなじんで、工房へも出入りするようになった。とりわけ又兵衛の下絵が極彩色に塗られて鮮やかさをましていくと、心底おどろいて、又兵衛の天才を信じた。だから又兵衛が、つい油断して昼間から酒を飲んだくれたり、気まぐれにふるまうのさえ、理解した。それだけに若くて才能のある又兵衛が真《まこと》の絵をつかむまえに、若い琴江との狂おしい情愛に燃えあがるのを、母のように慰め、気づかいながら、琴江は自分の情念に心をひそめて、ためらい、とまどいもするのだ。

ぜいたくにふけり、暇にあかせて男の心をもてあそび、なさけ知らずをてらうことに大胆な女が世間には多いが、琴江には貧しさも苦にならないばかりか、ささやかな又兵衛との暮らしをありがたがる、いじらしさがあった。

あるとき琴江が昼間から家を空けた。珍しいこともあるものだ。織部どのの屋敷にでもでかけたのだろうか。たまたま顔を見せた道平とのんきに酒を飲みはじめていると、そこへ琴江が大きな風呂敷包みをかついで、顔を真っ赤にして帰ってきた。又兵衛を見ると額の汗をぬぐいながら、にこにこしている。

「五条通りに扇屋の店を借りてまいりました。この扇に源氏絵を描いてくだされ」

「扇屋の店を、琴江どのがきりもりする?」

道平もさすがに眼をまるくした。

「ええ、織部さまからの金子は残りすくのうて、でも高価な絵の具がまだまだ入用でございましょう」

「しかし」

又兵衛が言いかけると、

「あなたは絵を描いておられる。わたくしひとりがのんきに遊んでもおられませんの」

「すまん、琴江」

又兵衛は酒の酔いもさめて、膝をただした。

実際又兵衛は、この時期幸せの絶頂にあった。幼い頃から肉親のあたたかみを知らずに育った又兵衛には、琴江との暮らしは新たな発見であり、多くの刺激をあたえられた。

しかもひとりの女に骨の髄から惚れて、その若い肉体の甘美さに陶然とさせられると、この世はあらゆる色彩で彩られていることが肌で感じられた。憂き世も、いまや極彩色に彩られ、さまざまな人間の欲望さえ虹のように自然の一部にとけこんで、この世のすべてが浮世の命の花そのものに見まがうほどに輝きをはなって、又兵衛の胸を焦がすのだ。

翌年には待望の長男、村満も生まれた。

「琴江、ようやった。見ておれ、わしは日本一の絵師になるぞ」

又兵衛は赤子の村満の真っ赤なほっぺを指でおそるおそる突きながら、満ち足りた笑顔で妻を見た。

十一　洛中洛外図

幸せな時間は思いがけない早さで過ぎていくようだ。又兵衛の扇絵の店は京の名所の一つにも数えられ、俵屋宗達《たわらやそうたつ》の扇屋と人気を二分するまでになっていた。小さい頃は店の隅の籠にほうりこまれていた村満も、今では五つになった。近頃では店先にでて、琴江が客相手に扇を売るのを、見よう見まねで真似るようになっていた。

琴江が笑いながら話すので、あるとき物陰からこっそりと見ていると、小さいなりにいっぱしの商人じみた愛想笑いをうかべていた。これではいかん。村満はいやしくともおれの息子、武家の子だ。それからは村満に毎朝竹刀をにぎらせ打ちこませた。兄の村次の息子である村常の消息は養母から時々伝わってくる。丈夫な武芸者に育っているようで又兵衛も安心はしていたが、荒木一族の家系を絶やすなと遺言して失意の中で死んでいった兄のためにも、村満は武士の子として育ってほしかった。村満は五歳にしては大柄で、剣術の練習の合間に、工房の中で紀三郎と相撲をとって遊んでいた。

そんな息子の成長ぶりに刺激されたように、又兵衛も念願の洛中洛外図屏風絵の完成にむけて筆をはしらせた。

ところがここ三月ばかり、又兵衛の幸せな日々に水をさすような事件が起こった。

又兵衛の扇絵がばったり売れなくなったのだ。琴江は自分が客のあつかいにそそうをきたしたせいだと、見る影もないほどしおれきっている。さすがの又兵衛も頭をかかえた。

自分の源氏絵が飽きられたのだろうか？　そう思いはじめた頃、内膳の弟子の紀三郎が市中の妙なうわさを聞いてきた。俵屋の優雅な源氏絵にくらべて又兵衛の絵はあきらかにおとる。それも上品さからほど遠く下劣だという中傷がひろまっているという。

「誰だ、そんな卑劣なうわさをながしたのは、まさか俵屋か？」

紀三郎は首をうなだれるばかりだ。だが扇が売れないとなると、又兵衛一家には死活問題で、絵を描いていてもそのことが気になって、又兵衛はじりじりした。

そんなある日、渡辺了慶がふらりと店に立ちよった。

「二条城の二の丸御殿の襖絵にかりだされておってのう」

「二条城？　徳川どのの居城だろう。画は狩野派が独占し、二十五歳の狩野探幽の若描きが評判だが」

「狩野派だけでは数がたりん。そこで長谷川派、海北派、京はおろか江戸からも絵師が集められた。だがさすがに又兵衛、おまえにまでは声がかからんかったようだな」

了慶のからかいにも、又兵衛はぶすっと口をひんまげたままである。

「又兵衛、どうした。やけに機嫌が悪いじゃないか。何かあったのか？」

琴江が前垂れをはずしながら、そっと事情を話した。

「なるほど急に客足が遠のくのは変だ」と、了慶もしきりに首をひねる。

そこへ道平が泡くってやって来た。顔色が青ざめている。

「大変なことになった。池田輝政さまが急死された。姫路藩では中風と発表したが、どうも毒を盛られたようなのだ」

「まさか、徳川の手か？ それより外にでよう」と、又兵衛は二人を表に連れだした。

「おそらく。つい一月前も屋敷にみえて織田の殿と機嫌よく酒を飲んでおられた。ところが朝餉のあと大量の血を吐いた。殿はその報せにぶるぶる震えて、家来にやつあたりだ」

「やれ、やれ、そんな気の小さいことでは、大坂方の総大将などできんだろう」

織田信雄は信長の息子ということで大坂城の秀頼から味方につくよう要請されている。池田輝政も父の恒興が信長の乳兄弟ということで豊臣恩顧の大名の呼びかけに応じている。

「下手人はあがったのか？」

「分からん。家康は猿楽師を諸大名に送りこんで諜報活動をさせている。しかも池田家の異変はこれだけではない。ここ四、五年の間に家老三十人ばかりが病死している」

「そりゃおかしい。暗殺だろうか」

「家康も征夷大将軍になったがすでに七十を超えた老人だ。かたや秀吉の忘れ形見秀頼公は立派に成人して、今や六尺あまりもある偉丈夫らしい。自分が死んだら二代将軍の秀忠などその軍門に下るだろう。その恐怖だ、豊臣方の大名を次々と暗殺するのは」

三人は無言のまま五条大橋をわたった。まもなく七条通りに面した方広寺の表門にでた。

「さすが太閤殿下だ。何ともばかでかい寺をつくられたものだ」

道平の声に又兵衛は巨大な寺院を見あげた。漆黒の瓦ぶきの大屋根に白壁が塗られて朱塗りの柱や梁が美しい。表門をくぐると、大仏殿に安置された大仏があった。高さは六丈三尺ばかりか、金銅で作ったまばゆいばかりの座像が輝いていた。

方広寺は秀吉が天正十四年(一五八六)東山の三十三間堂の北側に創建した。東大寺の大仏にならって巨大な大仏を安置させたが、慶長元年（一五九六）の大地震で崩壊した。

その後秀吉の遺志をつぎ方広寺の再建をはかったが、鋳物師の不注意から火がでてすべて焼失した。豊臣家はその後も再建に着手し、慶長十七年にはやっと落慶にこぎつけあとは梵鐘《ぼんしょう》を鋳造し、大仏開眼供養をするばかりとなっていた。その総奉行が片桐且元だ。

内膳は自分の息があるうちに、又兵衛が描いた洛中洛外図を且元の斡旋で大坂城の秀頼公に納めさせたい。そしてあわよくば御用絵師に取り立ててもらいたいと且元に頼んでいた。且元からは大仏開眼供養が無事終わってからと釘をさされている。実際且元は多忙だった。大坂城蕃として豊臣家を代表して徳川家康との折衝を一身で引き受けていた。

「又兵衛、知っておるか、この梵鐘の銘文《めいぶん》に、徳川家康がいちゃもんつけた」

「なんのことだ？」

「梵鐘の銘文の中に、国家安康と君臣豊楽とある。国家安康は家康の名を二分し、君臣豊楽は豊臣家の繁栄だけを願う、と、なんくせをつけおった」

「なるほど、家康らしい陰険なやりかただ」

「なにしろ大坂は太閤殿下亡き後も、活気にみちておる。秀頼どのは太閤殿下の遺志をついで、大坂六十六町、商人の自由な商いを積極的に保証している。だから店先には米や反物、酒、菓子、刀、鎧、それに鉄砲まで自由に売り買いされている」

道平は、織田信雄の供をして難波の屋敷にも出入りしているせいか、やけにくわしい。

「そうだ、又兵衛、扇絵の商い、京がダメなら、いっそ大坂でやらんか」

「大坂か、だが絵は京だ。ソロバンをはじきながら商人がながめる絵なんぞ、真の絵ではない。もっとも扇絵ていどなら、それも一興だ」

了慶の毒のある言葉も、又兵衛の耳には入っていない。

かれは眼の前の巨大な方広寺と大仏殿、梵鐘とさっきから格闘していた。そうしてうなずいた。これら豊臣家の象徴こそ、自分が描く洛中洛外図の右雙にふさわしい。

対する左雙、これは徳川の居城、二条城できまりだ。

両極に相対する勢力を大胆に入れることで、今の時代の緊迫した情勢をあますことなく描きつくす。あとは洛中洛外の民衆の暮らしぶりを、細部にわたって描きあらわすだけだ。

寺町通りを練り歩く祇園祭礼の神輿をかついだ威勢のいい町衆たち、母衣武者行列などのにぎにぎしさ、さらに三筋町の遊郭、五条通りにびっしり並んだ商家の商いの活況ぶり、四条河原の人形浄瑠璃の小屋の看板は「山中常盤あやつり」とあり、山賊に斬殺された母、山中常盤の仇を討つ若かりし日の義経、牛若丸の物語である。さらに鶴丸紋の幕をたらした歌舞伎小屋に、見物客は殺到している。

だがこうした歓楽の光景の中でも又兵衛の眼は、鴨川の川原の田植えの光景をとらえていた。牛に馬鍬を引かせている男は、片手に牛の手綱をもち、もう一方の手に馬鍬の取手をにぎって上手に牛を誘導している。あぜ道では子どもが一人、大人たちの仕事ぶりをながめている。

しかし世の中には平和の訪れを素朴によろこぶ庶民がいる一方で、かならずしもそれをよしとしない人々もいる。乱世で下剋上の夢に燃えた若者たちである。足軽の子が関白になった時代は過去のものになった。かわって世襲の将軍を頂点に、国中が強固な階級で支配される世の中が出現した。若者は先の見えはじめた世の中に焦燥感を募らせ、傾き者、徒者《いたずらもの》となり、あちこちで喧嘩をふっかけてはありあまった熱気を暴発させる。

照高院の門前では、逃げまどう人々をしりめに、刀や槍までもちだして斬りあう傍若無人な暴れ者の集団が、命がけの形相で戦っている。また東寺回廊で女を抱く坊主や、五条大橋でぶざまに仲間にかつがれる酔っぱらいなど、働く庶民と遊ぶもの、女に色目をつかうもの、刀をふりまわし乱闘する集団、その身分や状況はさまざまでも、かれら、あらゆる階層の人々が、この激動の時代を生きぬこうとしているのはたしかだ。

又兵衛はかれらを批判がましく見たりはしない。むしろこの時代をともに生きる人々の旺盛な生命力に心から共感し、その逞しさやむきだしの欲望、心の底にうごめく渇望など、鴨川の底の泥や砂まで根こそぎすくいとる絵師の貪欲な眼で活き活きと描きあらわすのだ。

「琴江、仕上がったぞ」

けたたましい雄叫びに琴江はゆっくりと眼を開いた。夏にひいた風邪が秋口になっても治らない。体中が熱をおびてだるい。だが又兵衛はここ数日夜も徹して最後の仕上げにとりかかっている。よけいな心配はかけたくない。

琴江が工房に入ると、六曲一双の屏風絵の前で又兵衛が腕組みしていた。

「おまえさま！」琴江はおそるおそる又兵衛の肩越しにのぞきこむと、絶句した。

「父上、これが洛中洛外図でございますか」と、村満が眠い眼をこすりながら叫んだ。

「そうだ。傑作だろう」

「はい」村満は誇らしげに父を見あげた。

少年の眼にも父の絵は、京中の人々が生き生きと楽しんでいる様子が見てとれた。

「ずいぶん多くの町衆が描かれている。父上はいったいどれほど描かれたのですか」

「ざっと二千六百名あまり」

「まあ、たいそうなことですわ。それに、ここにあたくしが描かれていますわ」

「へえ、どれです。母上」

琴江が指さすのは堀川通りから入った二階家の商家が立ち並ぶ大通りで、人々が行きかう中で背の高さほどの大きな袋を背負った少女があえぎながら通りすぎる。又兵衛はその少女の右足をより太く描くことで、荷の重さに負けまいとする少女のけなげさを表現した。

「この小娘ですか？」

琴江は、子どもの頃母と野菜を売り歩いていたことを話して聞かせた。

「では橋の上で子を肩車したり、おんぶをしたり、だっこしたり、これは父上ですね」

村満のかん高い声に又兵衛も思わず琴江と幸せそうに顔を見あわせる。そのとき、

「父上、橋の牛馬止めの上に小さな子がたったひとりで腰かけている、とても悲しそうにうなだれて、親に叱られたのか、それとも親のないきのどくな子どもでしょうか？」

「おお！」思わず絶句して、顔をくちゃくちゃにすると、息子の頭をなでた。

「一条戻り橋、なんだかとっても寂しそうですわ」

この少年は六歳の自分だ。そして右側の橋の欄干にもたれかかって、右方向の中立売通《なかだちうりとおり》の活気にあふれた町の様子をながめる家族連れは、荒木村重の家族である。村重をのぞいて、死んでしまった過去のひとびとである。かれらは川の流れをぼんやりながめたり、光のあたる右方向の中立売通の現実の生活をそっと垣間見ているかのように、その表情はどこか物憂げである。橋を渡れば、失われた未来がそこにあるかのように。

信長が死んで、顕如は本願寺の支院にかくれていた又兵衛を父である荒木村重のもとに帰した。はじめて肉親といえる父子の対面に胸をはずませたが、村重は見むきもしなかった。凍りつくような孤独、それでも時だけは堀川の流れのように一所にとどまらず、確実に移ろう。過去から現実に、そして未来へと、ひとびとは地上の営みを永遠にくりかえす。今この瞬間にも、われらの生は、その移ろいの時の中に死に向かっているのだけど。

「まあ、これって」

まけじと眼をこらして見ていた琴江は、三筋町の遊郭の道ばたでおおっぴらに客と戯れる遊女や、

稚児の手をひいた僧侶、こっそり僧をたずねる尼僧、さらに女たちに説教する僧坊の陰で女の信者を抱きしめる好色坊主など、あらわに描かれているのを見るとさすがに顔を赤らめたが、それにもまして又兵衛を見る眼は誇らしげだった。

「おまえさまもこれで、京で一番の絵師になられました」

「なんの、日本一だ。この洛中洛外図は、わし自身だ。未来永劫つたえられるものだ」

「ええ、ええ、おまえさま」

琴江がめずらしく又兵衛の胸に飛びこんできた。すると村満も負けじと頭をおしつけてくる。

「おお、重いぞ」悲鳴をあげながら又兵衛は転がり二人を腹の上に抱える。

「いたい！　父上のおひげ、どうにかしてくだされ」

その夜は久々に米の飯をたいた。又兵衛の窮乏を見かねた内膳が、ひそかに紀三郎にとどけさせたのだ。屏風絵が仕上がったいま、内膳に借財した銭も返したい。

翌朝又兵衛は内膳の工房に駆けつけた。屏風絵を見る内膳の眼にみるみる涙があふれた。

「若さま、よい仕事をなされましたな」

これから伏見の古田織部の屋敷にでかけるという又兵衛をおしとどめて、内膳は本心をあかした。

「では内膳は、片桐且元どのを通じて大坂城の秀頼公に屏風絵を運ぶというのか」

又兵衛は驚嘆した。しかしよく考えると悪くない。かつて兄の村次の家を訪ねたとき大坂の町はおそろしいほど活気にあふれていた。たしかに町の基礎は太閤秀吉が造った。だがその太閤の遺志を継ぎ天下の台所といわれるまで繁栄させたのは、若い秀頼公の手腕だ。

江戸に行った阿国からは、時たま忘れた頃に手紙がとどく。徳川が開いた江戸の城下は武士や商人など身分の差は厳然と区別され、息ぐるしいほど秩序だって、阿国歌舞伎の客足もさっぱりだとなげいていた。このままではいずれ出雲にでも帰るかもしれない。あの強気の阿国でさえ、すっかり気が弱くなっている。

なるほど、それにひきかえ大坂は、伝統的に堺の自治など引き継いで人々の暮らしぶりもおおらかである。どっちの政治が民衆にとって幸せか、赤子にでも分かるというものだ。

さすれば秀頼公こそ、洛中洛外図を持つにふさわしい。泰平の世を楽しむ民衆の活気を、その熱くしたたる汗を、じかに感じとっていただきたい。なに方広寺大仏殿の梵鐘の銘文事件など、片桐且元どのが本気で家康に抗議すれば難なく解決するだろう。又兵衛は洛中洛外図がついに完成した興奮で、徳川家康の謀略などしごく簡単に笑いとばしたのである。

十二　豊臣家最後の夏

道平が、若い男を連れて戸口に立っていた。

「誰だ、こんな朝早くに」

朝が弱い又兵衛は、片手でいまいましそうに朝陽をさえぎりながら道平をにらみつける。

「伯父上、村常です。探しましたぞ。織田さまのお屋敷ではなかったのですか」

若い男がなじるように口をひんまげ立っている。身の丈、ざっと五尺八寸ばかり、筋骨たくましい体だが、顔は少年の幼さをのこして丸々とした顔立ちである。

「まさか、伯父上、かような小屋に住まわれてはおられませぬな」

濃い眉をしかめて、よく光る大きな眼で掘っ立て小屋の中を探るようにのぞいて、怒ったように叫んだ。

「おお、村常か」

顔も立派な体格も、それにかん高い声まで兄の村次にそっくりだ。

「まあ中に入れ。なにここは工房だ」

声を聞きつけて琴江と村満がそろって顔をだした。

「おまえさま、お知りあいですの」

村常は二人を見るとぎょっとしたように顎を引いて、眼を白黒させた。

「甥の村常だ」

「まあ、村常さま、ようお越しくださいました。狭い家ですがお入りくださいまし」

村満もめずらしい客にうれしそうに村常の手にふれた。村常はその手をはねのけ、

「いえ、そうもしておれません。昨日一日足を棒のように歩きまわり無駄をしました。これから大坂城に入ります。伯父上もそのお覚悟と存じ、ならばともに秀頼公の召集に馳せ参じようと考えたからです。しかし、どうやら伯父上にはその気概もないようだ」

悔しそうに唇をかむと、涙がどっと眼にあふれた。大坂からたった一人の荒木家の伯父を訪ねてきたのに、その思いの強さが逆に裏切られた失望に変わったのか、逞しい体がわなわな震えている。さっ

きから感心しているのは道平である。あの赤ん坊が、おそろしく活きのいい若者になって眼の前にあらわれた。しかも徳川家康との決戦を前に、秀頼公がついに大坂城に豊臣恩顧の兵をつのった、それに応じて大坂城に入るという。

「まあ待て、村常、いずれの殿の陣営におる」

「今は牢人でござる。しかし必ずや手柄を立てて秀頼公のお目にとまる覚悟です」

大坂城には秀頼の檄《げき》をうけて諸国から牢人がおしかけて、その数ざっと十万ともうわさされている。手柄しだいでは家来にお取立てになる。しかも城内には秀吉の隠し財宝、金銀が埋蔵されて、いざ徳川との合戦では、諸大名に軍資金として支払われるという。

戸口でいざこざをしている間に琴江が朝粥をたいた。そのにおいにつられたように、村常も家にあがりこんだ。湯気の立った粥に梅干し、味噌づけの瓜で腹ごしらえすると、村常の顔にも無邪気な笑顔があらわれた。「昨夜から何も腹に入れてなくて」と、村常は丸々とした顔をほころばせた。両頬にえくぼがでた。村満にも笑うと可愛いえくぼができる。

又兵衛は急にこの甥が愛しくなった。これほどせがむなら昔取った杵柄《きねづか》、ままよ大坂城の傭兵《よう》にでも志願しようかと、本気で考えてもいる。その気配に気づいたのは道平である。

「又兵衛、片桐且元どのとの面会は何時だ」

「片桐且元どの？　伯父上は片桐どののご家来か？」

「いやなに、家来というほどではないが面識はある」

「まことに？」村常の眼が輝いた。

「できれば加賀の前田さまか福島正則どのにお仕えしたかったのですが、伯父上、このさい片桐さまでもかまいませぬ。お供いたします」

げんきんなものだ、又兵衛は苦笑しながら自分の若い頃を見るようで何やら尻がこそばゆくなった。まもなく村常の寝息が聞こえてきた。昨夜はどうやら一睡もしていないようだ。道平の話では織田信雄の屋敷で又兵衛への取次をたのんだが、新しい門番にそんな男は家来にいないと追いはらわれ、一晩中京の町をうろついていた。朝方ふたたび織田の門前でもめていると、騒ぎを聞きつけあらわれたのが道平だった。

「又兵衛、大坂城に入るのか？」

「うむ」

「徳川家康に本気で太刀打ちできると思うか」

「何が言いたい」

「たしかに秀頼公は美丈夫らしい。だが大坂方は淀殿、大蔵卿局《おおくらきょのうつぼね》など、女に牛耳《ぎゅうじ》られておる。それにくらべて家康は関ヶ原の戦から十年も待ったのだ。ここはどうあっても大坂を本気でつぶす気だ。今年の四月から始まった江戸城の修築だって、豊臣恩顧の西国大名の多くが駆りだされておる。豊臣方の有力大名を江戸にひきつけ財力をつかわせる。すべて来《きた》る大坂の陣を考えての作戦だ」

「なるほど、しかしそれでも加賀の前田、毛利、島津、加藤、真田、福島正則など、太閤殿下の御恩をうけた大名は十万とも二十万ともいわれておる。戦いは互角だ」

「たしかに、だが謀略は徳川が一枚上手だ。二条城ではじめて家康と対面させられた秀頼公の側近、加藤清正、浅野幸長はその後まもなく急死。幸長の父、浅野長政まで急死した。いずれも毒殺のうわさがある」

「なるほど」又兵衛もさすがに頭をかかえた。

そのとき内膳の工房の下男の辰蔵が戸口にあらわれた。

「なに、内膳の病が悪い」

又兵衛は道平と内膳のもとに急いだ。部屋に入ると内膳は寝床に臥せって眼を閉じていた。あれほど頑健だった内膳の体が見る影もないほど痩せて、頬の肉も削げ落ちている。病床につきそっていた紀三郎が、「お医者さまはもう長くはないと」泣きそうな顔でつぶやいた。

「内膳、苦しいか」

「これは若さま、なにご心配はいりません。それより若さまの洛中洛外図、片桐且元さまに再三お願いしておりますが、なにぶん梵鐘事件が長びいて」

「あんずるな。しっかり養生いたせ」

「はっ、ありがたき仕合わせ」

内膳はつぶやき布団から起きあがろうとした。だが体に力が入らないのかそのままあおむけに倒れこんだ。あわてて支えに入った紀三郎を制して、

「しかし、片桐さまとて必死のご奉公をなされて、それなのに、何もできない我が身が悔しゅうてなりませぬ」と、激しく咳こみながらも唇をきつくかんだ。

片桐且元は、徳川家康から直々に方広寺の大仏開眼供養を八月二日におこなうとの返事をもらって

いた。ところが八月一日、家康は方広寺梵鐘の銘文にいちゃもんをつけ、大仏の開眼供養を延期せよと且元に伝えてきた。おどろいたのは豊臣家だ。開眼供養の準備はすみ、参列する門跡や僧への法会への招待状も届けて、あとは当日を待つばかりである。それを急に延期するなど言われても、豊臣家の面目は丸つぶれで、とてもできない相談だった。

淀殿は且元を使者に、駿府の家康との交渉に向かわせた。

内膳は荒い息を吐きながら、やっとこれだけ打ち明けると、疲れたのか眼を閉じた。

「内膳、そちが案ずることではない」

又兵衛は内膳を寝かしつけ、家にもどった。

「又兵衛、どうも銘文を書いた文英清韓《ぶんえいせいかん》が、家康を呪詛したと白状したそうだ」

「なに、まことか」

「そうだ、清韓どのは東福寺の長老をつとめたあと南禅寺にいた。南禅寺の長老は金地院崇伝《こんちいんすうでん》、いわずと知れた家康の知恵袋だ。清韓どのは崇伝に頭があがらない。あらかじめ言い含められていたにちがいない。つまり難癖つけて大仏開眼供養をさせない。となると、当然ながら秀頼公や淀殿は激怒される。なにしろ太閤秀吉が方広寺の建立を思いたって二十八年の歳月をかけてやっと完成した。豊臣家にとっては悲願でもあったのだ。家康にはそこがねらいだ。家康を呪い殺そうとするのは謀反の企てだと」

「ということは、大坂方はまんまと家康に乗せられたということか」

「そうだ、家康の腹は、何とか難癖つけて、大坂方に謀反の動きありと一気に戦にもっていくつもりだ」

「あらかじめ仕組まれたことだというのか」

「又兵衛、それにまだある。あの古田織部どのが謹慎中の清韓どのを茶会に招いた。それを知った家康がめずらしく激怒したそうだ」

キナ臭い世相になり武将としての古田織部の立場は微妙だという。徳川家康の陣営にいながら織部の茶会の客は大坂方の大名や武将も多く、これも織部が徳川氏の政令や家康の思惑などより、茶の世界の秩序を重んじるとの信念に従ってのことだというが。

そのとき台所で瀬戸物が割れる音がした。見ると琴江が茶碗を落として、すくんでいる。

「織部さまならやりかねません。殿さまは、茶の道では徳川も豊臣もない。すべて茶の湯は一つ、それに本心では徳川も豊臣も、ともに生きられる道をさがされておいでで」

「ならばなおさら、織部どのに深い考えがござろう」

ところが琴江は眼をつりあげ、あたふたと前掛けをとると、表に飛びだそうとする。

「どこへ行く？　伏見に行ってはならんぞ」

琴江は又兵衛の強い語調に一瞬体をこわばらせすくんだ。それからわっとその場に泣き伏した。

「琴江、織部どのを信じるのだ。いまおまえが行っても足手まといになるだけだ」

又兵衛は泣きじゃくる琴江を強く抱きしめた。

それに織部どのほどの男だ。本気で家康と敵対するほど愚かではないはずだ。又兵衛が自分に言い聞かせていると、物音を聞きつけ眼をさました村常が、勢いこんであらわれた。

「伯父上、いよいよ戦でござるか」丸い眼をらんらんと光らせている。

その間、駿府の家康と交渉中だった片桐且元が大坂城にもどった。急ぎ淀殿に面会し、豊臣家が生き残る道は、もはや家康の示したいずれかの条件をのむしかない、と血走った眼で訴えた。つまり秀頼が大坂をでて他国に移るか、他大名とおなじく江戸、駿府に参勤するか、淀殿を江戸に人質に差しだすか、そのいずれか一つを選ぶしかない、と。

ところが淀殿は、家康に言われて独自に側近の大蔵卿局を駿府に送っていた。家康は大蔵卿局の一行を歓待した。きげんよく城にもどった大蔵卿局は、淀殿に向かって、家康は少しも怒っているようには見えなかったと、誇らしげに報告した。さらに大蔵卿局は、且元は自分の手柄にするため、うその報告をしたと、淀殿に告げ口までした。

且元は裏切り者として大坂城を追放される羽目になった。

九月二十六日、且元は武装した手勢三百名と大坂城の玉造口からでていった。ここまで見こした家康、金地院崇伝、本多正純の計略に、まんまとはまったことになる。

これが事実上の大坂冬の陣のはじまりだった。


慶長十九年（一六一四）十月、徳川家康は、ついに大坂城の総攻撃にうってでた。

これを受けて豊臣方も、秀吉恩顧の諸国の大名、牢人らに大坂城への結集を呼びかけ、その数ざっと二十万を超えた。

家康のねらいどおりになった。これぞ徳川将軍家への公然たる挑戦であり、豊臣家を成敗する格好の名分が立った。

その一方で、家康は着々と朝廷工作を進めた。江戸に勅使をむかえ秀忠を従一位右大臣に任命させると、豊臣びいきの後陽成天皇を無理やり退位させ、かわって即位した後水尾天皇の妃として将軍秀忠の娘和子を入内させる、その承諾を得た。

これまで豊臣秀頼は関白であり将軍より上位にある。そのため秀頼は家康をあくまで家臣とし、成人後は秀頼に政権を渡すとの秀吉の遺言の実行を迫っていた。こうなったら、自分の目の黒いうちに豊臣家を完膚なきまでに叩《たた》きっ潰す。

家康の挑発にのったかたちで戦ははじまった。

しかし豊臣方は堅牢な大坂城を楯に強固な守備をかためた。

徳川勢は鉄砲を撃ちかけたり、総構えの堀を崩そうとしたがたいした成果はあげられなかった。家康はその間もしきりと朝廷に働きかけて和平に持ちこもうとしていた。

いかに徳川幕府軍でも戦が長引けば兵糧や弾薬の補給もあとをつく。しかも遠国から兵をだしている大名らは領国が心配で戦どころではなくなる。戦は長くて二ヶ月で決着をつけるのが常識でもあり、家康の和平交渉は着々と進められた。

秀頼、淀殿には大坂からの転封にさえ応じるなら、処罰はいっさいしない。さらに籠城中の豊臣方の諸将にも、さかんに内応、投降をすすめる投げ矢をはなった。

しかし城内では知将真田幸村が堀の上に築いた出塀から、城壁にへばりついた幕府の軍勢に攻撃をしかけてきた。真田丸と恐れられた仕掛けで、このままでは幕府方は手も足もでない。こうして死傷者の数は、わずかの間におびただしくふくれあがった。

家康はついに城を遠巻きに、鉄砲や大筒を撃ちかける作戦にでた。オランダから買ったばかりの大砲を大坂城の天守閣にぶちこんだ。大砲の威力は凄まじく、淀殿の居間を打ち砕き侍女二名が即死した。震えあがった淀殿は、十二月十九日和議に応じた。

大坂からの転封に応じるなら、秀頼の知行はもとどおりで身の安全も保障する。ただし、今後二度とこのような企てをしないように、二の丸、三の丸、総構えを取りこわす。

さらに二の丸、三の丸の堀の埋め立てや塀の取りこわしは豊臣方、総構えの撤去、堀の埋め立ては幕府方がすることで折り合いがついた。

幕府軍の着手はすばやかった。大坂城の二の丸、三の丸、総構えが取りこわされ、外堀内堀が埋め立てられた。わずか一ヶ月後には本丸を残して城は丸裸になってしまった。

大坂城には一度は追放された片桐且元も駆けつけて参戦した。しかしここでも強硬派の淀殿、大野治長《はるなが》に内通者の汚名をきせられ、且元ら穏健派は城内から完全に放逐《ほうちく》された。身の潔白も主張できず、且元は茨木城に引きこもってしまった。


且元の失脚にもっとも衝撃をうけたのは、内膳だった。且元の不遇に豊臣家の将来を見てしまったように、激しい落胆のあまり日に日に病状は悪化していった。

しかも翌年元和元年（一六一五）四月には、徳川家康がふたたび大坂城を包囲したのだ。

堅牢な総構えは取りこわされ、外堀、内堀まで埋められた大坂城は、もはや籠城戦を戦いぬけるかつての城ではなかった。豊臣方は城をでて最後の決戦にのぞんだ。

一丸となって死兵となった豊臣方は、しばしば徳川家康や秀忠の陣まで攻めこみ肝を冷やさせたが、怒涛のように進撃する大軍にはばまれ、次々と討ち死にしていった。

大坂城でこれらを見ていた秀頼、淀殿は、五月八日ついに城を焼く紅蓮の炎の中で自決してはてた。

且元が京屋敷で死んだのはその二十日後のことで、殉死ともいわれたが労咳による病死だった。織田信雄《のぶかつ》は最後の土壇場で徳川家康に味方し大坂城の内通をつとめた功績で大和国に五万石で封じられた。近々大和国にいく信雄に同行する道平はぼやいた。

「又兵衛はいいさ。だがおれは三十八にもなって家族はいないし、依然として織田の家来にすぎない。このまま殿にしたがって大和国に行っても、ろくなことはない」

「そうだな、おまえが大和に行ったら寂しくなる」

「おれだって又兵衛とは別れたくない。それにおまえが苦心して仕上げた例の洛中洛外図屏風絵、あれだって一刻も早く織部さまの伏見のお屋敷に届けんといかんな」

夜になった。闇の中で物音がする。道平が戸を開けると、ひと目で落武者と分かる若い男が血まみれで倒れこんできた。

「村常！　生きておったか」

又兵衛は駆けよって肩を抱きしめた。ひとまわり小さくなったようだ。ここ数ヶ月の戦のためか見る影もないほどやつれはて、丸い頬がこけて眼ばかりが異様に鋭くなっていた。

十三　残党狩り

村常は三日三晩それこそ泥のように眠りつづけた。最初のうちは琴江が寝ずの番をしていたが、扇屋の店が心配で、八歳になった村満が代わりをつとめるようになった。

ある晩村満が小便に起きると、村常の寝床が空だった。あわてて表に飛びだすと、月明かりに村常をとりかこんで数名の男たちが刀をぬいているのが見えた。

「何者だ。わしを荒木村常と知っての狼藉《ろうぜき》か」

村常は厠にでたところを襲われたか、刀もなく声もうわずっている。村満は腰をぬかしそうになったが、やっとのことで家に入ると又兵衛をたたき起こした。

「父上、たいへんです。村常どのが、男たちに斬られそうです」

「なに」又兵衛はすばやく刀をにぎると表へ飛びだした。

「貴様らなにやつだ。わしが相手だ。かかってこい」

「こやつは大坂の残党、われらは京都所司代板倉勝重どのの配下の者である。おとなしく引き渡せばよし、逆らうとおぬしもしょっ引くことになる」

「戦は終わった。大坂は、豊臣家は、家康に滅ぼされた。それでもまだ気がすまぬか」

言いながらすばやく村常に刀をほうり投げる。

「なに！　大御所さまのことを呼び捨てにしたな。そちは何者だ。名を名のれ」

「岩佐又兵衛、荒木一族でござる。村常は甥である。村常をしょっぴくなら、たとえ所司代の役人だろうと容赦しない。斬る！」

又兵衛は太刀を抜いて下段に構えた。

役人たちが一度に斬りかかってきた。又兵衛は正面からの敵の太刀をはねあげ、すばやく包囲の網から飛びだした。相手も相当な遣い手ばかりだ。鋭い気合いを発し、息もつかさず斬りこんでくる。

そのとき村常がやっと正気にもどったように大声をはりあげ、狂ったように刀をふりまわした。さすがに円陣が解かれたところで、又兵衛は正面の敵の眉間に刀をふりおろした。男の悲鳴が闇の中で鋭くきこえた。さらに逃げだそうとした敵の背後から、又兵衛は肩口から背中に太刀をあびせた。残るは三人、又兵衛は血まみれになった刀を上段に構えて、じりじりと間合いをつめた。

「引け！」

頭らしい男が低く合図した。遠ざかる男たちの足音が闇の中でした。

村常が太刀をだらりと下げて、引きつったような眼で又兵衛を見ていた。

「伯父上」

「大事ないか」

「おまえさま」

琴江が身をよじりながら必死に駆けよってくる。村満の姿もあった。

障子に明かりがさしこんだ。琴江は握り飯をつくっている。京都所司代の役人が二人も斬られたのだ。捕り手は大勢で二人を捕まえにくるはずだ。京から逃れてどこぞにかくまってもらうしかない。

本願寺、織田信雄に助けをもとめるか、とっさに脳裡に浮かんだが、いずれも徳川家康の息のかかった場所である。

「伯父上、備中の浅野長晟《ながあきら》どのを頼りましょう」

村常が思いついたとばかり声をあげた。

「浅野長晟？　浅野長政どのの息子か」

「はい、長晟どのは家康に味方しましたが」

「敵に助命を請うつもりか」

「いえ、長晟どのは、父、長政《ながまさ》どの、さらに兄の幸長《よしなが》どのを家康の謀略で毒殺されておられる。幸長どのの子がいなかったので浅野家は断絶するところ、徳川に味方することを条件で長晟どのの家督相続が認められたのです」

「さようなこと、なぜお前が知っておる」

「大坂城にいたとき内応《ないおう》の吹き矢がきました。城内の戦意は乏しく勝ち目のない戦に誰もが揺れていた。そこでためしに投降の矢を放ったところ浅野長晟どのの陣営にとどいたのです。それから浅野の忍びが城中に入り具体的な手はずがついた。いよいよ決行の夜、城内の伊賀者に見つかり、われらの計画は失敗した。ですが浅野どのは、わたしが荒木一族だと知って、味方にしようと確約された。長晟どのはまだ京の屋敷におられるはず、これから駆けこみます。伯父上もいっしょに来てくだされ」

「分かった。村常、おまえはひとりでまいれ。琴江、ひとっ走り織田の屋敷にまいり、道平に馬を用意させよ。わしはここで時間かせぎする」

「何を言われます。伯父上こそ危険です。一刻の猶予《ゆうよ》もなりません」

琴江は握り飯を村常にわたすと、転げるように駆けだしていった。

しばらくして琴江と道平が馬を駆けさせてやって来た。又兵衛から切迫した事情を聞くと道平は青くなった。

「まずい。京都所司代の役人を斬り殺すなど、しかも二人も。だがそうも言っておられぬ、村常どの、さっ、急ぎまいられよ」

すばやく馬の手綱を手わたした。

「待て、村常、うんよく長晟どのに面会できたら知らせてくれ。頼みがある」

「はっ、そのときは伯父上もおむかえにまいります」

馬に乗った村常が白い靄の中に消えると、又兵衛は急いで家に入り厳重に戸締りをした。

「ところで、当座隠れるところでもあるのか」

道平のあせったような声がする。憮然と首をふる又兵衛に、

「やれ、やれ、本願寺はどうだ？」

「教如どのは昨年亡くなられた。それより織田の殿はかくまってくれぬか」

「無理だ。家康どのにさかんに尻尾をふっておる。それより二条昭実どのの邸なら所司代の役人ごときは簡単には入れまい」

「そこだ、行こう」

「だが居ても数日だ。長くは無理だ」

道平がため息をついたとき渡辺了慶が駆けつけた。

村常を行かせた後に、琴江が了慶の家に馬を駆けさせ、又兵衛の急を知らせたのだ。

「又兵衛、とんだことになったな。二条昭実の邸？　あかん、家康に筒抜けだ。それより本願寺がいい。豊臣方の残党が頼れるのは神社、寺院だ」

「しかし准如どのがいい顔をしないだろう」

「うまい具合に駿府に行って家康どのに面会を頼んでござる。もどるのは二、三ヶ月先のこと、准如どのの西本願寺はもともと太閤殿下の力で再建された。そのため准如どのは坊官下間頼簾《よりかど》をつかって、徳川の有力大名に寺の存続を泣きついてござる」

夜になるのを待って又兵衛らは西本願寺の僧坊に移った。道平もやって来た。

又兵衛、了慶、道平は、今後のことを話しあった。「都をでるしかないか」と、了慶が深いため息をつきながらあばたの頬をなでた。

「都をでて何処に行く」

道平も途方にくれたように肩をおとしている。

「わしは都をさるなど、一言も申していないぞ。絵師は都から離れたら絵も凡庸になる」

又兵衛が口をひんまげて言うのを、

「この後におよんで何をぬけぬけと、それではいっそ江戸に下るか。敵のお膝元だが江戸はたいそうな町らしい。逆に隠れやすいかもしれん、まっ、酒でも飲むか」

うんざりした了慶が徳利をさしだした。

「とどのつまり又兵衛、おぬしの性根がどこにあるのか、つまりまだ武士に未練があるのか、それともきっぱり刀を捨てて絵師として生きるかだ」

又兵衛もそのことを考えていた。隣の部屋からは村満の寝息がかすかに聞こえる。自分が絵師になったら村満はどうなる。兄の村次には、自分は無理でも息子が生まれたら、必ず荒木家の再興に力をつくす武士に育てる。亡くなる寸前に村次の手をにぎりしめ誓ったのだ。そのせいか、村満はいっぱしの剣豪気分で毎日竹刀を打ちこみ、馬を走らせることに熱中している。又兵衛の絵を見ても、眼を細めるだけで自分も描いてみようとは考えてもいないようだった。

そのとき僧坊の外で物音がした。又兵衛はとっさに長刀をつかんだ。

「紀三郎です」

障子を開けると紀三郎が、工房の辰蔵に荷車を引かせて立っていた。

「おう紀三郎、その荷車はどうした？」

「又兵衛さま、たった今、お師匠さまが息をひきとられました」

「なに、内膳が死んだ！」

とっさに駆けだそうと庭に飛びおりた又兵衛の足にしがみついて、紀三郎がふりしぼるように声をからした。

「いけません。お師匠さまは来てはいかんときついおおせで。これは又兵衛さまの洛中洛外図屏風です。お師匠さまはこの絵だけは後の世に引き継がれる絵だから、一刻もはやく又兵衛さまに届けるよう、そう言って息をひきとられました」

内膳の野辺送りにもでられず、村常の消息も分からないまま息をひそめて暮らしていた。

そんなある日、ひとりの初老の侍が又兵衛のもとをたずねてきた。男は浅野長晟《ながあきら》の京の留守居木村と名のると手紙をわたした。特徴のある右肩あがりの村常の文字が眼に入った。

「無事だったか」

村常はうんよく浅野の屋敷に駆けこんだが長晟公はすでに備中に引きあげ、留守居の侍たちがわずか数十名ばかり残っていた。村常の訴えは簡単には信用されず、所司代に引き渡せという者も多かったが、とりあえず牢に入れ、国許からの返事を待っていたという。

「それゆえ、又兵衛どのへの知らせが遅れ申した、あいすまぬ」

「いえ、ところで村常の仕官はかないましたか」

「いかにも、殿は落城のおりのことを覚えておられた。しかもかの勇猛な荒木村重どののご一族とあって、よろこんで備中に来るようにとのことです。屋敷は引き払いました。出立は今夜でござる。むろん村常どのもいっしょにお連れ申す」

「それはまた急ですな。村常には会えませんか」

「残念ながら。所司代の探索は執拗で、殿も家康公に痛くもない腹を勘ぐられることだけは避けたい意向にござれば」

「ではまげて、お願いがござる」

「何事ですかな。事と次第ではお力にもなりましょうが」

「かたじけない。じつは息子の村満のことでござるが」

又兵衛は隣室で息をひそめていた村満を呼んだ。

「ほう、又兵衛どのにかような立派なお子がござったとは、頼もしいかぎりだ」

「つきましては、村満を浅野さまのご家中にお取立ていただくわけにはまいらぬか」

「ほう、これはまた突拍子もない。しかし村満どのはいくつになられる」

「八歳です。父から毎日剣術、馬術の指南を受けております」

村満は頬をさっと赤らめながらも、きっぱりと言いきった。

「なるほど、元気のいい少年でござる。しかし村常どのの話では所司代の手は又兵衛どのにも及んでおる。ひとつ一緒に備中にまいられてはいかがかな」

木村は喉にひっかかったようなかすれ声で又兵衛を見た。

「いやそこまでは考えておらぬ。わしは絵師なればこのまま都を離れるわけにはいかんのです。だいいち備中など田舎に引っこんでは筆が荒れ申す」

木村がゴホンと咳ばらいした。又兵衛はにやりと笑うと、

「これはご無礼つかまつった。なに、ものの例えでござる。しかし万が一にもわたしが捕えられたら、息子とて無事ではすむまい。浅野さまを信頼して身柄を預かっていただければ、わしも心おきなく所司代の連中と戦える」

「なるほど」木村はしばらく思案気に村満を見ていたが、

「又兵衛どのがそこまで覚悟されている以上、拙者もとやかく申すまい。本来なら手前の一存では決められぬことですが、緊急の事態ゆえ、村満どのは私がお預かりいたそう。私には亡くなった妻との

間で娘が二人おりますが、男子には恵まれなかった」

「木村どの、かたじけない。そうまでおっしゃっていただければ、又兵衛後顧《こうこ》の憂《うれ》いもなく、あとは京都所司代の馬鹿どもと存分に戦えまする」

又兵衛は床板に両手をつくと、深々と頭を下げた。

「では今夜、お迎えにまいろう」

木村を送って又兵衛がもどると、薄暗くなった部屋に琴江が背をむけて座っていた。

「聞いておったか、村満は浅野家にかくまってもらうことにした。そちもこれで一安心であろう」

琴江がさっとふりむいた。後れ毛が色白の頰に筋をなしてはりついて、黒々とした眼は憎しみでつりあがっている。膝においた両手のこぶしが、わなわな震えていた。

「どうした琴江、分かってくれ。これも村満の将来を思えば止むをえなかったのだ」

「分かりませせぬ。あなたが所司代の役人を斬った。それで京から逃れなくてはならない。それは分かります。でもこの苦難にどうやって立ち向かっていくのか、それこそ家族の力が大事ではありませんか。貧しくとも私が生きてこられたのも父や母が一緒だったから耐えられた。家族ってそういうものではありませんか。それをおまえさまは、まだ八歳になったばかりのわが子をたったひとりで備中にやろうとしている。あの子がどうやって現実と戦うのか、それすら充分に教えてもいないのに」

琴江は一気にそう言うと、すくっと立ちあがった。又兵衛に氷のようないちべつをあたえると、そのまま身をよじって部屋を飛びだそうとする。そのとき村満のかん高い声がした。

「父上、私は浅野家に仕え、荒木の家名を立派に興す覚悟で働きます。そして父上、母上を、必ずや我が城にお迎えいたします。母上も、それまでの辛抱とこらえてくだされ」

琴江の足が、ぴたりと止まった。そのまま膝から崩れるように倒れこんだ。その身体を支えようと、とっさに駆けよった村満の手が琴江の背中をおそるおそるなでた。

「母上、わがままをお許しください。わたしがお傍にいたら、どんなことをしてでも母上をお守りしましたものを」

「村満……、母がおろかであった。身体に気をつけてのう、浅野のお殿さまに可愛がっていただけるよう、真心をつくしてお仕えするのじゃ」

琴江はふりむきざまに村満の体をひしと抱きしめると、万感の思いをこめて微笑んだ。

それから隣の部屋に入ると、てきぱきと旅の支度にとりかかった。


村満が備中に旅立つと急に寂しくなった。琴江とはあれ以来話すこともなくなった。

又兵衛が話しかけても琴江はうわの空で、息子を手離した心労のせいかあわれなほどやつれはて、切れ長な眼だけが異様に光っていた。村満の将来にはこれで良かったのだ。村満の興味は武芸にある。毎日の竹刀の打ちこみは欠かさず、大好きな馬を駆って郊外まで遠乗りする。そんなときの村満は生き生きとうれしそうだ。まちがっても絵師になろうとする気はなかった。だが近頃ではそう言いきってしまうのは自分の独断ではなかったか。村満には自分の分身として武士として生きることが宿命でもある。そう思いこんで息子の将来を決めつけていた。というより踏みこんで息子と話しあったことさえなかったのだ。琴江の言うとおりかもしれない。あの子の人生が武士として生きることだけにある。そう判断して備中にやったのは、自身が受け継ぐべき荒木一族の血の呪縛から無意識に距離をおきたかった。そのため息子にその荷を背負わした。意地悪く考えればそうも言える。

琴江は母の直感でそんな又兵衛の本音に気づいていた。琴江は何一つ不満めいたことは言わなかったが心は硬く閉ざしたまま、かつて睦まじかった夫婦の仲は冷えきっていた。

だが京都所司代の板倉勝重は、いぜんとして京、大和地方にひそむ残党の総狩りをおこなっていた。とくに京では綿密に網がはられて、さすがに又兵衛も寺からは一歩もでられない緊張の連続だった。

そんなある日、道平が頭巾をかぶってひそかにやって来た。部屋に入るなり、「古田織部どのに大坂方への内通の嫌疑がかかっておる」と、荒い息を吐いた。

「なに、まことか？」

道平が織田信雄の屋敷で聞きこんだ情報は詳細で、又兵衛を驚嘆させた。

事件はじつに大坂夏の陣の当初から勃発していた。京には諸国の東軍の大名が続々と集結し、二条城の大御所家康と将軍秀忠に謁見し軍議をはかっていた。そこへ京都所司代の板倉勝重が注進におよんだ。大坂城内の牢人からの密告である。

織部の家臣である木村宗喜《むねよし》が大坂方の秀頼の密命をうけ、家康、秀忠が大坂に出陣したあと、五百騎の兵をもって二条城に放火する。これを合図に大坂城中から豊臣勢が大挙して軍勢をくりだし、南北から徳川勢を攻撃しようというものだった。さいわいにも未然に発覚し京への放火は免れたが、調べてみると織部の息子である古田九八郎《くはちろう》が秀頼の小姓で大坂城にいたことが分かった。押し黙って眼をつりあげた又兵衛に、道平が畳みかける。

「家康は大坂夏の陣が終わるまで織部どのへの処分はおこなわなかったが、その間京都所司代の板倉勝重は京、伏見方面を徹底的に捜索した結果、ついに首謀者木村宗喜らを逮捕した。しかも織部どのには大坂冬の陣の際にも徳川方の軍議の内容を大坂城内へ矢文で知らせたとの嫌疑もある」

又兵衛は腕組みして考えこんだ。おそらく織部は計画を知らなかったにちがいない。たとえ息子が秀頼の小姓で大坂城にいたとしても、織部ほどの武将が徳川陣営を裏切る理由にはならない。

「しかも、織部どのは家康から大坂方への内通を告げられると、こうなった以上は、申し開きも見苦しいと言われたそうだ。木村宗喜が家臣であるからだと思うが」

織部はなんら弁明することなく切腹する気だ。又兵衛は慄然とした。そのとき土間から琴江が青い顔をして走りこんできた。

「おまえさま、これから伏見にまいります。馬を貸してくださいまし」

又兵衛はきっと鋭い眼を向け、

「だめだ、行ってはならん」

口を結んだ。

「どうして？　織部さまは命の恩人でございます。せめて最後のご奉公をさせてくだされ」

「琴江、頼むから落ちついて、わしの話を聞いてくれ」

又兵衛は、髪を振り乱して駆けだそうとする琴江の肩を思いっきりつよく胸に抱きよせると、琴江の心が少しでもしずまるように願いながら、噛んでふくめるように話した。

「織部どのを思うそなたの心は、わしにも痛いほどよう分かる。だが織部どのはご自分の身のふりかたを誤るようなお方ではない。織部どのの潔い心をおろそかにはしてならん」

琴江は又兵衛の腕の中で、一瞬意識を失ったように、ぐらりと首をおった。あわてて抱き起こすと、白磁のような肌に後れ毛が涙とともにはりついて、眼には光がなかった。

村満を遠くに行かせた傷心が癒えぬのに、いままた恩義ある織部が家康に罪をきせられようとしている。あまりの衝撃に心が折れてしまいそうな琴江の姿に、又兵衛はただ抱きしめてやるしかない自分の不甲斐なさを噛みしめていた。本当は彼自身、千利休の二の舞になるのではと恐怖におびえ、織部に会いたい一心を、必死でこらえていたのだ。

秀吉の命令で、利休の首が獄門にかけられたとき、利休の木像まで処刑された。それも磔刑《たっけい》で、あの堀川の東西の岸をつなぐ、一条戻《もど》り橋《ばし》のたもとであった。ちょうど木像が生首を踏みつけているようで、十四歳だった又兵衛は、そのぞっとする凄味に、立ち去ることも、泣くことも、叫ぶことさえできないでいた。なにもかも失われ、消えて、ただ真っ暗で、中味のない、空っぽになった自分だけがいた。


まもなく准如が寺にもどると了慶が知らせてきた。夫婦で寺の僧坊に隠れていたと分かったら追いだされるだろう。なんとか琴江を説得したものの、本願寺をでて京都所司代の眼をくらますことができるか、どこか良い隠れ家でもないだろうか。あれこれ考えながら本願寺の長い回廊を歩いていると、僧とすれちがったことにも気づかなかった。

「失礼だが、岩佐又兵衛どのでござるか」

不意に呼びとめられ、又兵衛は身がまえた。

「ご安心くだされ。わたしは越前北ノ庄の興宗寺《こうしゅうじ》からまいりました心願と申します。昨年の夏から寺で研修を受けておりましたが、まもなく越前に帰る予定でございます」

「さようか、で、わしに何かご用か」

「僧坊にあります屛風絵は、又兵衛さまが描かれたとうかがいましたが」

「いかにも」

「すばらしく活気にみちた洛中洛外の光景が描かれておりますな。越前には残念ながらかような大胆な絵を描く絵師はおりません。一度くわしくお話をうかがいたい。いかがですかな、今夜にでも拙僧の僧坊においでくださらんか」

坊主になんぞおれの絵が分かってたまるか。又兵衛はすさんだ気分で顔をしかめたが、考えてみると寺での暮らしは殺風景で退屈していた。

「うまい酒でもありますかな」と、嫌味のつもりで言ってやった。

「むろん、越前の酒は、味噌と昆布でいけます。では今夜」

心願は丸々とした頬に笑みまでうかべて墨染の衣をはらって音もなく回廊を曲がった。

妙な坊主だ。だが面白そうだ。肴は腹のたしにもならんが、まあ酒がうまければそれだけで充分だ。

夜になるのが待ち遠しかった。

やっと日が落ちた。やけに生温かな風が吹いていた。今夜あたりは所司代の役人どもも早々と酒をあおって寝ているだろう。又兵衛は自分の直感に何やらうきうきして、心願の住んでいる僧坊に忍びこむと、「ご坊、まいったぞ」と声をかけた。

酒は心願が言ったとおり、うまかった。味噌と昆布の肴もおつなものだ。

「はじめてでござる。かようなうまい酒は。わしも僧侶になればよかった」

「又兵衛どの、まことかのう、なら今夜にでも頭を丸められては、さすれば京都所司代の役人もあきらめよう」

「ご坊、何者だ。まさか所司代のまわし者か」

「まさか、それならとっくにお縄をかけておりましたぞ」

心願は肉厚の顔をにこにこさせながら、ずけりと言いはなつと、

「じつを申せば、越前藩主松平忠直《ただなお》さまから、都の諸芸の達者なものをお誘いするよう、内々に命じられておりました」

「似たようなものだ。坊主の風上にもおけん、俗世にとっぷり浸かった生ぐさものだ」

「又兵衛どのは愉快なお方だ。これなら殿もよろこばれる。単刀直入に申そう。又兵衛どの、越前北ノ庄にお越しいただけませんか。絵巻物、屏風絵、画題も合戦物から絵巻物まで、又兵衛どのにお任せしたい。忠直公はそうまで仰せでござる。悪い話ではなかろう」

心願の話はどうもうますぎる。だが好きな画題で絵巻物が描ける。それは魅力的だった。

それに越前北ノ庄は敦賀にも近い。死んだ母者は敦賀の気比《けひ》神社の神官の娘だとは乳母から聞いた。しかも琴江の母もまた敦賀の出である。

そうだ、琴江に敦賀の海を見せてやったら、傷ついた心も少しは慰められるかもしれない。そんな

ことを考えていると無性に琴江の肌が恋しくなった。今夜こそお互いの胸の裡をさらして夫婦としてのよりをもどしたいものだ。琴江だって寂しくてたまらないはずだ。

心願がもたせた手燭をかざして長い回廊の角をいくつも曲がった。自分の部屋に近づくと、戸が開いたままになっている。又兵衛はあわてて部屋に飛びこむと、大声で怒鳴った。

「琴江！　どこにおる」

返事がない。嫌な予感がした。もしやと思って境内の裏手にまわると、木に繋いであった馬の姿が見えない。

「琴江！　どこへ行った？」まさか、伏見の織部の屋敷に馬を駆けさせたのだろうか？

琴江にとって織部はもじどおり命の恩人なのだ。その大恩ある織部を、よりによって家康は大坂方への内通罪で切腹を命じた。あの織部がそんな無謀を犯すはずはない。きっと家来の誰かが先の考えもなしに謀ったことにちがいない。琴江はただひたすら織部の無実を訴えようと、とにかく伏見の屋敷に馬を飛ばしたのだろう。

もう一度部屋を探した。枕の下に置手紙があった。


……織部さまの無実をあかすために、琴江のわがままをおゆるしくださいまし。


琴江のよれた墨の文字の紙きれをにぎりしめて、又兵衛もまた表へ飛びだした。

北野の織田信雄の屋敷に突っ走った。

「開門、火急の用事でござる。門を開けられよ」

大声で怒鳴り戸を叩きつづけると、だいぶたって門番が顔だけだした。又兵衛はその胸ぐらをつかむと屋敷の中に踊りこんだ。厩舎から馬を引きだすと、表へでようとする。その頃には屋敷内に灯がともされ、「賊だ、おのおのがた出会え」などふれまわる声がして、又兵衛は刀や槍をかかえた家来たちに取り囲まれた。そこへ道平が顔をだした。

「又兵衛！　何をしている」

「道平、門を開けろ！　道々事情は話す」

やっとのことで馬にのって織田の屋敷をでると、道平もまた後から馬を走らせてきた。

「なに？　琴江どのが、どうしたって？」

「伏見の、織部さまのお屋敷に行った！」

「まずい。京都所司代の役人が武装して大挙して包囲しておる。しかも又兵衛、おまえはおたずね者だ。ここはわしにまかせて、おまえは帰れ！」

「うるさい！　だまっておれ」

ところが伏見城下に入ると、いたるところに京都所司代の役人が警戒網をめぐらして、鼠一匹はいりこめない厳重さだった。

「又兵衛、これは無理だ。琴江どののだってうかつに近よれまい。しばらく様子を見よう」

伏見の織田信雄の屋敷に一旦ひきあげた。翌朝留守居役に呼ばれた道平は叱責され、ただちに北野の織田信雄に帰参すべし、処分は追って沙汰すると厳重に警告を受けた。

「お留守居さま、織部どのは？」

それでも道平が必死の形相でつめよると、

「織部親子なら、すでに摂津木幡《こばた》で切腹した。織部一族はことごとく逮捕した。役人が伏見の織部屋敷を包囲しているのは、織部秘蔵の茶道具などを二条城に運べとの、大御所さまのご命令である」

留守居役はしぶしぶながら、教えてくれた。

夜になるのを待って、ふたりは琴江の行方を探しまわった。

「又兵衛、もしや琴江どのは京の堀川屋敷ではないか？」

そうだ、堀川の織部屋敷かもしれない。ふたりはあわただしく京にもどった。ところが堀川の織部屋敷は、家康によりすでに藤堂高虎《とうどうたかとら》にあたえられたということで、門前には藤堂家の提灯と篝火が赤々と焚かれていた。


「女の死骸が、ついさっき鴨川の四条河原に流れついた」

道平が眉をよせ、荒い息を吐きながら、又兵衛の顔も見ずに一気にしゃべった。

あれから七日も経っていた。斬られた痕もなく、おそらく落馬して鴨川に落ちたのか、それとも織部の死に殉じたのか……。

准如は怒り狂った。ただでさえ秀吉の息がかかった西本願寺の立場はむずかしいのに、よりによって京都所司代の手配中の罪人である又兵衛をかくまった。家康に何と弁明するか、坊官の下間頼簾《よりかど》は逆上のあまり、僧侶にあるまじき罵詈雑言《ばりぞうごん》をあびせた。急を知って駆けつけた渡辺了慶が、頭を床板に叩きつけんばかりにすりつけ、詫びをのべる。

又兵衛はというと、これまた自分の不甲斐なさから琴江を死なせてしまった衝撃から、ほとんど放心状態で、准如の怒りも、了慶がはいつくばってゆるしをこう声さえ、裏山からミンミンと気ぜわしく鳴きたてる蝉みたいに耳をとおりぬけるばかり。

そのとき心願が静かにすすみでて、准如になにやらささやいた。

「越前北ノ庄に、まもなく出立いたします」

越前北ノ庄……、という心願の声だけが、この場の緊張を破るようにひびいた。

第二章　北ノ庄

一　都落ち

又兵衛が都を発ったのは、元和二年（一六一六）春のことである。

逢坂山を越えながら、又兵衛はあふれる涙をおさえかねて何度も眼がしらをぬぐった。

「又兵衛、都も見納めだな。それに……」道平はあとの言葉をのみこんだ。

公家の息子として京で生まれ育った道平には、京を離れるなど思ってもみなかった。去り難さに涙がとめどもなく流れて、あまりの辛さに号泣しそうになる。だが又兵衛の心中を察すると、自分の感傷などどうでもよくなった。いよいよ織田信雄が大和の国に赴く。家来として道平も決断をせまられていた。無類の女好きだが移り気な性質がわざわいして、道平はいまだに気楽な独り身だった。だが十三歳で知りあって以来、道平の傍にはいつも又兵衛がいた。今さら又兵衛と離れて大和に行くのは寂しすぎる。それに自ら苦難を背負いこんでしまった又兵衛を見捨てて、どうして大和になど行ける。そこまで達観しても、都を離れる寂しさは、身をきられるほど切なく、悲しくてたまらない。

琵琶湖の湖西の湖畔を歩いて、ようやく大津の宿に辿りついた頃には、風雨が激しくなっていた。又兵衛を北ノ庄に誘った心願とふたりの弟子が、先に入った宿の囲炉裏に薪をくべている。

「又兵衛どの、火におあたりなされ。この嵐では船もでないようで、明日はこのまま湖西を、海津の浦まで歩いてまいりましょう」

と心願は、又兵衛を気づかうように囲炉裏の席をあけた。又兵衛はあふれる涙をぬぐおうともせず心願がすすめる酒をあおった。腸《はらわた》がよじれるほど熱い。そのままごろりと横になるが頭の芯がさえざえとして、備中に一人旅立った幼い村満や自分のせいで死なせてしまった琴江の寂しげな姿が、走馬灯のように浮かんでは消えた。そうするとこうしてたったひとりで北ノ庄に向かう自分はもはや運命からも見放された魂の抜け殻のように思われて、虚しさはいっそうつのるのだ。

翌日は湖西の道を歩き続けて、ようやく海津の浦にでる。春だというのに雪が降ってきた。西近江路の荒路山を越える頃には雪は膝までたっして、都をでたことのない又兵衛と道平の一行は難儀した。ようやく敦賀《つるが》にでて、気比《けひ》の九景の浦に立って北陸の海を眺めると、琴江との仲睦まじかった頃の懐かしい日々が思いだされて、思わず涙がこぼれたが、それもたちまち凍てついて、目の前の吹雪の海は猛々しいまでに咆え狂っていた。気比神宮に詣でた頃には、全身が氷柱のように凍りついて、口もきけないほどの心細さに、又兵衛は母者や琴江を思う気持ちもくじけて、途方にくれた。

空も雲も、頬をいたぶる風や舞い降りる雪までが、都とは匂いも湿り気も、なにもかもがちがって重い。榛原《はんばら》の宿にやっとたどりつき、暖をとって寝たものの、夜半のあまりの寒さに、夜の明けるのも待ちかねて出立した。

都にもどりたい。又兵衛も口にだしてはさすがに言わぬが、凍傷にやられて見る影もない姿になった道平の手足をながめては、黙って溜息をもらすばかりだった。紀三郎もいつになく無口で、辰蔵は遅れがちな又兵衛の身体を支えるように、雪道を踏みしめていく。

内膳が死んで、息子の重良は弟子たちを連れて江戸に下った。又兵衛を師と仰ぐ紀三郎と、その紀三郎を兄のように慕う辰蔵は、北ノ庄へと向かった。

「湯尾峠《ゆのお》を越えれば、まもなく九十九橋《つくも》にでられます。そこから興宗寺は、目と鼻の先ですから」

心願のはげましに活気づいたのもつかの間、湯尾峠の豪雪には両脚が棒のように硬直し、怖じ気のあまりただ立ちすくむばかりだった。

「都をでたのは春なのに、越前では季節が逆さまにめぐってくるようだ」

又兵衛の皮肉も吹雪にかきけされ、ただ蓑笠を風にとられまいと唇をかんで、前の人の踏んだ雪跡をひたすら見失わないよう歩きつづける。それも次第に深くなる雪は腰までたっし、一歩を踏みだすにも体の平衡を失って、膝を屈しては雪の穴にころがって、這いずりだすうち、ようやく尾根にでた。もう京にはもどれない。又兵衛は吹雪にあおられ、白い息が宙にきえるのをながめて、こみあげる嗚《お》咽《えつ》をかろうじてこらえた。

しばらくすると平坦な道に一面の桃林が見えてきた。眼の前にはひろい川が流れていた。

「又兵衛どの、これが九十九橋《つくもばし》、下を流れるのは足羽川《あすわ》、その先にひろがるのが北之庄の城下町でござる。川はちょうど天然の外堀のように使われております」

なるほど九十九橋を渡ると、対岸には厳重に石垣が積まれてあった。

やがて雪の中に天守閣が見えてきた。外観からでもざっと四層、おそらく内部は五層だろう。それに天守閣をふくめると四十間は超す堂々たる威容だ。

「あの青く見える瓦が笏谷石《しやくだに》、北ノ庄の石瓦でござる。それに城の周りには百間濠《ひやつけんぼり》が深い水をたたえて城を守っております」

心願は立ちどまって一礼すると、おもむろに語りだした。

「結城秀康公は関ヶ原の戦いのあと、六十八万石をあたえられ北ノ庄にまいられた。越前は古来軍事的には要衝の地、隣接する加賀の前田家は外様の雄藩、幕府はこれへの牽制《けんせい》の意味もあって秀康公を配された。殿はその真意を理解して、家中に知行割をするにも重臣を領内枢要の地に配置し、いつでも臨戦態勢に移れるよう堅固な城を築かれたのです」

雪の降りしきるなかに天守閣が白くせまっていた。又兵衛はかつて一度だけ見たことがある秀康の武将らしい一文字眉、貴公子然とした澄んだ眼を、痛ましく思いだしていた。

武士であると同時に、秀吉に愛されたように新奇な南蛮文化をも、京の雅な風流をもこよなく愛したかれが、おのれの城として築いた砦、それもわずか四年で世をさった彼は、この白い天守閣にどんな思いを、夢をたくしたのであろうか。深い濠と堅固な石垣の城を見ながら北に向かうと寺社の塔がちらほら見えてきた。心願が立ちどまり左手で指差した。

「あれが本願寺の西のお寺で東のお寺さんと対にならんでおります。興宗寺は、城下町の北の外れにございます。なにここまでくればほんの目と鼻の先、じき見えてまいります」

さっきから目と鼻の先ばかりだ。どこに目や鼻がついておる。又兵衛はぶつぶつつぶやきながらも、みるみる遠ざかる心願の後をおう。北国街道の両側に並んだ町屋を北にぬけると、あたりは急に人家も途絶えて寂しくなってきた。

「さあ、ここから柳町、着きましたぞ」

心願の声に笠をあげると、荒涼たる雑木林のなかに広大な境内をもつ寺が建っていた。

これが興宗寺か。心願によると、寺の建立は鎌倉時代にさかのぼる。北条時政の次男、時房の子の時村が、出家して開祖となって興した寺だという。

なるほど北ノ庄では由緒ある寺だというが、長く京の本願寺を見なれた眼には、広壮ではあるが侘しげで、都を遠く離れた寂寞感に、思わず涙がこぼれそうになる。それでなくとも彼の足腰は、罪人が鉛の重しをつけられたようにこわばって、もう一歩も踏みだせないでいる。又兵衛は疲労と落胆でめまいをおこしかかった。紀三郎が見かねて手をさしだす。その高い鼻が、南天の実のように真っ赤になっているのを見て、道平がふきだした。

「紀三郎、まるで山賊のようだぞ。鼻が凍傷にやられておる」

「それを言うなら道平さまも同じです」と、紀三郎も負けてはいない。

囲炉裏をかこんで酒をあおると、ようやく凍りついた体がじんじん溶けだした。寺の五右衛門風呂に足を入れると、底板がゆらぎ窯の熱さがじかにつたわった。又兵衛が悲鳴をあげると、薪をくべていた辰蔵がおどろいて格子窓をたたく。

「あんずるな、よい湯じゃ」

又兵衛は唾を飛ばして怒鳴る。竹やぶからうぐいすの声がした。

一月ばかりがたったある朝、又兵衛は紀三郎と寺をでて近くの村をあるいた。田も畑も一面の霜におおわれ、風もつめたかった。

「それにしてもなにもない、じつに殺風景なところだな」

「ですが、空気は澄んで、風のそよぎにも素朴な味わいがあります」

「それはそうだが、こう毎日重くたれこめた雲が頭上にあっては、気がふさいでいかん」

「こうして又兵衛さまのおそばで絵を描けますれば、私にはここが都でございます」

「なるほど、だがわしは都の喧騒さが好きだ。ここでは絵を描こうにも興味を魅かれるなにものもない」と又兵衛が溜息まじりに遠くに眼をやると、畦道から夫婦らしい百姓の姿がこっちに向かってくるのが見えた。百姓は又兵衛らに気づくと、わざと蓑笠をうつむけ、おしだまったまま傍らをすりぬけていく。たしか寺で一、二度見かけた顔である。

　又兵衛は陰気な顔で彼らを見送る。それにしても都にいた頃は、銭はなくとも毎日が刺激的だった。こうなると北野の織田信雄の屋敷でのことまで懐かしく思いだされた。おおぜいの大名や公家、裕福な町衆らまで訪れて、彼らの持参しためずらしい書画にであうたのしみもあった。それに二条昭実の邸での管弦の宴、着飾った女たちの優美で妖艶な衣ずれの音が、香のかおりと酒の酔いもあいまって、体中の官能の炎をたぎらせる。

　だがここではそれもない。まれに訪れるものとて、さっき行きすぎた近在の凡庸な顔をした百姓たちばかりで、かれらは余所者《よそもの》に冷たかった。又兵衛を見ても口を聞かないばかりか、眼をあわせようともしない。

又兵衛は朝起きるとそのまま濡れ縁に座り、ただ酒をのんで一日をやりすごした。こうして刺激のとぼしい、ただ単調にすぎていく日々に、又兵衛は狂おしいほどの恐怖をあじわった。源氏物語の絵巻物の一節を描こうにも、みやびな箏の音どころか、香のかおりさえかげない。豊国祭礼に乱舞する華やかに着飾った都の人々を描こうにも、祭りのお囃子《はやし》も、鉦や太鼓の音さえ、なりひびいてはこないのだ。土佐派の華麗な色彩に、多彩な風俗絵に魅かれても、あたりは荒涼たる一面の雑木林か田畑ばかりである。又兵衛は自分の画がどうなっていくのか、このままでは絵筆も色彩も涸れはてて、ただ凡庸な田舎絵師におちぶれてしまいそうで、又兵衛の酒量も不安の増大に比して、またたくまにあがった。

それでも遅い梅の花が山あいに咲き乱れると、野山は緑に燃えあがった。

山の端にうっすらと白い雲がたなびき、いつもはどんよりした空もめずらしく碧さをとりもどしたようだ。又兵衛は紀三郎をつれて野にくりだした。紀三郎が静かにきりだした。

「そろそろ心願さまに、工房をお願いしてみてはいかがでしょうか。さすれば屏風絵の大作にも手をそめられます」

「うむ、だが心願どのとて、内実苦しそうではないか。いましばらく様子を見てからでも遅くはあるまい」

そう言いながらも、工房を待ち望んでいるのは又兵衛自身である。

都では俵屋宗達の金にまかせた扇絵の工房や、たった一度だけ入ったことのある長谷川等伯の工房ていたのではないか。又兵衛には彼ら絵師の姿が、その制作中の画が、眼にやきついてはなれない。

又兵衛もやがて京で工房をたちあげ、時代を先取りする大画面の制作を、華麗な色彩で描く、その夢をいだいていたのだ。狩野永徳の巨樹が絢爛豪華な襖絵だとしたら、対極にある海北友松《かいほうゆうしょう》の松は、さしずめ巨大な怪物が大地にどすんと足を落としたような戦国武人の気迫のこもった水墨画である。

又兵衛の関心は狩野、海北、土佐派にかぎらず、内心秘かに魅かれる長谷川等伯や俵屋宗達の画風にもおよんでいた。彼らを意識し、それらの絵にふれる機会があると、又兵衛はどこにでも出向いて飽かずながめては模写したものだ。

そうした都を離れてみると、今さらながら失ったものの価値の大きさに暗澹《あんたん》とさせられる。又兵衛はなにを描いても気にくわず、何枚下絵を描いても満足がいかなかった。

こうして田舎に埋もれるうち、ありあまる才能も豊かな感受性もまたたくまに鈍り、ただ凡俗でありきたりの絵しか描けなくなってしまうのではないか。その不安にさいなまれると、又兵衛は夜中でも飛びおきて、闇の中で頭をかきむしった。

二　妙《たえ》

一年があっというまにすぎた。又兵衛は寺の濡れ縁に座りぼんやり庭をながめていた。

寺の境内に所せましと植えられた梅が、いつのまにか小さな花をさかせて、まだ蒼さの残ったうすい空を花吹雪のように染めあげていた。それにしても越前の春は、おそい。

「今頃は北野の天神社の梅は終わって、右近の馬場の桜が見頃だろうな」

かたわらで道平が古今和歌集をばたんと閉じて大きく伸びをして、無髭《むせん》の顎をなでた。

道平はやることもなく毎日ごろごろしていた。これなら大和の国の方がよっぽどましだ、口にこそださないが道平の焦燥ぶりは、又兵衛にも伝わった。道平はさすが公家の出らしく衣服や髪形など気を配るたちだったが、近頃ではそれも怠《おこた》りがちである。

「又兵衛、どうも心願どのに謀《はか》られたのかもしれんな。洛中洛外図の屏風絵の銭だって、手に入ったのか？　それに、殿さまだ、又兵衛に会いたがっている、あれは嘘だったのか？」

そこへ心願の使いだと僧がやって来た。又兵衛に続いて道平と紀三郎までついてきた。

三人して心願の座敷に坐ると、若い娘が盆皿に菓子をのせて入ってきた。

ゆでた卵のようにつるっとした肌に、眼や鼻、唇までが小さく整って、まるで京の雛人形のような愛らしい顔だちである。又兵衛の前に盆皿をおくと、小さな受け口をぎゅっとかんで両手をついた。衿元から年に似合わぬふくよかな胸の谷間がちらりとのぞけた。

道平はごくりと唾をのむと身をのりだした。紀三郎は赤くなってうなだれた。心願はさっそく本題に入った。近くに柴の庵を見つけたから、又兵衛に住まうようにと言う。

「田舎だから土地だけはたっぷりあります。いまは家だけしかありませんが、じき工房の手配もいたしましょう」

心願の晴れやかな声に、又兵衛もうなずいた。

「そこでじゃ、又兵衛どの、家を切り盛りするには女子《おなご》の手がないとのう」

心願はそう言うと座敷のすみに、ちんまり座っていた娘をてまねいて、

「妙と申す。年は十七と若いが近くの武生《たけふ》の城下の紙問屋の娘で、しっかり者じゃ」

「ほう、紙問屋とは」

京の本願寺に寄食していたおり、宮中で使われる奉書には越前和紙が最適だと聞いたことがある。

「武生の東にある今立《いまたて》で漉《す》かれた和紙は、平安期の院宣や室町将軍の御教書、さらには戦国大名の下知状といった由緒ある文書に用いられる。最近では障子紙や行灯にも貼られておるが、しわがなく、純白で、きめが美しいのが特徴だ。又兵衛どのの絵巻物にも良質な紙がいりましょう。妙の家は何代もつづいた商家でござる。きっとお役に立とう」

「それはありがたい」と又兵衛が頭を下げると、心願が穏やかに笑った。

「どうじゃな、又兵衛どのの嫁ごに」

「妙にございます。ふつつかものにございますが、旦那さまにはよろしゅう」

あっけにとられている又兵衛の前に、妙は憶することなく両手をついて、こくりと人形のように頭を下げた。

「田舎ものにござれば、都の女子のあでやかさはござらんが、芯は越前の女がそうであるように強い。いかがかな、ご不満であれば、他をあたってもいいが」

「不満など、めっそうもござらん。わしは今年で四十、はるかに年よりでござる」

「又兵衛、おまえがいやなら、わしが引きとってもいいぞ」と道平が舌なめずりした。

それも惜しい。それに道平は、根は女好きだがどうも一人の女に満足できない。

又兵衛が返答しかねていると、妙がきっと顔をあげ、小さな唇をとがらせた。

「旦那さまは年よりなどではありません。それに妙は、あなたさまの絵に惚れたのじゃ」

「これ、さようにあけすけに言うでない。男とは奥ゆかしい女子を好むものじゃ」

「いや、妙さん、いま何と言われた？　わしの絵に惚れた、それは何のことでござる？」

又兵衛は眼をみはって、妙のぽっと上気した顔をまじまじとのぞきこむ。妙は又兵衛に穴のあくほどじろじろ見られて首筋まで紅くなると、膝においた両手をもじもじさせた。

又兵衛は久々に若い娘の初々しい恥じらいぶりを見て、興味をそそられた。彼は憂いをおびた美しい眼を娘にひたっとむけると、とろけるように微笑んでみせた。

「和尚さまに聞いてくだされ。妙は、その絵を見せてもらっただけじゃ」

妙は小袖で顔をおおうと、座敷から逃げだした。まるで野うさぎのような軽やかな身のこなしで、おまけに丸い尻に愛嬌がある。又兵衛は娘が逃げた襖の外をながめて、照れくさそうに頭をかく。

「心願どの、たしかに越前の女子は、しっかり者で分かりやすい。だがわしの絵とは、なんのことでござるかな？　よもやあの虎の絵ではあるまいな。あれは若い娘がよろこぶようにはできておらん」

又兵衛がしきりに首をかしげていると、心願が笑いながら奥の座敷から屏風絵をもってきた。

「これは！」

「さよう、又兵衛どのが描かれた保元平治合戦図屏風絵でござる」

内膳の工房ではじめて描きあげた合戦図屏風絵で、又兵衛には自信作だった。道平が京の公家衆に斡旋してまわったが買い手がつかず、仕方なく阿国歌舞伎の小屋にしばらく預けてあった。

「だがどうしてこれがご坊のもとに？」

けげんそうな又兵衛に、

「先代の結城秀康公は京を去るとき、伏見の城で阿国歌舞伎をごらんになられた。そのとき阿国という女から譲り受けたと申されてのう」

なるほどそれで分かった。あの頃又兵衛は内膳の工房を手伝っていた。内膳は豊国祭礼図屏風絵を亡き太閤殿下の御霊にささげようと、文字通り寝食も忘れて根をつめていた。協力を申しこんだ又兵衛はおびただしい下絵を描いたが、内膳はおのれの絵にこだわり、弟子はおろか又兵衛の下絵さえ取りあげようとはしなかった。又兵衛は内心くさくさして、ならば太平記にならって保元平治の合戦図をものにしようと秘かに描きあげたのだ。

当時は若く、絵にも人生にも、かぎりなく意欲的で大胆だった。自分のいまわしい出自さえ、笑いとばして平然としていた。やがて琴江と所帯をもって、村満が生まれた。

それらが走馬灯のように脳裡をかけめぐる。懐かしさのあまり思わず眼を細めた又兵衛の耳に、道平のおっとりした声が聞こえてきた。

「なるほど、結城公はうわさどおりのお方のようだ。諸芸に秀でた人物を諸国から集められたそうだが、又兵衛の合戦図に眼をつけるとは、さすがでござる」

「はい、この北ノ庄を天下に恥じない都につくろう、たいそうな意気ごみでござった。名うての武将とあらば高禄で家来に召し抱えられた。芸能に秀でた人物、さらには商人までも城下に呼ばれた。殿は剛毅《ごうき》なばかりか、領国の経営にも才能を発揮されたのじゃ」

「なるほど、それがたったの四年、まだ三十四の若さで命を落とされた。いささか早すぎる死ではござらんか」

「それは……」心願は一瞬表情をくもらせたが、じきに丸い眼をにこやかにむけて、

「頑健なお体でしかも聡明さと繊細さを兼ねそなえておられた。越前に入り民、百姓のため善政をしかれるなど、全くこれからというときに亡くなられて、さぞご無念でございましたでしょう。時おり京を思いだされるのか越前の空は暗くて寂しいなと嘆息をもらされて、ですがたった一度だけ、心底おかしがって腹をかかえて笑われたことがございます」

「ほう」

「十五夜の晩、月をながめて御酒をめしあがられ、めずらしくうちとけられたことがございます。そのとき笑いながら、又兵衛さまの合戦の屏風絵をだされたのでございます」

酒の余興に俺の絵を見せるとは、いかにも無粋な田舎大名め。又兵衛は憤然と眉をつりあげる。心願はそれと察してにこやかに手でせいすると、

「いや秀康さまは、しばらく又兵衛さまの絵をながめて笑っておられましたが、そのうち不意に涙をぼろぼろこぼされて」

又兵衛は鼻白んだ。伏見城でも阿国相手に泣いたというが、女々しすぎる。心願はそんな又兵衛にとりあわず、懐かしそうに眼を瞬かせている。

「殿は申された。この男はわしよりずっと大馬鹿じゃ。わしとて天下をとりそこねた愚か者じゃが、

この男はわしの上をいっておる。父は同じく戦国武将だが、わしは父の血筋から永遠に逃れられぬのに、この男は父の血筋をおのれの絵筆で断ち切ろうとしておる」

又兵衛は苦虫をかみつぶしたように頬をこわばらせた。だが心願は平気で後をつづける。

「だいいち、このふざけた絵を見よ。命がけの合戦だというのに、このひげづらの武者どもは、にやにや笑うてふざけておる。わしはな、この絵をながめて酒をのむのがじつに愉しくてならぬのだ。自分より馬鹿な男がこの世にあると思うと、腹の底から笑いがこみあげる。殿はそうおおせられて、泣き笑いされましたのじゃ」

心願はしんみり言うと、又兵衛の屏風絵をあらためてながめて、かすかにほほえんだ。

「後にも先にも、あのような秀康さまのたのしげな顔を見たことはござらぬ。殿が亡くなられて、遺品として心願にくだされたのもその縁でございましょう」

「それで心願どのはこのわしを、北之庄に？」

「それもございます。ですが心願にも思うところがございましてな」

「なんです」

「又兵衛さまの筆にかかると、人物も馬も虎も、すべて生き生きと動きだす。古《いにしえ》からあからさまな姿で現世にのりこんでくる。人間の機微を鋭く見抜く眼力、非凡な描写力、観《み》るものに強烈な生命感をあたえる、それでいてどこか滑稽でにくめない絵師など、これまで見たこともござらんのですわ」

又兵衛は縁にでた。さっきまで薄日がさしていた空は厚い雲がたれこめている。所どころ雪におおわれた田畑や雑木林以外は幽暗の闇にひそみ、わずかに庭の梅林が色をそえている。人影がたえた畦道《あぜみち》に風がふきわたって、白っぽいほこりがまいあがっていた。

京にもどる夢もこの地に立つとむなしく思われる。都の華やかさをしのび、天下の江戸に思いをはせ、越前に散った結城秀康の儚《はかな》い生涯が、又兵衛には他人事には思えない。

「それに新たに越前の領主になられた松平忠直《ただなお》さまは祖父の徳川家康さまにうりふたつの風貌で、勇猛ながらも英明、しかも風雅を解すること父上と比べて遜色《そんしょく》もございませぬ。又兵衛さまの屏風絵をごらんになって、即座に決断なされましたのじゃ」

「心願どの、せっかくだがわしは誰にも仕える気などない」

又兵衛が憤然と唇をむすぶと、心願は喉を押し殺したように、ふっ、ふっと笑った。

「変わりませぬな。だが拙僧は、そんな又兵衛どのが好きでござる。それはさておき、まずは家を見ていただこう」

「あの家でございます」と心願の弟子が指さすほうを見ると、あたり一帯は雑木林しかない。南側にまわるとようやく茅葺屋根が見えてきた。古びた百姓家だが平屋の細長いつくりで、南側に広縁が大きくはりだして、うすく陽があたっていた。

あまりのわびしさに道平は帰っていった。又兵衛もさすがにふくれっ面をかくせない。

「広々として良い住まいでございます」と紀三郎が案内した弟子の手前、低く言う。

その弟子も帰ると又兵衛はさっそく不平をもらした。

「それにしても殺風景のきわみだ。こんなところに工房をたてて、どんな絵が描ける？　なにも浮かんではこぬわ」

そのとき、縁側に腰をおろしてなおも不満げな又兵衛の眼の前を、雑巾がけの娘が勢いよく突っ走っていった。「妙さん！」紀三郎が眼をむいて、妙のあとをおいかける。

「すみませぬ。わたくしがやります」言いながら妙の手から雑きんをとろうとする。

「いえ、これはあたしの仕事です。手をださんといてください」

妙は気色ばんで猛然とうばいかえす。もみあううちに手がかさなって、紀三郎はうろたえた。そのすきに妙はすばやく雑巾をつかむと、かがみこんで、ちらちら又兵衛を見ながら、走りぬけた。つきだした丸い尻が左右に足が動くにつれ小気味よく弾むのを、又兵衛はにやにや笑って見ていたが、

「わるくない構図だ。妙ともうしたな、まこと、嫁にくる気はあるか？」

妙は雑巾を握りしめたまま突っ立っていたが、又兵衛の声に弾かれたようにうなずいた。

「そうか、ではきめた。紀三郎、扇をもってまいれ」

あっけにとられた紀三郎が、あわてて懐中から一枚の扇をとりだす。

「妙、わしが描いた扇絵じゃ。結納につかわす。どうじゃな、気にいったかな」

妙は、わるびれた風もなく、すなおに又兵衛のさしだした扇絵をながめていたが、

「商《あきな》いになります。お城下の町家に店をだしましょう。都の扇絵と銘うって宣伝いたせば、きっとはやります。旦那さまの絵具代ぐらい、妙がかせいでみせます。それに紙なら武生の実家からとりよせます」と言う妙の丸い眼には、はやくも媚《こ》びがうかんでいる。

「お師匠さま、それはよい考えかもしれませぬ。扇絵ならこの北之庄でもめずらしく、きっと売れると思います。いえ、お師匠さまは大作をなしてください。これは私が手がけてまいります。奥方さま、

よしなにお願いいたします」

紀三郎に頭を下げられ、しかも奥方さまなど言われて、妙はさすがに恥ずかしくなったのか、又兵衛のもとから逃れて、小走りに障子の中にかけこんでしまった。

三　城下の店

妙と所帯をもち、北国のみじかい夏も終わった。

興宗寺の雑木林がいっせいに色づいて野鳥の鳴き声が飛びかうようになった。

ある日のこと、心願がせかせかと工房の戸を開けた。興奮のあまり荒い息をはいている。

「又兵衛どの、殿へのお目通りがかないますぞ」

心願は、国家老の本多富正《とみまさ》の書状をたずさえて上機嫌だった。

「まことか」と道平が、心願から書状をうばうように見ると、

「又兵衛、とうとう念願かなったな。殿さまへの目通りだとすると、これはどうやら御用絵師への取り立てだろう」

「ご坊にはすまぬが、わしは気がすすまぬ」

「それは！　ご家老の本多さまからの直々のお召しにござれば」

ことわってもらっては困る。心願の困ったような顔がそう言っている。

「わしは昔から大名だの武将の顔には興味もない。ご坊にはわるいが、坊主の顔もだ」

「だがな、又兵衛、せっかくの心願どののはからいだ。会うだけあって、いやなら断ればいい。大画面を描くには、とにかく銭がいる。心願どのとて貧乏寺の住職にすぎん。ここは家老だろうと殿さまだろうと、ひとつその気にさせてやるんだな」

「さよう、道平どのの言われるように寺は貧乏でござる。だが越前藩はちがう。絵師の一生分の仕事ぐらい差しあげることは可能です。土佐光信どのとて室町将軍家から多大な金子をちょうだいしておった。なにも遠慮はいらんと思いますがのう」

心願は筆頭国家老本多富正との約束を思うと説得にも力が入る。それに北之庄ではこの年飢饉《ききん》にみまわれ、心願の寺でも寄進は思いのほか少なかった。又兵衛の工房への糧も正直とどこおりがちである。そのとき妙が、色艶のいい顔に笑みをうかべて近よってきた。

「旦那さま、一度お城下の扇絵の店の繁盛ぶりを見てくだされ。先だってなんぞ、殿の奥方さま勝姫さまおつきの侍女どのが、ぎょうさん買《こ》うてくだされましてのう」

又兵衛は、二十歳も若い女房のあだっぽいまなざしに、でれっと頬をゆるめた。

「越前の城下か、ひさびさに夫婦水入らずでまいろうか、のう妙」

深い二重のまぶたを見開き、とろけるような眼で妙を見ると、その手をもみしだいた。

それを見ていた道平も、

「わしも城下の扇屋の店を見てみたい。それに越前の女子の味をためしてみたい。どうだ、紀三郎も行かんか。わしが女の品定めを教えてしんぜよう」

道平は朝から酒をたらふくあびて、くさい息をはきつけ紀三郎の肩に手をまわす。紀三郎はその手をはねのけ工房の隅に座ると、描きかけの扇絵にていねいに色をくわえていく。

紀三郎は女の話になると、かたくなにはねつける。さすがに又兵衛も気になって、城下の店にでかける朝、聞いてみた。

「紀三郎、嫁をもらう気はないか」

「いえ、いまのままで満足しています」

「女は嫌いか?」

「めっそうもございませぬ」と、紀三郎は真っ赤になってはにかんだ。

「ではなにゆえ」

「わたしは、たったひとりの妹を京に置き去りにしたのです」

紀三郎は唇をぎゅっと噛んで又兵衛を見た。はじめて聞く紀三郎の身の上である。

京の近郊の貧しい農家に生まれた紀三郎は百姓をきらって内膳の弟子になった。その後父親が急死し弟が後をついだが病弱な母をかかえて一家は困窮した。そのあげく末の妹のお君が遊女に売られた。紀三郎がそのことを知ったのは越前に来てまもなくのことだった。

「家がさほど困窮していたことも分からず、わたしは絵の修業に夢中でした。お君はそんなわたしの身勝手の犠牲になったのです。ですから、お君を身請けするまでは、自分ひとりだけ幸せにはなれません」と紀三郎は一瞬考えぶかげに遠くに眸をむけたが、じき描きかけた扇絵に眼をおとした。

その華麗な筆づかいをながめて又兵衛はうなずいた。紀三郎の筆は荒れがなかった。一筋の濁りも曇りもなく純粋に又兵衛の絵を理解している。とりわけ人物の特徴をとらえる鋭い鑑識眼は冴え冴えとして、又兵衛をうならせた。紀三郎には都の群衆の歓喜の喧騒さの底にある、叫びや怒り、儚い現世ゆえに一期に狂騒せざるをえない人々の心の爆発を、みずからが背負った自責の念から肌で感じとる感性があった。

「美しゅうものに魅かれるのは、人の心の常、永遠の夢かもしれません。いかに現世が苦しくとも、人は心にそれぞれの花をさかせる。お君は馬酔木《あしび》の花が好きでした。幼い頃、わたしの背におわれ、野山を歩いた幸せな思い出が、白く小さな花でございましたから。その花に馬をしびれさす毒があろうと、それも自然の摂理《せつり》、愛でて、喰らうて、はてるも本望、人の性とは生きている限り、おのれの心にとりついて離れることもありませぬ。それゆえに狂おしいほど愛しさもつのるのでございましょうか」

紀三郎がいつにない激しさを見せて口をつぐむと、工房の戸口から妙の声がした。

「紀三郎さんほど美しい殿方は見たことがありませんよ。いまにびっくりするほど器量よしの娘さんを世話してあげよう。なにお君さんのことは心配いりません。女は、いざとなったら男なんぞより、ずっと性根がすわるもんですよ。いつまでも昔をひきずっているのは一見純粋で美しく見えるけど、そんなの嘘っぱち、わたしに言わせたら、ただの卑怯もん、逃げているとしか見えないねえ」

と妙は、ふた重にくびれた白い喉をさらして紀三郎にふくみ笑いすると、又兵衛の手を胸におしあてて、言った。

「紀三郎さん、今夜は城下の店にとまるから、工房の火の始末、たのみましたよ」

紀三郎はまぶしそうに、二人を見送るため立ちあがった。

北之庄の城下町は、京の町とは比べようもないほどこじんまりしていた。それでも興宗寺あたりの雑木林や田畑の風景を見なれた眼には、北国街道の西手にひろがる町屋のにぎわいは新鮮で、又兵衛は自分の扇絵がかざってある店先で大きく息をはずませた。

軒先には芝居の緞帳《どんちょう》に似た幕に屋号の「またべえ」と描いて垂らしてある。緞子《どんす》の生地に金糸銀糸で縫い取りをした垂れ幕には又兵衛が描いた源氏絵が切りとられてあった。

「これは、じつに鮮やかだ。妙さんには商いの才覚がある」

道平は眼をみはって又兵衛をふりかえる。又兵衛も口をあんぐり開けて、「すごいものだな」と、あっけにとられている。

店先にいた男がすばやく顔をあげ飛びだしてきた。色は浅黒く眼つきに鋭さがある四十がらみの男で、商人というより、地侍といった精悍な体つきをしていた。

「喜助、旦那さまがお見えだえ」

「旦那さま？　これは、ごあいさつがおくれました。てまえ、番頭の喜助でございます」

「馬鹿だねえ、これはお公家の道平さま、旦那さまは、ほれあそこに」

喜助は一瞬バツの悪い顔をしたが、すぐに土間に両手をつくと道平の後から顔をだした又兵衛に深々と頭を下げた。すきのない身のこなし、これで脇差でも差したらまぎれもない武士の所作である。

又兵衛は苦笑いした。妙が自分の絵に惚れたと言ったのは、案外戦国武将の血筋をひく家系に魅かれただけのことかもしれぬ。喜助を見て、そんな気がした。

関ヶ原の戦いから二十年近くも経つというのに、越前にかぎらず諸国には、こうした地侍の多くが土地に根づこうと慣れぬ生業《なりわい》にあまんじていた。

大阪冬の陣、つづく夏の陣では、諸国の牢人どもがわれ先にと大坂城にかけつけた。彼らは豊臣の旗印に、おのれの武士としての夢と誇りをかけて、戦にのぞんだ。その数十万ともいわれる。皮肉なことにこれが豊臣方の徳川幕府への反逆という大義名分とされた。

奥の座敷にあぐらをかくと、待っていたかのように膳が運ばれた。疲れた胃の臓腑に野草粥はやさしかった。番頭をはじめ女中、丁稚の小僧まで、妙のしつけは行きとどいていた。道平は喜助とうまがあったようで、さっそく酒の支度をさせている。

道平は二階の座敷にあぐらをかくと、酒を運んできた若い女中の尻を見ながら、「わしもここに住もうかな」と、つるりとした顎をなでてにんまり笑った。

又兵衛はごろりと板の間にねころんだ。うとうとしていると、妙にゆりおこされた。

「おまえさま、心願さまが急な御用がありなさるとお見えでござる」

又兵衛が座敷に入ると心願がおちつかなげに座っていた。

「又兵衛どの、いよいよお殿さまがお会いくださる。だが殿は鷹狩りの供を命じられた」

「鷹狩りの供とは？」

「殿は又兵衛どのに、鷹狩りのご自分の雄姿を描くようにと申されましてのう」

忠直公には様々なうわさが京にもながれている。凶暴で家来や女を斬り殺す。そんな物騒な話も聞いたことがある。又兵衛は不機嫌になった。みかねた道平が、助け舟をだした。

「又兵衛は三度の飯より馬のつらが好きでござる。お相手に不足はなかろう」

「おうそうか、なら好都合じゃ。殿は人の意表をつくのがお好きでな。だが鳥羽野の開発を命じられるなど先見の明もおありじゃ。国家老の本多様に命じて検地をおこない、百姓が離農するのを禁じ、年貢米の収益をあげさせる一方、交通網を整備し、商品の流通を促進するなど、領国の才はむしろ父君より勝っておられるかもしれぬ」

心願は安堵の色をうかべて帰っていった。

四　松平忠直《ただなお》

翌朝心願と城に行くと、瓦御門の前では早くも行列が隊をなしていた。先供、お徒歩衆十名ばかりの後から、手に鷹をとまらせた鷹匠らの一文字菅笠に膝切半纏姿が見える。鷹狩りの犬をひいた御犬牽やらが列をなして構えている。やがて大勢の御側衆に守られて藩主の松平忠直があらわれた。年は二十四、五か、色白のふっくらした顔に大きな眼、福々しい耳をした若き藩主は、練絹《ねりぎぬ》の朱の地に金銀の箔押《はくお》しで虎を描いた、かなり目に立つ傾《かぶ》いた小袖に、あざやかな濃紺の袴をつけ、左腕には鷹を据えて、傲然と肩をそびやかし周囲を見まわした。又兵衛はひれふしたまま、上目づかいに見る。一瞬眼があった。

派手な傾きぶりは京で育った父結城秀康ゆずりか、だが顔立ちはおどろくほど祖父の徳川家康に似ている。忠直はけげんそうにかたわらの家臣を見た。

「絵師？　なに父上と京で面識があったと？　おもしろい、ついてまいれ」

又兵衛は御側衆のなかに加えられた。

百間堀は満々と水をたたえ、白鳥やら鴨が泳いでいた。大名町をぬけやがて西国街道ぞいに足羽川にでた。城下町は美しく整えられて、町屋のたたずまいも清潔で、行列にひれふす町人たちの姿もこざっぱりとして見えた。昨夜喜助は又兵衛が酒をすすめると、よろこんで相伴した。又兵衛がにらんだどおり彼は紀伊の雑賀の出で、父親は地侍だった。彼が越前に流れてきたのは、結城秀康が封じられて領国の経営にのりだした時期でもある。喜助によると城下にはすでに四万もの人が集まってきていたという。

「先君秀康公は、戦場にあっても豪傑でしたが国を治める才覚もおありで、城郭、城下町を整備すると、商人、職人を誘致されました。足羽川の右岸に石垣を積み、対岸には桃林にしたのも、洪水の際、溢れた水を城中に流れこませない配慮にございます」

ふりかえると秋の陽ざしが豪壮な天守閣を照りかえしていた。三十四歳で他界しなかったら、自分は彼と北之庄であいまみえていたのだろうか、自分をこの地に呼んだ人の縁の深さを思いやって眼の前を見ると、馬上の忠直の右肩あがりの後姿が見えた。

行列は九十九橋をわたり足羽山の山麓にでた。忠直は陣をしくと早速馬をはしらせた。美しく紅葉した山並みをながめていると、小姓の乙丸という少年が馬をひいてやって来た。

「この馬を、拙者に？」

「殿がお待ちでござる。急ぎまいられませ」乙丸は叫ぶなり馬の尻に鞭をあてた。

やれやれ、とんだ酔狂な殿さまだ。だが馬に乗るのは久しぶりだ。又兵衛は馬のたてがみをなでると、ごく自然に馬の動きに体をあわせていた。

紅葉した山から風がふきぬけて又兵衛は思わず白い歯を見せた。うさうさした雑念も心地よい汗とともにふっ飛んでいきそうだ。山の中腹で殿の一行においついた。

忠直は又兵衛を見ると、ふんと鼻先で笑うなり、いきなり馬を疾走させた。

「続け！」怒声がきこえる。御側衆が懸命に後をおう。又兵衛も鐙で馬の腹を蹴った。本願寺の子院で雑賀衆とひそかに馬を駆った。身を守るための特訓とはいえ、又兵衛の体はかつての経験に柔軟に反応した。はたして追いついたのは又兵衛だけである。

「そちはなにものだ？」

「はっ、絵師にございまする」

「たわけ、そちの父は荒木村重であろう。なぜ北之庄にまいった？　もしや江戸の将軍家のまわし者か？」

「めっそうもございませぬ。土佐光信末流につらなる絵師にございますれば」

そのとき又兵衛は鋭い殺気を感じた。欅の大木の陰に黒い影が一瞬ちらついた。又兵衛が息をつめたそのとき、矢が飛んできた。

「殿、ご免！」又兵衛は鋭く叫ぶと、殿の栗毛の馬の尻に思いっきり鞭をあてた。間一髪、馬は狂ったように走りだした。そこへ御側衆の一団がおいついてきた。逃げようとする黒装束の男三人が、直ちに捕えられた。見ると毒をのんだか、血を吐いて息絶えていた。

鷹狩りは取りやめになった。

城にもどると又兵衛は家老の本多富正に呼ばれた。本多伊豆守富正は十五歳で徳川家康の命をうけ、結城秀康の家臣となった。秀康死後、殉死を願いでたが家康、秀忠から禁じられ、以後は忠直の主席家老をつとめ、府中城を居城としている。対面所でしばらく待つと忠直が声高に話しながら入ってきた。又兵衛を見ると笑いながら、

「おおかた甲賀か伊賀の忍びであろう。将軍家も姑息《こそく》よ、余がそれほど怖いか。それにしても又兵衛とやら、ようやった。どうじゃ。絵師などしておらんで余の家来にならんか」

「おそれいりまする。ですが、刀はとうの昔に捨てました」

「ほう、それで荒木を名のらぬか、して岩佐とは」

「母者の姓にございますれば」

「ふむ、ところで又兵衛、父とは知己であったと聞くが」

「はっ、京を去られるとき絵をさしあげました」

「絵?」

「保元平治合戦図屏風絵にございまする」

「おう、おぼえておるぞ。たしか父の遺言で興宗寺の坊主にくれてやったが、そうか、そちがあの絵を描いた男か」

そのとき本多が慇懃《いんぎん》に口を開いた。

「おそれながら、この者、殿のために洛中洛外図を仕上げて京より持参しております」

本多の声を合図に襖がさっと開かれて、洛中洛外図の屏風絵がかざられた。

「ほう、洛中洛外図とな、かの狩野永徳とはりあったか」

忠直はずかずかと屏風の前にすすむと、どっかと胡坐をかいた。そのまま背中をまるめて食い入るように見入っていたが、鋭く言いはなった。

「なんだ、これは徳川への侮辱か」

「はっ？」本多があわてて膝をいざらせる。

「分からんか、たわけ。右隻に大きく描かれているのは豊臣家の象徴、方広寺だ。それに対する左隻の下だ、豆粒ほどの小ささで描かれているのが二条城、これは明らかに豊臣を上に、徳川を侮《あなど》っておる。又兵衛、そちはわざわざ徳川の弱小ぶりを描いたと申すか」

そのとおりと言いたいところだが、忠直の怒気がそうは言わせない。

「又兵衛、いい度胸だな。余を書画も分からん田舎大名だとコケにしておるのか。だがそちも腑抜《ふぬ》けじゃ。卑怯者の父親に輪をかけた、武士の風上にもおけんやつだ。絵師など、河原乞食のするもんじゃが」

又兵衛は血相かえた。座はしんと静まりかえった。その時本多が話に割って入った。

「絵師があざ笑うておりますのは、豊臣の威光ならず虚栄でござる。権力の亡者となりはて肥大化した豊臣家の威信の象徴が方広寺、巨大な大仏殿、さらに因縁つきの梵鐘であるとしたら、その巨大さゆえに内部からの崩壊をきたしたのです。それに対し、徳川家は質実剛健、城も城下も庶民が行き来しやすい機能を第一と心得ております。これこそ神君家康公の政の本質というもので、そのことを絵師は的確に表現しております。さらに、御所に向かう牛車の紋、葵にございます。又兵衛、そちは描き変えたか」

「さすが、ご家老、よう見ぬかれた。最初の下絵の段階では御所への牛車は関白家でござった。ですが大坂の陣の後、牛車で御所に向かわれたは将軍秀忠どのでござる」

忠直の眼が一瞬光った。

「絵師、そちは大坂の陣のあとに、わざわざ絵を描きなおしたと申すか」

「いかにも」

「ふん、絵師らしき小賢《こざか》しさよ。だがしょせん、絵師になり下がったおぬしには、武士のまことの意地など分からんであろう。せいぜい滑稽に描くがいい。だが余は命など惜しくはない。かの大坂夏の陣で活躍した豊臣一の名将、真田幸村を果敢に攻め討ちとった。徳川の勝利は余の功績あってのことだ」

「存じております」

「いくさの後、わしは二条城に呼ばれた。駿府の祖父《じい》は余の手柄こそ百万石に値する、追って沙汰すると激賞して、初花の茶入れと貞宗の脇差をくれた。余は身体が震えるほど感激した。これで、命がけで戦ってくれた家来たちに恩賞を与えてやれる。だが余はまんまと騙《だま》された」

忠直は小姓に命じると棚にかざった壺を眼の前においた。

「又兵衛、ちこうまいれ。これが天下の名物、初花の茶入れだ。命がけの合戦の恩賞がこれだ。余は家臣たちに面目をなくした。領地の一握りも与えてやれなんだ」

奇妙なことに壺には割った跡がくっきり残っている。

思わず又兵衛が身をのりだしたとき、家老の本多富正がそれを制して膝をすすめた。

「殿、おそれおおくも亡き大御所さまからの恩賞にございますぞ。絵師ごときに軽々しく見せるものではございませぬ」

言葉つきは穏やかだが底に有無を言わせぬ恫喝《どうかつ》がある。

忠直はそれを聞くと、一瞬殺気だった眼をして本多をにらみつけた。本多は顔色ひとつ変えない。

忠直は憤然と立ちあがり、脇息を蹴とばすと座敷をでていった。


下馬門をくぐると百軒堀に月が映っていた。石垣からひっきりなしに風がふいてくる。大名町の長い築地塀に影法師がはりついたように後をおう。町屋筋にでると灯りがぽつぽつ見えた。やれやれ、結城の倅だというから会う気になったが、とんだ笑い草だ。あんな抜き身の白刀をひっさげたような男に仕えたら、この先命がいくつあっても足らん。

「又兵衛どの、すまん。藩にもいろいろ事情がござってのう。殿もお気の毒なのじゃ」

「将軍の甥御でござろう。何の不自由がござる」あまったれるな、と怒鳴りたくもなる。

「父上の秀康さまが亡くなられたとき、殿はまだ十三歳でござった。その後も家中の内紛のため、殿は窮地に立たされた」

心願の話では、家中の内紛とは忠直が十八のとき起こった越前騒動である。

越前松平家は結城秀康が北ノ庄に入部した頃から親豊臣派と親徳川派が対立していた。豊臣派は秀康が秀吉の養子として大坂城にいた頃の家臣で、徳川派は家康が結城秀康のために付けた筆頭家老の本多伊豆守《いずのかみ》富正を中心とする勢力であった。

結城秀康が大坂方に深い同情を寄せていたことで、かれの存命中は次席家老の今村掃部《かもん》盛次ら豊臣派が優勢だった。ところが秀康が死ぬと、本多富正が家康や幕府の後ろ盾を得て強力なまきかえしをはかった。ついに本多富正は、秀康が一万石で召し抱えた久世但馬守《くぜたじまかみ》を味方にひきこむことに成功し、豊臣派への切り崩しにかかった。

そこで起こったのが越前騒動である。

きっかけは豊臣派の岡部自休の領内の者が何者かに斬殺され、犯人が久世但馬守の領内に逃げこんだ。岡部は犯人の引き渡しを要求したが久世は応じない。岡部自休を今村掃部盛次らが弁護し、本多富正らは久世但馬守に味方した。

当時十七歳の忠直は母方の伯父中川出雲の言を信じて、ろくに久世但馬守を審問せず、死罪とした。久世但馬守は佐々成政《さっさなりまさ》の遺臣で、その豪勇を知った結城秀康から侍大将に取り立てられたほどの男である。中川出雲や今村一派の言いなりになった忠直の裁定を不服として、屋敷に立てこもり抗戦の構えを見せた。しかも追手の大将に命じられたのは盟友本多富正である。久世の人物を知るだけに本多は自ら屋敷に入り説得を続けたが、久世の決意は変わらなかった。こうして久世一族百五十名はことごとく討たれた。しかも追手の大将本多富正は、後方の味方から銃撃され、危うく命を落とすところだった。これは後方の大将多賀右近が今村一派に加担し、戦にまぎれて本多富正を殺そうと謀ったからだ。

　本多伊豆守富正は越前家の危機とばかり、駿府に馬を走らせ徳川家康に訴えでた。家康、将軍秀忠が臨席のもとで再度吟味があった。その結果、本多伊豆守富正に理があるとされ、岡部自休は死罪、今村掃部が流罪となったのをはじめ親豊臣派は一掃された。

「殿は面目をなくされた。藩主でありながら幕府の目付家老に藩政を牛耳られる。聡明で真っ直ぐな御気性ゆえに殿には我慢がならず、内心の鬱憤に苦しめられておられる」

　心願の長い話を聞きおえると提灯の灯りが消えかかっていた。藩主といえども将軍家の鼻息をうかがう世の中になったか。この頃世の中は元和偃武《げんなえんぶ》といわれた。元和元年の大坂夏の陣を最後に戦乱が止んで天下は太平になったことから、大名、武士にとって徳川家への忠誠こそが求められるようになっていた。御三家につぐ御家門の越前家とて例外ではない。将軍の兄でありながら将軍職を弟秀忠に奪われた反抗からか、秀康は死ぬまで結城姓にこだわった。秀康の死後忠直は松平の姓を名乗らされた。曹洞宗の結城家にならって葬られた父が、家康の命により北ノ庄では浄土宗で改葬された。

「父上さえ、いまだご存命であったら」

　御対面所を去るとき、忠直はうめくように言うと唇をかんだ。その声のひびきに鋭い殺気があった。気のせいか、又兵衛がいぶかしげに顔をあげると、蒼白に顔をゆがませた忠直が、拳をわなわな震わせていた。大坂夏の陣の恩賞に不満がある。そのため忠直の鬱屈した悩みがある。どうもそれだけではない。もっと根の深い憤懣を、この若い殿はかかえておるようだ。又兵衛はおのれの直感に血がさわいだが、忠直はすでに退出していた。

心願と別れて店の板戸をたたくと、妙が赤い顔をして飛びついてきた。

「おまえさま、さっきお城から洛中洛外図屏風絵の褒美として金子四十枚が届けられました。いまの相場でも、金子一枚は五百文目の値打ちはありましょうから、ざっと見ても二千貫となりましょう。いいお仕事をなされましたな。妙は鼻が高うございます。こうもはやくお殿さまに気にいられるとは、いいあんばいで」

その夜いつになく妙は乱れた。もともと奔放で、男を上手にその気にさせる術を心得ている妙だが、又兵衛の快心の絵が藩主の注目をひいたことが興奮となってか、激しく又兵衛に迫ってきた。二十も歳の離れた娘のような妙に妖しく挑まれて、又兵衛もまんざらでもない。最初のうちこそ、獣のようにうめき声をあげる妙の喘ぎに隣室の道平が気になったが、じき夢中になったのは又兵衛のほうだった。

やがて障子に薄陽がさしてきた。又兵衛が腹這いになって煙草を吸っていると、妙の寝息が聞こえてきた。健やかで規則ただしいその音に、又兵衛は不幸のうちに死んでいった琴江をふと思いだした。琴江を守ってやれなかったのは、おれの警戒心が鈍っていたからだ。迂闊《うかつ》だった。そういえば備中に行った村満はどうしているのか。浅野家の木村あて手紙を書いたがそれっきりだ。何事もなく健やかであればよいのだが。

やはり琴江が言ったように家族は離れ離れになってはいかんのかもしれぬ。どんな苦難でも守るべき家族とともに暮らすのが幸せというものだろう。

こうして一人だけ安穏に暮らしていると、かつて母や一族の虐殺をまねきながら一人だけ生きながらえた父荒木村重のことが自嘲的に思いだされた。若い頃は仇以上に軽蔑し憎悪した男だが、いざとなると自分も大差ない。琴江に村満に、どう言い訳ができる。

それから数日後、めずらしく妙が朝寝をして朝餉の膳にも姿を見せない。心配した又兵衛が様子を見にいくと、妙が頭から布団をすっぽりかぶっている。

「具合でも悪いのか」

返事がない。布団をめくると妙の眼に涙がにじんでいる。

「どうした、なにかあったか？」

又兵衛はおどろいて妙の顔をのぞきこんだ。

「赤子《やや》が宿りましたの。これここですわ」

妙は赤くなって又兵衛の手を握ると、自分の腹にもっていった。すべすべして悩ましいだけだ。年甲斐もなく股間が熱くなった。

「分かりまして」妙はからかうように小さな蕾のような唇に笑いをふくませた。

五　鳥羽野の荒野

待望の又兵衛の工房が建った。紀三郎は京の狩野松柏に手紙を書いて弟子を数名送ってくれるよう頼みこんだ。松柏は内膳の工房にも出入りした狩野派の町絵師である。

その日の早朝、松柏からの返事を読んでいると、忠直の小姓の乙丸が飛びこんできた。

「又兵衛どの、殿が遠駆けにでられます。急ぎまいられよ」

何のことはない。又兵衛にも供をせよとの命令である。又兵衛は腹を立てた。

「悪いが、わしは家来ではない」

「殿のおおせにござります、馬にお乗りくだされ」

前髪をたらし女のように色白のふくよかな美少年だが、気だけは恐ろしく強そうだ。有無を言わさず連れていくつもりだ。

「わしは絵を描いている。じゃまだてするな」

「ではどうしても殿のご命令を拒むおつもりか」

乙丸は悔しそうに眉をつりあげたかと思うと、いきなり又兵衛の前にあぐらをかいた。

「主命をはたさず、おめおめもどれぬ。この場をお借りして腹かっきる所存にござる」

言いざま小袖の前をひらくと、脇差をぬいた。

「何をする。たわけ」

「ではお供をお受けくださるか」

乙丸はとたんにずるそうな笑みをうかべて立ちあがると、馬の手綱を又兵衛にわたした。

「いくつだ」

「十四歳です」

又兵衛は馬を走らせながら、背後から腹に手をまわした乙丸の体のぬくもりに村満を思いだした。

「殿は好きか」

「はっ？　今なにか言われましたか」

「殿は暴君だとのうわさもあるが、お前にも手荒いまねをするか」

「何を申される。殿は、わたしには優しい。小姓どもは妬んでおるのです」

まもなく城門が見えてきた。忠直の周囲には三十名ばかりの若くて屈強な武士たちが警護にあたっていた。先だっての鷹狩りの教訓からか、忠直もおいそれとはでかけられないのだろう。それにしても物々しい。又兵衛を見ると馬の轡《くつわ》をむけ、声をはりあげた。

「おう又兵衛、今日は鳥羽野までまいる。遠駆《とおがけ》だ。ついてまいれ」

忠直は栗毛の愛馬に鞭をふるうと、あっというまに駆け去った。さすが見事な走りだ。感心していると、乙丸がにやにやしながら又兵衛の横に馬をならべた。

「又兵衛どの、ごぞんじではないのですか。殿の栗毛の馬は大坂夏の陣で真田幸村《さなだゆきむら》が乗っていた愛馬でござる。真田栗毛《さなだくりげ》と呼んで、殿はわが子のように可愛がっておられます」

「なるほど、早いわけだ」

またたく間に疾走した栗毛の後を追うべくもない。それでも馬好きの又兵衛には忠直の気分が分かる。殿の留守にこっそりと一度ぐらい責めてみたい。乙丸に頼んでみようか。あやつめ、腰をぬかして、またふっくらした腹を斬るとわめくだろう。たわいない妄想ににやにやしながら北ノ庄から南へ二里ほど馬を駆けさせると、まもなく原生林の密集した地域が見えてきた。乙丸が馬を近づけ得意げに指さす方向を見ると、おびただしい人夫らが各々斧をふりあげ大木を切り倒したり整地したり、蟻のようにうごめいて作業をしていた。

「殿が開発を命じられた鳥羽野でございます」

乙丸によると鳥羽野とは烏ヶ森、糺野《ただすの》、河瀬山の一帯のことで古来この地は原生林が密生し、人馬の往来もなく狐狸や野狼の住家だった。そのため野盗が出没し旅人は難儀していた。又兵衛らが着くと真田栗毛が木に繋がれて、床几台に腰をおろした忠直が手招いた。

「又兵衛、わしはこの原生林を開発する。道を整備し、移住者には土地を無償であたえる。もちろん商いも自由にさせる。見ておれ、いまにおどろくほど活気にみちた町に造り変えてみせる」

忠直は白い歯を見せて爽やかに笑った。

城内で見るより晴れやかな眼をしている。眼といえば又兵衛を見る真田栗毛は、真田幸村の愛馬らしく智略に富んで賢そうである。ますます気に入った。思わず顔をほころばせると、忠直の声がどこかのんびりと聞こえてきた。

「余はこの先も、北ノ庄を江戸や大坂にもまけぬ町に造っていきたいのだ。いつまでも将軍家を恨んでは、亡くなられた父上に申し訳が立たぬ」

心願の話では、この年元和四年三月、忠直の弟忠昌は越後高田二十五万石に転封された。忠昌への恩賞は大坂夏の陣以来度重なるもので、忠直は幕府のやり方に反発した。だが将軍秀忠は娘の勝姫を嫁にくれた。となると過去の恨みより藩政に実力を発揮すべきか。

「余は江戸で生まれ育った。さすが江戸は祖父《じい》（家康）が築いた町だ。いずれ大坂もしのぐ活気ある町になるだろう。又兵衛は江戸を知らんだろう。一度見てみたいか」

「いいえ、もどれるなら京の都に」

「そうか、父上も都の華やかさ雅さを愛されておられた。江戸とは比べようもないか」

「京も堺も、それに太閤殿下の築かれた大坂も、町の形態はそれぞれことなっても、そこに住む人々の息ぶきが濃厚にただよって、悩ましいほど郷愁をかきたてられます」

「なるほど、さすが絵師、おもしろいことを申す。だが太閤殿下の大坂とは聞き捨てならん。そちは豊臣方の残党だそうだが、大坂城に入って秀頼のもとで戦ったのか」

「手前はいささか年で、甥の村常が大坂城には牢人として入りました」

「おもしろい。余は大坂城を一番乗りで攻めたてた。祖父は抜け駆けしたと怒ったが、余は敵の猛将真田幸村を討ち取った。そちにも見せたかったぞ」

「それは惜しいことを。手前も大坂城に入りましたら殿と一戦刀を交えておりました」

「ぬかしおったな。だがそうであれば、そちはこうして余の前にはおらなんだ」

ねめつけるように又兵衛をにらむと、ふと眼を遠くにはなった。

「だが駿府の祖父《じい》はやりすぎた。なにもあそこまで徹底的に豊臣家を滅ぼさずともよかった。一大名として残す道もあった。そうは思わぬか」

そういえば、忠直の母、清涼尼《せいりように》は、かつて大坂城で淀殿の侍女をしていたこともあり、何が何でも豊臣家を滅ぼそうとする家康には批判的だったと、心願の話を思いだした。

「絵師ごときに天下の仕置は分かりかねまする」

「人は老いると姑息《こそく》になる。祖父《じい》とて同じだ。ご自分の眼で豊臣家の滅亡を見ずにはいられなかったのだろう。だが死んで名を残したのは皮肉だ、滅ぼされた豊臣秀頼だ。徳川の政権下で生きることを潔しとしない十万ともいう牢人、キリシタンをひきつれての殉教ともいえる。徳川はいくさにこそ勝ったが、豊臣家や秀頼への共感、同情は、多くの人々に語りつがれて、徳川の政権をゆさぶり続けるだろう」

又兵衛は呆気《あっけ》にとられた。この殿はあまりに率直で無防備すぎる。あやぶみながらも、かつて兄村次を訪ねて大坂の町を歩いた往来のにぎわい、その繁栄に眼もくらんだ記憶が懐かしく甦った。あの巨大な町を築いたのは秀吉だが、秀頼はさらに発展させて商人の自由な活動、南蛮貿易をも保証し、船着場には海外から来る千石船や淀川下りの三十石船までが出入りしていた。それもすべては豊臣家崩壊とともに夢と潰えたか、大坂、堺の自治は徳川の世になり大幅に制限され、切支丹禁教令はいっそう厳しさを増し、たとえ大名でも信仰を捨てなければ海外に追放、長崎ではキリスト教の宣教師、信徒五十五人が惨たらしく処刑された。だが、それですむはずはない、人とは本来なにかに束縛されては生きられぬものだから。父以上に信じられた千利休が逝《ゆ》き、憧れていた蒲生氏郷も、夢の半ばでこの世を去った。又兵衛の胸に、若かかりし過ぎた時代が悩ましく去来した。

「大坂は、あっぱれ天下の台所、失礼ながら徳川どのの世になっても、へこたれない」

「又兵衛、よう申した」

めずらしく、忠直が賛同した。

「だが豊臣家滅亡とともに豊国廟も徳川の手で破壊され、奉納された豊国祭礼図の行方も分からぬというではないか。これでは秀頼公も成仏できぬ。そこでだ、又兵衛、ひとつ豊国祭礼の様子を再現してくれぬか」

話が妙な方向にいった。だが内膳が描いた豊国祭礼図屛風絵の行方は気になっていた。ここは内膳に報いるためにも自分が描かなければと又兵衛は即座にうなずいた。

「承知いたしました。又兵衛なりの豊国祭礼図を描いてみせまする」

「よう言うた。それでこそ余が見こんだ男だ。そちに褒美《ほうび》をとらす」

忠直はそう言うと、

「小浜藩の酒井どのとは親しい仲でのう。先だって会ったら、酒井公は絵巻物をながめておった。又兵衛、見たことがあるか、かの有名な伴大納言《ばんだいなごん》絵巻物であるぞ」

「伴大納言絵巻！　まことでございますか」

又兵衛は半ば叫ぶように眼を輝かせると、ごくりと唾をのみこんだ。伴大納言絵巻は絵師なら誰でも一度は見たい逸品である。

「又兵衛、見たいか」

「はっ、もちろん、優れた絵巻物を直接見る機会など、そうそうございません」

「では酒井公に手紙を書こう。余の紹介とあらば、便宜をはかってくれよう。とことん気がすむまで見てまいれ。なに馬を飛ばせば小浜などすぐじゃ」

「御意、ではただちに」

又兵衛は興奮のあまりすぐにでも馬を駆ってでかけようとする。忠直はそんな又兵衛のあわてぶりを冷やかすように腹をかかえて笑いだした。

その時である。遠くから馬を駆けさせる近習の姿が見えた。

忠直の前に膝まづくと、何やら声をひくめて注進している。忠直は床几台から立ちあがるとひらりと馬に飛び乗った。みるみる遠ざかる藩主の後を警護の家来たちが追いかける。

「何事だ」

馬の手綱をほどいていた乙丸に聞くと、

「分かりませぬ。お城になにかあったようで、くわしいことは後ほど」

乙丸は口を結んで馬にまたがると、駆けだしていった。

その夜城下の店にいると乙丸がやって来た。

「又兵衛、城からのお使者だ」

道平がからかうように乙丸を奥の座敷にとおした。

「又兵衛どの、本日はあいすまぬ、なにしろ城内にいささか事件が起こって」

「事件とは穏やかではないな。いったい何があった」

「なに、いつものことです」

「それでは分からん。くわしゅう申してみよ」

乙丸は観念したように眼を大きくみはった。ほんとうは誰かに話したくてしかたがない。

「殿の正室勝姫さまが、側室の平賀さまの侍女を折檻《せっかん》されたのでございます。裸にして庭の松の木に身体をくくりつけ鞭で激しく打ちすえられた。勝姫さまの侍女にご無礼があったとかで、おきのどくに、若い侍女どのは血まみれになって恐ろしさのあまり気を失われた。殿のまいられるのがあと少し遅かったら、命も危うかったそうでございます」

「惨《むご》いことだ。いつもそんなことがあるのか」

「はい。勝姫さまは将軍秀忠公の姫さま、殿が側室や妾を持たれると、殿の寝所までおしかけられて、大騒ぎになります。平賀さまのことも殿は内々になさっていましたが、とうとう分かったようで、このぶんでは平賀さまを城外にお移しせねばなりますまい」

乙丸はませた口調で言うと、鼻から荒い息をはいた。

「なるほど、殿もご苦労がたえぬな」

「又兵衛どの、わたしがしゃべったなど口が裂けても口外しないでください」

「安心しろ、お前の腹切りなど見たくもないわ」

それでほっとしたのか、乙丸は女中が運んできたまんじゅうを立て続けに三つも口にほうりこむと、茶をすすった。

「それより乙丸、小浜藩主酒井公への手紙、殿から預かってはおらぬか」

「それでしたら明朝ご家老さまが直々にお渡しするそうでござる」

まもなく乙丸は城に帰っていった。かれを見送ると道平が徳利をぶら下げて又兵衛の部屋に入ってきた。

「なんともおぞましい話だ」

「ああ、聞きたくもない」

「そういえば将軍秀忠は、七つも年上の正室お江与の方の尻にしかれて頭があがらん、有名な話だ。

お江与の方は淀殿の妹だが、二度の離婚歴もあり気性も激しいらしい。秀忠が側室を持つことを許さない。勝姫はその三女だ。十一歳で忠直に嫁いだが、何か事が起こるたびに江戸の母親、お江与の方に手紙であれこれぶちまける。忠直にしたら痛くもない腹を探られておもしろくもない。側室のひとりやふたり、かこいたくもなるわな」

又兵衛もうなずいたが、正直忠直の夫婦喧嘩など興味もない。頭の中には豊国祭礼図の構想が鮮やかに浮かびあがっている。だが道平は京の友人から聞きこんだ情報を又兵衛にも聞かせてやりたくてうずうずしている。

「越後高田六十万石の城主の松平忠輝どのが大坂の陣の後に改易された。次は越前松平家だと、うわさになっておるらしいぞ。又兵衛、どう思う」

「しらん」

「松平忠輝どのの改易はその理由もはっきりせん。だから大名どもは肝を冷やしておる。なにしろ将軍の弟でも幕府にたてつくと改易される。ということは、あの殿さまだって何時なんどき罪をこうむって改易されるかもしれん」

「まさか、忠直公はあのとおり、今なお荒ぶった戦国武将の面がまえ、気性のお方だ。しかし一方では鳥羽野の開発など、越前の領国経営にも力を入れておられる。その証拠に、将軍秀忠公直々に忠直公に会って自分の娘婿にえらんだそうではないか。奥方がいかに嫉妬深かろうと、夫婦の痴話《ちわ》喧嘩にすぎん。そんなことで改易など考えられぬわ」

それより又兵衛には小浜藩に秘蔵されている伴大納言絵巻を一刻も早く見てみたい。その期待でうずうずしていたのである。

六　二の丸御殿

工房の軒下に二尺もの雪が積もっている。昨夜一晩中吹雪《ふぶ》いた雪も朝には止んで、あたり一面の雪に朝陽がまばゆく照りかえしていた。紀三郎が弟子たちと総出で毎朝の日課となった表の雪かきと屋根の雪下ろしに根をつめていると、遠くからやって来た駕籠が横づけされ、中から鼻を赤くした道平が軽快にあらわれた。

「これからお城にあがる。二の丸の勝姫さまにお目通りを許された」

「まことでございますか？」

紀三郎は疑わしげに道平を見あげ、ぎくっと顎を引いた。

今朝の道平は、立烏帽子《たてえぼし》をかぶり、萌黄《もえぎ》色の狩衣《かりぎぬ》に葛袴《くずばかま》といった装いで、顔にはうっすらと化粧までしている。

「又兵衛はあいかわらず豊国祭礼図に没頭しておるか」

道平は薄暗い工房の中に入ると、背をまるめて熱心に筆をはしらせている又兵衛の背後から、陽気に口笛を吹いた。

「又兵衛、いよいよ登城だ。なに、わしが城にあがれば絵巻物の注文などお好みのまま、楽しみに待っておれ」

道平は近頃とみに恰幅が良くなった体をそらせて、赤々と炭のおこった火桶に手をかざしている。京の二条家の公家の氏素性がよろこばれて、道平が二の丸にあがることになった。お役目は勝姫付きの侍女らに和歌の手ほどきをするということだが、北ノ庄にきてから退屈しきっていた道平には願ってもない仕事であった。しかも店にやって来た勝姫の侍女小萩と、ちゃっかり親しくなって、その小萩の口利きで、お城にあがることになったのだから。

小萩は勝姫が江戸からつれてきた侍女のなかでは十八歳と一番若い。日本橋の呉服商の末娘だが行儀見習いに城にでたが越前まで下ることになった。そのため侍女らの中でも教養のなさで馬鹿にされていた。あるとき店にいた道平に小萩がくやしそうにうちあけた。

「小萩どの、おやすいことだ。わしは二条の家門の公家の出だ。和歌、蹴鞠、笛や箏曲、なんでも手ほどきいたそう」

眼をみはる小萩の小さな手のひらをなでながら、

「公家はうそをつかん。とりわけ京の御所の女官どもが熱心に習うのは何かごぞんじか」

あどけなく首をかしげる小萩の桜貝のような耳たぶに、閨房術《けいぼうじゅつ》とあやうくささやきかけて、「それは、おいおい伝授いたそう」と、鼻にかかった甘い声で煙に巻く。

「わしにもやっと運がまわってきた。小萩は生粋の江戸っ子らしいが、どうやらこれまで一度も男には縁がなかったようで」

あわよくば小萩を女にめざめさせ、場合によっては呉服屋の婿になってもいい。道平の脂ぎった顔には中年男の魂胆がみえみえだ。

道平は髪をなでつけると、待たせてあった駕籠に乗りこんだ。さすが公家の貫録がにじみでている。

紀三郎がその気取った後ろ姿を見ながら、めずらしく如才ない口調で言った。

「お師匠さま、ようございましたな。道平さまのことです。たしかにただでは帰りますまい。絵の注文もぐんと増えましょう」

又兵衛には紀三郎の声もろくに耳に入っていない。小浜藩に滞在し、数日かけて伴大納言絵巻をまじかに見て、飯を食うのも忘れて模写した。そのおびただしい模写図をめくるたびに、又兵衛は憑《つ》かれたように豊国祭礼図に筆をいれた。

そんな又兵衛を追いかけて、五歳になった息子の勝重《かつしげ》が部屋に入ろうとする。紀三郎があわてて勝重を抱きあげる。紀三郎は情が深く、勝重をわが子のように可愛がっている。勝重も紀三郎になついて城下の店より工房にいたがった。しかも勝重は、村満とはまるでちがって竹刀など見向きもしない。それどころか一度だけ馬に乗せたら怖がって、真夜中にひきつけ騒ぎをおこして妙に叱られた。そうして勝重は、又兵衛が豊国祭礼図に渾身の筆をふるっている間は、木炭を片手に工房の隅で絵を描いて遊んでいるのである。


やがて短い夏の盛りも終わる頃、又兵衛の豊国祭礼図屏風は完成した。

紀三郎が上気した顔で屏風絵を見つめていると、妙と心願がそろってあらわれた。

「これがお殿さまに差しだす屏風絵かえ。なんとも泡立つような熱気がうずまいて、なにやらあたしまで浮き浮きして踊りだしたくなる。ああ、ここ、大仏殿前の猿楽《さるがく》や田楽《でんがく》を桟敷《さじき》の上で見物されてござるは、北政所《きたのまんどころ》さまかえ」

「はい、それに公家門跡《もんぜき》、大名たちが、下からは町衆がそれぞれ見物しております。だがひとりとして、おなじ顔、姿をしておりませぬ」

紀三郎はまるで自分の筆であるかのように、眼を輝かせて指をさす。

「そうじゃな、誰もが楽しそうに食べたり飲んだり、笑ったり怒ったり、ひとりとしてじっとしておらぬようじゃ。おや、桟敷の中では男と女がいちゃついて抱きおうてござる」

身をよじって笑いころげる妙に、

「庶民の快楽を描くのは、中世以降の風俗画の伝統にございますれば」

紀三郎がたしなめるように言うと、心願までが惚《ほう》けた表情でつぶやいた。

「それにしても、豊国祭りとはいえ、いやはや何とも滑稽《こっけい》で、無秩序の極《きわ》みでござるな。二百騎という騎馬行列も、馬は暴れ猛り、慣れない烏帽子《えぼし》、狩衣《かりぎぬ》姿の武将や馬引きは大混乱、しかも行列の入るべき総門は消えている。このため行列は意味をなさなくなり、先頭は立ち往生してござる。まさに狂騒の渦。しかも彼ら一人一人のどんな細かな動作や複雑な表情、その服装、身ぶりまで見逃さず、じつに執拗に描かれている。まさに全都の民衆ことごとく、ほとんど狂せんばかりに打ち興じておる様子がまざまざと浮かぶようである」

心願は満足そうに、「これからご家老に知らせにまいる」と、足早に立ち去った。

数日して又兵衛は完成したばかりの豊国祭礼図を城内に運んだ。

忠直は虎の敷物の上に胡坐をかいでいた。いつも側にぴったりと侍る家老の本多は不在だった。そのせいか、忠直はくつろいで見えた。

「これはたいそうな虎の敷皮でございます」

「父の形見じゃ」忠直は上機嫌でかん高い声をはりあげた。

「ところで、豊国祭礼図屏風、仕上がったそうじゃな」

忠直は小姓の乙丸らに命じると屏風を座敷に運ばせた。

忠直は立ちあがると屏風の前にどっかと座り、かがみこんで丹念に調べ物でもするように見ていく。やがて大きな眼をぎょろっとむくと、

「祭礼の熱狂が凄まじいまでに描かれておる。だがなんとも騒がしい光景じゃ。これでは太閤秀吉も、おちおちと豊国廟で眠ってはおられまい」と、皮肉な薄笑いをうかべた。

「だが死ねば誰しも同じかもしれん。駿府の祖父《じい》とて死んで神君と崇められたが、なんのことはない、冷たい墓に眠るだけだ」

忠直は焦れたように言うと、眼を遠くに放った。

「しかし、太閤も、駿府の祖父も、存外しあわせであった、と思う。ことに祖父は仇敵豊臣家が滅亡して満足したはずだ」

庭の中央にはりめぐらされた池のまわりの樹木がいっせいに色づいて、その中を小鳥たちが飛びかって、おりからの微風にその声までが聞こえてくる。穏やかで気持ちのいい秋の空がどこまでも広がっていた。

「のどかだな、まるで人間の生き死になどどうでもいいと言わんばかりだ」

忠直はひとり言ちすると、

「又兵衛、怨霊《おんりょう》を信じるか」

ふいに話題を変えてきた。

「怨霊でございますか。はて？」

「とぼけるな、分からんとは言わせぬぞ。そちの母や一族は、父、荒木村重の謀反で織田信長に惨たらしく処刑されておる。仇を討ってやらねばかれらの霊は永遠に救われぬ。だがおまえの敵、織田信長はあっけなく家来に討たれた。仇を失って、そちはどんな気持ちであった」

やれやれ、やはりその話題か、となると殿の興味も自分が荒木村重の息子だという事実か。又兵衛は鼻白んだ。

「わたくしは五歳でしたから」

「武士の子に年など関係ないわ。たわけ」

忠直はいきり立った。又兵衛の返答しだいでは癇癪《かんしゃく》が破裂しそうだ。

「たしかに、残されたわずかな荒木一族にとって、仇敵信長の死はやりきれないもので」

又兵衛の言葉をしまいまで聞かずに忠直が、

「分かる。わしも親の仇を討ちあぐんでいるうちに死なれてしまった」

ぼつりとつぶやいた。又兵衛はふしぎそうに忠直を見あげる。はたして忠直は、

「まあ、よい。ところで今度はなにを描いておる」

「はっ、さしずめ古典に立ちかえり、歌仙図など手がけてみたいつもりでございます」

「なるほど、そちは和漢の古典に通じておると訊いておるが、大伴家持、山部赤人、在原業平、小野小町、さて、いかような姿であらわれるか、楽しみであるな」

うやうやしく頭を下げた又兵衛の頭上に、

「気に入ったら引きとってつかわす」

忠直の上機嫌な声がした。


道平の二の丸御殿通いは順調につづいた。

ある日のこと、道平が工房の戸をこじ開け飛びこんできた。

「又兵衛、よろこべ、絵巻物の注文だ。それも勝姫さまじきじきのご依頼だ。越前家の御用絵師、橋本仙桂《せんけい》、狩野了之《りょうし》をおしのけての格別のご注文である」

絵巻物と聞いて、さっきから聞き耳立てていた紀三郎が道平にかけよった。

「どうだ、絵巻物の注文ははじめてだろう」

道平が得意げに語ったところによると、古今和歌集の講釈の最中、突然勝姫が座敷にあらわれた。あわててその場にひれふすと勝姫はたいそう気さくに笑いながら、

「そちは京の公家の生まれだそうだが、京の四条河原の浄瑠璃小屋を見物したことがあるか」と、たずねられた。

「むろんです。牛若丸が母の常盤御前の仇を討つ、京では大評判でございましたから」

道平は言いよどんだ。庶民の娯楽を将軍家の姫君がどうして知っているのか不思議に思ったから

だ。すると勝姫の侍女頭である黒田の局がすかさず口をはさんだ。

「道平どの、そなたの友人の絵師が描いた洛中洛外図、四条河原では牛若丸が常盤御前の仇討をする浄瑠璃小屋の満員の様子が描かれておる。姫さまはその浄瑠璃を見てみたいとおおせなのだ」

「さようなことでございましたらお任せくだされ。殿にお仕えする絵師、岩佐又兵衛、わが友人ですが、かつて織田信長に母者、一族郎党まで虐殺された荒木村重の遺児にございますれば、みずからの奇跡の体験をふまえて牛若丸になりかわり、母者の無念を晴らす、仇討の絵巻物に描きあげて、不肖この道平が詞書《ことばがき》を歌いあげてごらんにいれまする」

道平は、すっかり白けきった又兵衛にかまわず、芝居がかった口調でまくしたてる。

「江戸の女は、それこそ将軍の娘だろうと侍女だろうと、京への憧れはつよい。洛中洛外図の光景に眼をみはっておった。それに勝姫さまは将軍の娘で正妻との誇りがある。それなのに忠直公の寵愛は最近ではお蘭という側女《そばめ》にあるらしい」

「お蘭？」

「そうだ、お蘭さまだ。おどろくな。このお蘭と申すのは殿に成敗された久世但馬守の奥方だった女だ」

「まことか？　しかし心願どのの話では久世一族は女子どももふくめて、みな成敗されたというではないか」

「騒動の際、忠直公の側近が秘かにお蘭さまを脱出させた。その後忠直公は直属の家来の小山田多門どのの屋敷にお蘭さまをかくまわれた」

「なるほど」

「お蘭はたいそう美貌で評判の女だった。だが殿とは十五も年上、今では四十に近い年増だそうだ。勝姫さまは二十歳、殿が自分をさておいて年増女に籠絡《ろうらく》されたとあって自尊心を傷つけられ、八つ裂きにしてもあきたりないと、すさまじい怒りようだ」

「たかが夫婦の痴話《ちわ》げんかではないか。ほっとけ」

「いやここからが話の本筋だ。勝姫さまの憎しみは六条御息所《ろくじょうみやすんどころ》どころではない。生霊《いきりょう》となってとりつくどころか、お蘭さまを亡き者にしようと侍女らが陰謀をめぐらしておる」

「まさか」

「いや小萩がおびえておる。近いうちに事件はかならず起こるやもしれん」

「まあいい。だがそれと山中常盤物語の絵巻がどうかかわるのだ」

「しれたこと、殿の寵愛を奪ったお蘭への復讐だ。それも凄惨《せいさん》な血なまぐさい光景をその眼で見たがっておるのだ」

馬鹿な、又兵衛はあきれて舌うちした。そんな動機で描かされたら絵師の腕が泣くわ。

「山中常盤物語、お師匠さま、ぜひともやらせていただきとうございます」

いつのまにか紀三郎が背後にいた。

「動機などどうでもいいじゃありませんか。絵巻物はお師匠さまの夢、われら工房の出世作に、かならずやしてみせましょう」

いつもはおとなしい紀三郎が眼に激しさをにじませ又兵衛ににじりよる。

「そうだ。金はいくらかかってもかまわんそうだ。越前松平家が全面的に協力する。いや場合によっては江戸の将軍家が後ろ盾だ。又兵衛、たのんだぞ」

道平は派手な小袖の袖をつまむと、つま先立って一回転した。今夜愛宕坂の料理屋で小萩と逢引する。やっとここまでこぎつけた。その期待と興奮で、苦虫をかみつぶしたような表情の又兵衛の複雑な胸中など気づこうともしない。かれは陽気に笑うと、すっかり葉の落ちた雑木林を踏みながら城下の店にもどっていった。


数日後、又兵衛は忠直に呼ばれた。

「又兵衛、おぬしの主《あるじ》は誰じゃ。余か、お方（勝姫）か」

「はっ？」又兵衛はけげんそうに顔をあげた。

「お方から絵巻物を頼まれたのではないか？」

又兵衛は頬をゆるめた。話は聞いたが、まだ正式な依頼ではない、そう答えると、

「なるほど、お方がかってに騒いでおるだけであろう。だが、京では山中常盤物語の浄瑠璃が流行っておるというが、まことか」

又兵衛がうなずくと、家老の本多がとたんに咳払いした。

「おそれながら、人形浄瑠璃とは室町期に作られた御伽草子《おとぎぞうし》を三味線と語りで操り人形に演じさせるもの、京の河原で興行されるなど一般大衆の芸能にすぎませぬ。当越前家にはふさわしくない。ましてや浄瑠璃物語を絵巻物にするなどもってのほかにござる」

「さようなこと余が知らぬと思うか、余を侮《あなど》るのもたいがいにせい」

「いえ、越前家の絵巻物はそれ相応の品格が大事と申しておるだけにございまする」

「言うたな！　御伽草子の山中常盤物語を絵巻物にして何が悪い。亡き父上とて、四条河原の阿国歌舞伎を好まれたそうではないか。よい芸能に身分も何もないわ」

忠直は眉をつりあげ、本多のしたり顔を憎々しくにらむと、

「又兵衛、山中常盤物語、絵巻物にいたせ。よいな」

又兵衛は一瞬戸惑った。絵巻物を描くのは京にいた頃からの夢だった。だが画題が家老とはちがった意味で気にくわない。押し黙っているとはたして忠直が癇癪を破裂させた。

「どうした、又兵衛、余の命令が聞けぬか」

「いえ、めっそうもございませぬ。ただ、又兵衛にも思うところがございます」

「なんだ、申してみい」

「おそれながら、京の河原の浄瑠璃小屋で、山中常盤の仇討物語は今なお爆発的人気をほこる出し物でございます。しかし家康公が天下を統一されて以来、元和偃武《げんなえんぶ》、つまり天下は泰平の世となりました」

「それがどうした。そちに言われずとも分かっておるわ」

「今さら仇討《あだうち》ものなど世間の関心をあびない。つまり時代遅れ、さようなきわ物の絵巻物を、はたして世間はよろこぶでしょうか」

「おのれ、絵師の分際で余に説教する気か！　子が非業《ひごう》の死をとげた親の仇討を果たす。これぞ時代

を超越した武士の本懐《ほんかい》ではないか。それをそちは時代錯誤とぬかした。返答次第では生きてこのまま帰すわけにはいかん」

忠直は白目まで真っ赤になり、小姓の乙丸から太刀を奪うようにひったくると、白刃を又兵衛の鼻先につきだした。又兵衛は表情ひとつ変えず黙然としている。

「又兵衛、いい度胸だ。だがそちこそ卑怯者だ。実の母親が惨たらしく斬首されたのに仇も討たず、のうのうと仇の息子に養われておった。卑劣な父親荒木村重の血がながれておる。となると仇討ものの絵巻物など描けぬのも道理、ええい、顔も見とうないわ。この腰ぬけめ、そこになおれ！　余が成敗して母親のもとに送ってつかわす」

忠直は横目で家老の本多富正をにらみつけた。本多は背筋をはったまま、逆に一喝《いっかつ》した。

「殿、御刀をおさめくだされ。絵師などもとより河原乞食《かわらこじき》、殿がお目通りを許す相手ではございませぬ。身分卑しき者を城中で成敗されたとあっては御刀が穢《けが》れるばかりか、越前家末代までの恥辱《ちじょく》でござる。気に食わぬとあらば、どこぞなりと追放なされればよろしい」

「おのれ、そちまで余を侮辱《ぶじょく》する気か。余は越前藩主である。そちの自由になどさせぬわ。又兵衛を追放だと、ならばそちも徳川将軍家に尻尾をふって江戸に逃げ帰るのだな」

「殿、お言葉が過ぎまする。くれぐれも軽率なおふるまいは自重していただかねばなりませぬ。万が一にも将軍家への反抗と疑われては越前家の命運《めいうん》にかかわります」

「そちには余より越前家、いや江戸の将軍家がよほど大事と見えるな」

忠直は精いっぱい皮肉に言い放ったが、顔から血の気がひいてこめかみが痙攣していた。ひかえる本多は眉ひとつ動かさない。このままではひと波乱あるかもしれない。

又兵衛は呆気にとられていた。この殿はあまりに正直すぎる。もっとも無理もないことか、将軍の甥として何不自由なくわがまま一杯に育ったのだ。おのれの感情を制御できぬのも仕方がないことか。だがどこか憎めない。かれを見ていると若い頃の自分を思いだす。

数奇な生い立ちばかりが自分の人格をはなれてひとり歩きする。秀吉の気まぐれからか、仇の息子織田信雄《のぶかつ》の小姓にされた。屋敷ではひょんなことから画才をみとめられ、お伽衆の身分をあたえられた。絵を描く時間はたっぷりできた。だがそれでも信雄の道楽の相手をする道化師であることには変わりなかった。ことさら傾《かぶ》いた派手な衣装で都を闊歩して歩いたのも、内心の鬱憤《うっぷん》のはけ口すら見いだせず、悶々としていたからだ。

だがそれにしてもこうも長引くと、尻がじりじりするわ、おまけに足がしびれて、又兵衛は一刻も早くこの場から逃れたくなった。絵巻物の画題ごときに目くじら立てる自分や、それを口実に主従が日頃の鬱憤にいがみあうことまで、滑稽に思えてきた。

なに、絵巻物一巻、なにをどう描こうが、一旦筆をとったら絵師の自由だ。たとえ殿でも入りこめぬ世界というものだ。そう思うと唇のはしがゆるんで不敵な笑いがもれた。

「殿、山中常盤物語の絵巻物、描かせていただきまする」

「ふん」

「京をはなれ、北ノ庄までまいりましたのも、目もさめる鮮やかな絵巻物を描きたい一念からでございますれば」

「よう申した」忠直は憔悴しきった表情で奥座敷に入っていった。

七　備中からの手紙

城下の店に帰ると道平が昼間から酒を飲んでいた。妙が眉根をしかめて、「朝から酒ばかり召しあがって。そうそう備中から手紙がきていますよ」と又兵衛に手渡した。

「おう又兵衛、殿は何と言われた、おおかた仇討の絵巻物のことだろう。なにしろ城中での勝姫さまの勢力は絶大だ。機嫌をそこねてはいかん。まさか、又兵衛、断ったりしなかっただろうな」

「ああ」

「ふむ、それは上々、絵師の身分を忘れてはならんぞ。せっかくのわしの口利きだ。それより又兵衛、江戸の女は情よりお役目が大事らしい」

「道平さまは小萩さまにふられなすった」

「どういうことだ」

「逢引の場所にお見えにならなかったそうですよ」

「待て、妙どの、聞き捨てならぬ。小萩は急なお役目で来られなかったのだ。お蘭さまが住む別邸の見張りだそうだ。どうも勝姫さまの侍女は、まるで忍びだ」

道平は妙から酒を注いでもらうと、いまいましげに一気に盃をあおった。

「ところで又兵衛、備中からは何を言ってまいった。村満は大きくなったであろうな」

又兵衛はさっきから気になっていた手紙をひろげた。待ちに待った村常からの便りである。村常の右肩あがりのおどったような文字がなつかしい。やがて、ある個所で、又兵衛の眼が釘づけになった。又兵衛の顔から血の気がひいた。

「どうした、何があった？」

道平は酒臭い息をはきつけて手紙をうばうと、

「これは！」思わず絶句した。

村満はうんよく浅野家の小姓になった。あるとき城中で祝い事があり、村満も同僚の小姓とはじめて酒を飲んだ。二人はともに十五歳で仲が良かった。そのうち酔った勢いで同僚が又兵衛のことを散々ばかにした。立派な戦国武将の生まれながら絵師ごときに成り果てた。村満は父を辱しめられたと逆上し、その場で相手を斬り殺してしまった。その直後、村満は我に返ると事の重大さに愕然とした。村満はその場で腹を斬って果てたという。

村常は自分がついていながら面目ない。しきりと詫びて、近いうちに自分も他家に仕官するつもりだと書いてきた。おそらく浅野家にも居づらくなったのか。又兵衛は手紙をつかんだまま、その場に放心したように立ちつくした。

「まあ村満どのが！」

妙は又兵衛を気の毒そうに見やり、それから帳場で遊んでいた勝重にかけよると、息子の体をひしと抱きしめた。

又兵衛は気がぬけたようにぼんやりするようになった。

琴江に続いて息子の村満まで死なせてしまった。あのときの自分の判断に誤りがあったとしか思えない。琴江の言うとおり、村満には守ってやれる親が必要だったのかもしれない。又兵衛自身は物心ついてから孤独だった。生きるためならどんな状況でも耐えてきた。

だから息子にも敢えて同じことを求めたが、まさか十五で腹を斬るような事態は考えてもみなかった。それも父親の自分が絵師であることを侮辱されてのこと、又兵衛はおのれを責めた。自分は苦しみ抜いて武士を捨てた。絵を描くことで生き永らえようと苦闘した。だが村満には荒木一族の再興という、およそ元和偃武《げんなえんぶ》、泰平の世には叶う術もない大義をあたえて浅野家に仕官させた。村満には荷の重い生き方を背負わせた。後悔はそこにある。

だが今さら悔やんでも死んだ息子がよみがえることはない。そうと分かっても又兵衛は夜もろくに眠れないほど煩悶し、罪の意識に憔悴しきっていった。

見かねた妙がある晩又兵衛の布団にすべりこんで、

「おまえさま、今立の実家から、大量の鳥の子（斐紙《ひし》）がとどきましたよ、これでひと安心、おまえさまも安心して絵巻物にとりかかってくだされ」

と、あまい声で囁《ささや》いた。だが又兵衛は背をむけたまま返事もしない。

「近頃ではお大名方の中でも絵巻物が流行っておるようで、今立の実家でも鳥の子紙をおさえるのにひと苦労だと言ってきました」

妙はため息まじりで恨めし気に言う。

たしかに越前和紙の中でも鳥の子は、雁皮《がんぴ》を原料とした紙の色が鳥の卵と似ていることでこの名がつけられ、虫害に強いので珍重されてきた。それが妙の実家からふんだんに手に入る。いつもならありがたさに喜ぶところだが、又兵衛にはそれすら億劫《おっくう》でしかない。

「おまえさま」妙はため息をもらすが、じきに寝入ったらしく寝息が聞こえてきた。

又兵衛は布団にうつぶせたまま、ひたすら嗚咽をかみころした。琴江や村満の命とひきかえに、ただ生かされている自分のおぞましさを直視できず、いっそこの手で抹殺したい衝動にかられもした。

又兵衛は工房にもどった。あたり一帯は越前に来たときのまま雑木林が広がって、早くも樹木の間を木枯らしが吹きぬけていた。興宗寺のわきを通ると突然空が暗くなり、黒雲の合間から霙《みぞれ》まじりの雨が降ってきた。陰鬱な空をながめていると貧しかったが琴江や村満がいて、つねに笑いにあふれていた、あの懐かしい京の暮らしがよみがえる。

だがそのささやかな暮らしさえ守ってやれなかった。一人息子の身を案じながら、無念の死をとげた琴江につづいて、今度はかけがえのない息子まで死なせてしまった。それも武士の出自ながら、絵師の身分に成り下がった又兵衛の名誉を守ってのこと。村満、すまん、どんなにか苦しかったであろう。父がそばにいたら、おめおめと死なせはしなかった。

又兵衛はあらためておのれの宿命に、慄然《りつぜん》とした。それは又兵衛自身ぬぐいきれずに身にまとっていた荒木一族のおぞましい血の呪縛《じゅばく》でもあった。凍てついた土を掘って、我が子やその母を投げこんだような苦い悔恨であった。

又兵衛は工房の床をごろごろ転げまわった。自分もその凍てついた穴に飛びこんで、身体ごと業を焼きつくしてやる。それが今の自分にできる精いっぱいの供養でしかない。

又兵衛は九十九《つくも》の橋に立っていた。昨夜来降り続いた雨のせいか、いつもは澄んだ川も濁流が渦巻いて、水音が激しくうなりをあげていた。又兵衛はしばらく水音に耳をかたむけていたが、それはいつしか京の鴨川に変わっていた。

又兵衛は栃の木峠を喘ぎあえぎ登っていた。供は辰蔵だけである。若い頃なら苦もなかった峠の山道に、これほど手こずるとは齢四十五になったわが身を暗澹《あんたん》と思い知らされた。おまけに山中は寒風が吹きっさらして予想外に寒さがこたえる。又兵衛はそれでも心が咆哮《ほうこう》するままに歩きつづけた。まるで黄泉《よみ》の国から琴江と村満が呼んでいるような錯覚にすら襲われながら。やがて強い潮のかおりに光を感じた。京を離れて北ノ庄に向かう途中で見た敦賀の海がはてしなく広がっていた。北ノ庄に下る気になったのも、母者や琴江の母の生まれた土地を、この眼で見てみたかったこともある。

見れば西の海の彼方には雲間をおしあげるように赤々とした光が四方八方にひろがって、空一面を染めあげていた。空の輝きは海に照り返して、波間を赤く染めあげていた。

又兵衛は全身に熱をあびていた。沈みゆく太陽の最後の光の中から、幼子だった村満を胸に抱いた琴江の姿があらわれた。

(琴江、村満!)又兵衛は両手を広げて、思わず駆けだしていた。

次の瞬間、琴江の顔が、見たこともない女のそれに変わり、その白い胸には刃が突きたてられ、あたり一面おびただしい血の海がひろがっていた。そのとき凜々しい若武者が、母を惨殺した野盗どもに襲いかかり、ひとり残らず首を刎ねた。そうして白刃をきらりと夕陽にかざすと、泣かんばかりに叫ぶのだった。

「父上、母者の恨み、みごと果たしましたぞ」

それは幼い頃耳にした村満のかん高い声とは別人の、凛とはった若者の声である。

又兵衛は悲鳴をあげ、その声で眼が覚めた。辰蔵がおどろいたように口をあけている。

（夢だったか）又兵衛は、ふたたび歩きだした。

近江路から湖西の道を通ってひたすら京に向かって歩きつづけた。やがて比叡の山々が見え、逢坂山の茶店でひと息いれると、又兵衛の眼が涙でかきくもった。

京の空は昼間だというのにどんより雲がたれこめていた。時おり東山あたりから冷たい風が吹いてきた。まもなく地面をたたきつけるような音がして霰《あられ》が頭上に落ちてきた。

それをさけるように六条河原まで駆ける。内膳の工房の隣にはあの頃のままの家が残っていた。琴江が鴨川で洗い物をしているかたわらで、又兵衛を見つけた村満が、駆けてくる。強い向かい風をうけて、前髪を逆立てた村満の利口そうな広い額、大きな瞳、そのかん高い歓声まで、よみがえる。

かつての内膳の工房には狩野松柏が住んでいた。工房は流行っているらしく薄暗い土間に入ると五、六人の弟子たちがふりむいた。弟子の一人が松柏の部屋に案内した。松柏は又兵衛を見るとおどろいたが、もともと世なれた狩野派の絵師で、如才なく酒をすすめると、「これは又兵衛はん、なんぞ京に御用でもおありか」

「いや」

「では弟子のことで？　紀三郎から腕の立つ弟子を送ってほしいと、再三手紙が来てはります。そのことでわざわざ」

「いや、それはお任せしてござる」

松柏は又兵衛に酒を注ぎながら、自分の盃にもみたして一気にあおると眉をしかめた。

「北ノ庄といえば、あの将軍の娘婿はんは、えろう暴君だと京でも評判ですわ。又兵衛はんもわざわざ北ノ庄まで落ちていかれて、えろう気苦労しはりますな。まあ京にでてこられたんや、息ぬきにゆっくり都見物でもしておくれやす」

又兵衛は怪訝《けげん》そうに首をひねった。松柏のような京の町絵師までが忠直の乱行を口にする。妙だ、もしや誰かが、忠直を貶《おとし》めるために仕組んだことだとしたら……。

「せっかくだが、これから紫野の大徳寺まで足をのばす」

「ほう大徳寺、誰ぞ絵のご注文でも？」

松柏は探るような視線を又兵衛の荷物にむけた。

「妻の供養でござる」

又兵衛は首を横にふりながら、松柏の追及をかわした。

まさか大徳寺の文室宗周《ぶんしつそうしゅう》から絵の注文を受けたとは、口が裂けても明かせない。京の絵師仲間でも大徳寺とのつながりは、喉から手がでるほど魅力があった。

松柏の工房をでると、四条の河原に向かって歩きだした。かつて阿国歌舞伎の天下一の幟《のぼり》のあとに、遊女踊りの小屋がかかって中からお囃子が聞えた。その隣で群衆が取り囲むようにひしめいているのは、（人形浄瑠璃《じょうるり》、常盤《ときわ》物語）の看板をかかげた浄瑠璃小屋だった。

その昔、阿国歌舞伎に並んで小屋がけしていた。呼子の声もあのときのままだが、どこかもの侘しさを感じるのは、阿国もお玉も江戸に去って、あたりは見知らぬ他人ばかりのせいだろうか。又兵衛は一度だけ琴江をさそって人形浄瑠璃小屋を見物したことがある。

そのときと同じ御伽草子の「常盤物語」が上演されていた。辰蔵がまぶしそうに看板を見あげている。

「どうだ、見ていくか」

又兵衛が言うと、辰蔵はおどろいたように眼をむいたが、あわててうなずいた。

舞台は数人の野武士が常盤と侍従の宿の戸を荒々しく叩く場面であった。かれらは刀と槍をにぎって常盤御前の寝所の戸を蹴倒《けたお》し、主従の来ていた着物をはぎとり、素っ裸にする。抗《あらが》う女どもの白い乳房の間に野盗どもの刃が突きたてられる。三味線の音がいっそう激しく鳴り、常盤の無念が語られると、観客は息をつめて静まり返った。

白面の人形ながら、髪を振り乱し、無念のなかで悶絶する常盤御前の表情には、ぞっとする凄惨《せいさん》な場面でありながら、人の官能を直接刺激する妖しげな情念があふれでていた。

辰蔵がしきりと鼻をすする音にふりむくと、顔をゆがめて今にも号泣しそうだ。

辰蔵は捨て子だ。三条大橋の袂《たもと》をねぐらに粟田口《あわたぐち》に来る旅人の懐中をねらう盗人の頭《かしら》だった。もっとも手下は子どもばかりで、あるとき辰蔵は旅人の懐から財布をぬきとったところを内膳に捕まった。馬のような長い顔に切れ長な眼、体格も良く怪力だったが、意外にもまだ十二歳だった。ためしに内膳が工房に置いてみると陰ひなたなく働いた。

小屋をでると雨や霰は止んで薄日がさしていた。辰蔵がぼそっとつぶやいた。

「あっしは餓鬼の頃から、盗みやかっぱらいをして、いっぱしの悪党だった。喰うためだし悪いなんて、屁とも思っちゃいねえ。内膳先生に説教されなかったら、今頃はあの野盗みてえに人殺しだって平気でやらかした。人ごとじゃねえ、あれはあっしなんで」

大徳寺の文室宗周を見性院《けんしょういん》に訪ねると、紀三郎からの知らせが届いていたのか、宗周は座敷で待っていた。

「これはおどろいた。わざわざご自身でお見えになるとは。なんぞ京に御用でも？」

又兵衛が首を横にふると、宗周はすまなそうに肩をすくませた。

「だが久しぶりや。会えて良かった。お師匠はんかてよろこんでくれはる」

六歳年上の宗周とのつきあいは千利休の茶会である。茶の湯をはじめたのは宗周が先だが、腕前はどっこいどっこいだった。そんな親しさから北ノ庄に行っても時おり絵の注文をもらった。いつも画題は自由である。仕上がると紀三郎が京への便にのせて運んだ。

今回も宗周から注文が入っていた。村満の不慮の死から、又兵衛は工房に閉じこもったきり頭をかかえてうずくまって、三度の飯にも手をつけない。このままでは師匠は廃人になる。やきもきしていただけに、宗周の注文はうれしかった。さっそく又兵衛に告げると、ようやく工房でも絵筆をとりだした。七日ぶりで工房からでてきた又兵衛が、見事な水墨画を仕上げて、しかもみずから京に届けると言いだしたのだから、紀三郎も大喜びで辰蔵をつけて送りだしたのだ。又兵衛は長筒から布袋図《ほていず》をとりだすと、畳の上にひろげた。

宗周はしばらく見つめていたが、やがて深々とため息をはくと、眼を輝かせた。

「これは、なんともめずらしい魍魎《もうりよう》画、それもたいそう高度な技を要するものだ」

「お分かりか」

「これを北ノ庄で描きはった？」

「手慰《てなぐさ》みにござるが」

「いやいや、都をはなれると絵師は凡庸な絵しか描けんようになるといわれる。ですがこの画を見るかぎり、筆は荒れるどころか、ますます闊達《かつたつ》に動いて、憎いばかりですわ」

魍魎画は室町水墨画ではやった手法で、薄い墨を使って一部分だけ濃い墨をさす、中国の禅宗画の様式である。簡単なようで高度な技法が要求される。

宗周は臨済宗の僧で、のちに大徳寺百六十六世になっただけに禅宗画の知識は豊富である。又兵衛の腕がなみなみならない境地に達した感慨に、思わず口元をほころばせた。

「お師匠はんにも、見せたかった」

そう言う宗周は年を重ねたせいか、どこか千利休に面差しが似てきた。

背筋をはって節ばった長い指で茶をたてると、又兵衛にすすめた。

「うまい。心が洗われますわ」

宗周はにこやかにほほ笑んだ。こうしていると、まるで在りし日の千利休がそこにいて、又兵衛の奥脳の深さを笑っているような、そんな錯覚にさえおそわれる。

「布袋さんもかないませんな。又兵衛はんの筆にかかると、みょうに人間臭うなって、笑いだしたくなりますわ」

又兵衛は眼がしらを指でおさえた。

「又兵衛はん、ええ絵師になりはった。どれこの絵に賛をしてもよろしいかな」

京まででた甲斐があった。

宗周はなにも言わないが又兵衛のかかえている心の闇を分かっているようだ。

たとえ忠直や勝姫がどんな嗜虐的《しぎやくてき》な意図から絵を注文したとして、描くのは絵師のおのれなのだ。何に遠慮があるものか。描いてしまえば、それは又兵衛自身なのだ。

その絵巻物から何を感じとるかは、これまた鑑賞者の心の問題でもあるのだが。

八　山中常盤物語絵

京からもどると、又兵衛はふっきれたように絵巻物の構想にとりかかった。

絵を描くことで、かろうじてこの世と繋がってきた。絵巻物の語りの世界は、そうした一本の糸をたんねんに繋ぐような労力をようする作業だったが、こと絵に関しては、又兵衛はおどろくべき執念とこだわりを見せた。

話の筋はあえて単純化した。主人公はもちろん源氏の御曹司《おんぞうし》十五歳の凛々《りり》しい若武者、牛若丸である。かれは、平家追討の兵を集めるべく奥州へ下る。奥州では藤原秀衡《ひでひら》の歓待をうける。一方都の牛若丸の母常盤御前は息子の行方を心配して、乳母の侍従と清水寺に参拝し、牛若丸との再会を祈願する。そこへ奥州の牛若丸から手紙が届く。常盤は乳母の侍従と二人だけで奥州へ下ることにする。ただ牛若丸に会いたい一心で。

常盤主従はやっとのことで美濃の山中の宿にたどりつく。しかし旅の疲れか牛若丸を案じてか、常盤は病に倒れてしまう。山中の宿には六人の屈強な盗人どもがたむろしていた。

常盤主従に眼をつけた盗賊の一人せめくちの六郎は、小袖を強奪しようと提案、夜半宿所を襲う。邸にあった常盤の十二単《ひとえ》と侍従の五つ襲《かさね》の衣を剥ぎ取り、立ち去ろうとする。

常盤は逃げ去ろうとする盗賊に向かって、小袖を返すか、さもなくば命を取っていけと叫ぶ。常盤の言葉に逆上した六郎は、引きかえして刀を抜き、常盤の胸を刺し貫く。侍従も体を刺されて絶命する。騒ぎを聞きつけた宿の主がかけつけると常盤主従の哀れな姿が。

瀕死の常盤はおのれの出自と旅の目的をあかし、牛若丸への形見を託して息絶える。

一方牛若丸は夢にあらわれた常盤の姿をいぶかしがり都に向かう。途中常盤の墓と知らずに法華経の経文を唱えるが、その晩、ふたたび夢に常盤があらわれて、宿の主人に形見を残したから仇を討てと告げて消える。

又兵衛はこれらの下絵をおびただしく描いた。絵巻物は工房でもはじめての大作で、紀三郎や京から呼んだ松柏の弟子らもやる気満々で力が入っていたが、又兵衛は敢えて下絵はすべて自分で描くことにした。内膳が豊国祭礼図屏風をたった一人で仕上げた気持ちが今の又兵衛には痛いほど分かる。

ことに物語の主要な場面である、常盤御前が野盗どもに胸を刃で刺されて瀕死の状態になる場面では、真っ白な胸に血がしたたり、吐く息さえ弱々しげで、あまりの苦痛に顔も歪んでいるのに、常盤の表情はどこか可憐ですらある。やがて血の気も失せ、白蠟《ろう》のようになった顔や半裸の身体に、常盤の無念が乗りうつったように、長い黒髪がちりちりと小蛇のように妖しげにからみつく。それに応じて、館も庭の草木までもが嵐にでもあったように揺れ動くのだ。これらの場面を描きながら、又兵衛はしばし鳴咽をもらした。

琴江や村満の死で、自身も深い死の穴をのぞいた又兵衛は、まるで牛若丸が村満、いや自身であるかのように、母常盤御前が遺言した敵への仇討へと、復讐の太刀を振りおろす。

母の仇とばかり牛若丸は猛然と野盗どもに斬りかかる。真っ先にせめくちの六郎の首を刎《は》ね、胴体を真っ二つに切り裂き、その血しぶきが画面いっぱいに生々しく飛び散る。

その凄惨《せいさん》すぎる描写、描いた絵のおぞましさに、又兵衛は思わず火にくべて燃やしたい衝動にかられる。やがてその炎の中から母者の長い髪がちりちり燃えて、苦悶の表情が大きく映しだされる。それがまたたくまに琴江の恨めし気な表情に重なり、その琴江の首を胸にかかえた村満の、まだ子どもだった前髪姿に変わるのだ。

あだ討ち、仇討《あだうち》、復讐、血の報復、おれは、やりとげた。絵巻物を描くことで、現実の敵を滅多殺しの目にあわせた。そうだ、織田信長が、かつて荒木一族を徹底的にやっつけた残虐さ、執拗さで、おれは牛若丸にのりうつり、母者《ははじゃ》や琴江、村満の敵を、なで斬りに処刑した。その時、又兵衛は人の気配にぎょっとした。ふりかえると辰蔵が眼を大きく見開き、ぶるぶる震えながら立っていた。

「あっしだ、あっしを斬ってくだせえ」

「辰蔵、どうかしたか?」

「常盤御前を刺したんは、あっしなんで」

「落ちつけ」

「女どもを素っ裸にして、白い胸に刀をぶちこんだとき、あっしは体の芯がぞくぞくするほど興奮した。女を犯したような快感でさあ、あっしは根っから悪党なんで、血が憶えてるんだ」

辰蔵は血走った眼で又兵衛を見ると、次の瞬間頭をかかえて膝から崩れ落ちた。

「師匠! 仇を討ってくだせえ、あっしの首をぶった切ってくれ! 地獄絵でさあ」

辰蔵はぐにゃと上体を折ると、腰を歪めてその場にうつぶした。

「地獄絵?……」

又兵衛は奇妙な気分におそわれた。辰蔵は気がふれたのか? だが、どうして? 又兵衛は意味もなく溜息を吐いた。自分の部屋にもどろうと歩きだした。そのとき辰蔵が犬っころのように又兵衛の足にしがみついて、叫んだ。

「どうしても、あっしの首を刎ねてくれねえんで? 後生だ、おれを殺してくれ。師匠の女を、おれは犯して殺したんだ。人殺しだ」

辰蔵のわめき声に、紀三郎が戸口から姿をあらわし、かけよった。

「辰蔵、どうした、師匠に向かって、なんてことを言うんだ」

紀三郎のいぶかしげな声に、辰蔵ははっとしたように顔をあげた。

「紀三郎さん、あっしは師匠になにか話していたんで?」

むっくりと起きあがりながら、辰蔵は何度も眼をぱちぱち瞬かせた。まるで夢から醒めたように。

「師匠、すいません。辰蔵は、どうも師匠と京で操り人形の浄瑠璃劇を見てから、時たま妙なことを口走る。よう言いきかせますんで」

部屋に入ると又兵衛は虚ろな眼で描きあげたおびただしい下絵をめくった。

こんな絵を描いて、おれは本気で復讐した気でいたのだろうか？

こんなんで、母者だし殿や、琴江、村満の恨みが、晴らせるとでも思ったのか？

いくら地獄の復讐絵を描いたからといって、死んだ人間の無念など消えるものではない。

おれだって、何度もかれらと同じ死の穴をのぞいた。そのたびに、怨念や憎悪は一層激しさをまし、復讐心は極彩色の血の紅《あか》となって、燃えあがるのだ。

午食をすませた道平が工房に来た。絵巻物のできばえを見にきたのだが、かれは眼を白黒させて口元をおさえた。すんでのところで嘔吐をまぬがれたが、紀三郎ににらまれた。

「すまん、喰ったばかりだ。もっともかの狩野探幽とて義朝最期図で血飛沫をあげて体を斬られる場面をようしゃなく描いておる」

京を発つとき又兵衛は、うわさになった探幽の画を道平と見に行っている。

「だが又兵衛のは、くねった人物の表現やら常盤や侍従の表情、それに草木や屋敷までがゆがんで、何ともおどろおどろしゅうて、夢にまであらわれそうだ」

「しかしそれこそお師匠さまの絵の特徴で、それなくして工房もなりたちませせぬ」

めずらしく紀三郎が道平に食ってかかる。道平もさすがに憮然とした。

「おう、おまえも偉くなったものよ、だがわしは又兵衛とは十三の時からの長いつきあいだ。又兵衛がどんな覚悟でこの絵巻物を描いたか、又兵衛はおのれに憑りついた、ありとあらゆる怨念、憎悪のたぐいを絵筆でぶった斬った、自分の胸に刃を突きたてて、だ」

それにはこたえず、眼に憎しみの色をうかべて唇をかんでいた紀三郎が、工房をでていった。そのひょうしに、小鳥の鳴き声がひびいてきた。

完成した山中常盤物語絵巻は城中に運ばれた。

忠直は上機嫌で又兵衛を対面所に呼んだ。

「又兵衛、面白かったぞ。余も牛若丸のように親の仇討をして都に上ってみたかった。だが余の敵は、いかに仇討がしたくとも叶わぬ相手であった。この絵巻物でいささか余の無念も晴れた思いがする」

忠直は物騒なことを口走ると、浅黒く日焼けした顔をほころばせた。その屈託のない笑顔を見ていると、忠直が病にあるとはとうてい思えない。

忠直はこの四月には二千名の家来をひきいて江戸に参勤のため旅立った。ところが途中病になったとかで、忠直は今庄《いましょう》からわずか数名の家来をつれて城下に引きかえした。あわてた家老の本多は急きょ嫡男の仙千代を代理に立てて、江戸につかわしたのだが。

又兵衛のけげんそうな表情に気づいた忠直は、声を低めていたずらっぽい眼を光らせた。

「案ずるな、越前にもどったら、気分が良うなった。おまけにそちの絵巻物を見て、牛若丸の若々しい情熱に励まされもした。今一度仇討の情熱がかきたてられた気がする。又兵衛、そちとて絵巻物で仇討をはたした気分であろう」

「おそれながら、絵師とはたとえてみれば山中深く修行する行者のようなもの、おのれの業とたえず向きあい骨身を削るほど精魂こめて創造しても、仕上げればまた別の山を見あげて足を踏み入れたいと渇望《かつぼう》しておるのです。こうしてわたし自身、かの西行法師のごとく、たえず永遠の地をもとめて、漂泊《ひょうはく》の旅の途中にあるような気がいたします」

「漂泊の旅か、悪くない。余もどこぞに流されていく気がする」

すかさず家老の本多が、慇懃《いんぎん》にたしなめる。

「殿、お言葉にはくれぐれもお気をつけくだされ。流されるなど縁起でもございませぬ」

忠直は腹をかかえて笑いだした。

「何を恐れておる。お方（勝姫）か。あれはわが妻ながら将軍家の密偵ともいえる達者な女である。余の行状をことごとく書状にしたため、江戸城に報告しておる。余が参勤交代の途中で病になり今庄から引きかえしたことも、帰り道鷹狩りをしたことまで、息子の仙千代が江戸に到着する前に、将軍家にはすべて筒ぬけじゃよ」

「殿、おやめくだされ」

さすがの本多も狼狽《ろうばい》して膝をのりだした。

「あんずるな、幕府は上使をわざわざ余の病気見舞いに北ノ庄によこしたくらいだ。将軍家とて、いくらわが姫でも、女のたわ言など本気にするほど愚かではあるまい」

だが、その幕府の上使、近藤縫殿助《ぬいのすけ》は帰路大磯で落馬して死んだ。奇怪な死を幕府がただの偶然と見るか、越前家の謀略と警戒心をつのらせるか、本多には頭の痛いことである。

そんな家老の杞憂《きゆう》をあざ笑うように、忠直はなおも皮肉な調子をくずさずに言った。

「ところが又兵衛、この勝姫が、なんと又兵衛の絵巻物にとりのぼせて、夜な夜な侍女どもと眺めておるという。一人では恐ろしくて見ておれぬとほざく。あの勝気なお方が、そちの絵に全身の血を泡立たせて眼を血走らせている。浅ましくも哀れなものよのう」

忠直はおかしそうに大きな眼で又兵衛に笑いかける。本多はいよいよ難しい顔になる。

「殿、さようなことが奥方さまに聞こえでもしたら、ただではすみませぬ」

「伊豆、ひかえよ。余は又兵衛と絵巻物の話をしておる。まさか又兵衛の仇討の絵巻物が、将軍家への謀反の証拠として罪にでも問われると申すか」

「おたわむれにもほどがございまする。幕府は越後高田藩主松平忠輝公につづき、この越前松平家にも疑いの眼を向けております。くれぐれも言動にはご自重くだされ」

「くどい！　今さら忠輝公の改易《かいえき》騒動でもあるまい。それに江戸への将軍家の参勤なら、息子の仙千代をつかわした。将軍は余より、孫の仙千代の顔を見たいはずだ」

本多が何か言いかけたが、忠直は痛ばしった声で、鋭くさえぎると、

「余はこれから又兵衛と遠出いたす。伊豆、よいな」

脇息をけって立ちあがった。

九　謀殺

忠直は真田栗毛にまたがると颯爽《さっそう》とあらわれた。紫地に銀箔を摺った肩衣、浮綾の群青色の知袴といった装いが、忠直の二十七歳という若さを際立たせていた。

「又兵衛、行くぞ」はやくも馬の腹を蹴っている。

供の家来は二十人ばかり、いずれも若い。なかに小姓の乙丸の顔が見える。

「どこに行く？」

「おそらく越廼《こしの》の海でございましょうか」又兵衛の問いに馬上の乙丸がこたえる。

一行はまもなく山中の道を駆けていた。山々の樹木が紅葉して、あたり一面赤や黄色にうめつくされた山間の道を、たくさんの馬がなれたように疾走する。このまま駆けてはたして海にでるのか、山路をのぼりおりしながら又兵衛は何度か首をひねったが、やがて下り坂にさしかかると、馬は一気に滑り降りた。

「海だ！」乙丸のかん高い声があがった。

先頭を行く忠直らの一行は、波打ち際で馬をとめて海をながめていた。見ると忠直に寄りそうように若い小姓の姿があった。華奢でまるで女のような身体つきである。

「乙丸、あの男、見慣れぬが、新しい小姓か？」

「いやですよ、お蘭さまです」

「お蘭？　ほう、女か」

「又兵衛どの、言葉をつつしまれよ、お蘭さま、殿の側室さまですぞ」

乙丸が憤然と馬の手綱を引いたとき、忠直の呼ぶ声が聞こえた。

「どうだ、越前の海はすばらしいであろう」

「はっ」又兵衛は馬をすすめて真っ青な海を見つめた。

空には鱗雲が広がって、秋の陽ざしが波間をきらきら照り返していた。海は、幾層もの絵の具をたらしたように帯状になって、遠い水平線までつづいている。

やがて午食になった。漁師の夫婦が浜に火を焚いて、とれたばかりの鯖を串焼きにしている。七輪の上には越前うにの焼けるこうばしいにおいが食欲をそそる。

「腹がへった」

忠直も二十七歳の若者にかえって、皿にもられた鯛やあおりいかの刺身に舌づつみをうっている。家来たちも忠直の気さくさに慣れているようで、遠慮なく魚にむしゃぶりついている。なかに若衆姿のお蘭もまじっている。

又兵衛は魚のくし刺しにかぶりつきながら、お蘭の顔を見つめた。黒髪をむぞうさに後ろで一つに結わえた白粉っ気のない素顔だが、さすが忠直が惚れただけに、背も高く、きめの細かい色白の肌に派手な目鼻立ちをした美しい女である。

道平があつめた情報では、忠直ははじめて越前にお国入りした十四歳のとき、久世但馬守の屋敷でお蘭をはじめて見て、その美貌にふるえた。その後藩を二分する越前騒動がおこったとき、忠直は久世但馬守に謀反の嫌疑ありと、久世一族を成敗した。城内では、当時忠直が、久世但馬守に一言の弁明の機会をあたえず裁断したことで、お蘭を手に入れるための策略ではなかったか、などうわさがながれたほどであった。久世一族が討ち死にしたとき、当然お蘭も夫にしたがい死ぬはずだった。それが秘かに忠直の直臣により救出され、家臣の小山田多門の屋敷にかくまわれてきた。そのとき忠直十八歳、お蘭は三十三であった。忠直は、その後大坂夏の陣で輝かしい戦果をあげるなど、父結城秀康譲りの智略、精悍さをそなえた魅力ある男に変貌をとげていった。お蘭は救出後も小山田の屋敷で大事にされていた。だが、いくら大事に扱われても、お蘭には自害する自由まではなかったのだろうか。お蘭にとって夫や一族に死に遅れ敵の手で生かされている、その罪悪感は根強いものだったにちがいない。

だがこうして眼の前で、いそいそと焼けた魚を忠直の皿にもりつけているお蘭の姿からはおどろくほど暗さがない。忠直の真っ直ぐな情愛をいつかお蘭もすすんで受け入れたということか。それにしても女とは分からぬものだ。この大輪の花のような美しい女のどこに、これほどのたくましさがあるのか。又兵衛は興味深くながめながら、ため息を吐いた。

やがて忠直は又兵衛ひとりだけ近くの岩場にさそうと、

「又兵衛、遠慮はいらぬ、ここに腰をおろせ」

忠直は自分の隣の岩を指さすと、家来たちもめいめいに岩場に陣取った。

「父も北ノ庄ではこの越廼《こしの》の海を好んだという。生きて父と海をながめてみたかった」

又兵衛には、海をながめる結城秀康と息子の忠直の姿がうかんだ。それは又兵衛と村満でもあった。

「だが、それも夢でしかなかった。父が死んだとき、余はまだ十三で江戸にいた。父との思い出と呼べるほどのものはなかった」

又兵衛は眼の前に広がる海をながめてうなずいた。

「余は父が死んで、徳川家のために尽くそうとつとめた。将軍秀忠公はそんな余を可愛がって、娘婿にしてくれた。まもなく大坂夏の陣が起こった。余は先陣をはたし、豊臣方一の武将である真田幸村を家臣が討った。越前軍のあげた敵の首級は三千七百五十余級で、徳川方一番の戦果であったのだ」

忠直のはりのある若々しい声に、又兵衛も後方であったが初陣だった小田原の役を思いだしていた。あの頃は自分も若く荒木一族として生きることの宿命に縛られもしていた。

「一番よろこんでくれたのは駿府の祖父《じい》だった。恩賞の沙汰ありと約束してくれた。だがいくら待っても一握りの土地もくれなんだ。かわりに弟の忠昌にどんどん加増された」

忠直はそこで深々とため息をついた。

「祖父はあきらかに弟の忠昌と差をつけた。何故だ？　いや駿府の祖父に深い考えがあってのこと、恨みがましく思うのは武士として恥ずべきことだと思っておった。だが」

忠直はそこまで一気にしゃべると、急に声をひそめた。

「まもなく越後高田城主の叔父の松平忠輝どのが改易された。前後して忠輝どのから密書がとどいたのだ」

「密書？」

「余ははじめて父の死の真相を知らされた」

又兵衛はけげんそうに忠直の顔を見た。

「そうだ、家老の本多も知っておった。知らぬは余だけであったのだ」

忠直は正面の海を見たまま、一瞬息をつめた。

「父は殺されたのだ。唐瘡《とうそう》（梅毒）などではなかった、毒をもられたのだ」

（まさか？）又兵衛は言葉をのみこんだ。

「それですべてがはっきりした。いくら戦功を立てても恩賞などはじめからくれるつもりもなかった。将軍が勝姫を嫁によこしたことだって、余に不審をいだかせないための巧妙な措置だったのかもしれぬ。余は、何もかも信じられなくなった」

「毒殺は柳生の忍びでございますか？」

「分からん。はっきりしているのは、毒殺を命じたのは駿府の祖父《じい》であったということだけだ」

（そんなことがあっていいものか）さすがに又兵衛も話の重大さに困惑した。うかつに返事もできない。おし黙っていると、忠直が焦れたように言った。

「われらの謀議が露見したのだ」

「謀議？」

「そうだ。余はかつて尊敬する叔父の松平忠輝どのの謀議に、名を連ねておったのだ。忠輝どのはあくまで豊臣家を滅亡させようとする祖父に反対する陣営の頭目だった。祖父が死んだあと、忠輝どのが将軍になり、現将軍秀忠公は大御所になる。むろん豊臣秀頼も大坂の地を与えられる。これなら徳川、豊臣がともに生きることができる」

「その謀議に、殿もくわわられた？」

どうも忠直の妄想と言いきるには話が具体的だ。それに松平忠輝の妻は奥州の覇者、伊達政宗の長女である。

「そうだ。だが駿府の祖父が一枚上手だった。あと一歩で発覚した。忠輝どのは改易され流罪先でいまだ幽閉されておられる。余にも徳川の監視がはりついておる」

「……」

「わが父結城秀康は実の父親徳川家康にうとまれ、豊臣家に養子にだされ、ついに毒殺された。松平忠輝どのも奇怪な風貌、その行動のせいか、生涯嫌われた」

忠直はそこに又兵衛が居るのも気づかぬように、胸につかえた澱《おり》を吐きださんばかりに語りだした。

「だが駿府の祖父とて、かつて織田信長に謀反を疑われ、最愛の嫡男と奥方を自らの手で殺させた。将軍職を秀忠公に譲ると決めたら、それらの邪魔になる余の父や忠輝公を葬るくらい平気でやるだろう。すべては徳川家の政権を維持するため、そのためには鬼にも蛇にもなれるのが戦国の武将というものだ。だが余とて駿府の祖父や秀忠公を、疑いたくなかった。その家族の血の絆を、信じたかった」

忠直は、岩場の上で思わず肩をふるわせた。鎧《よろい》を脱いだ忠直は、そこいらのどこにでもいる素直で真っ直ぐな気性の若者だ。だが忠直の不幸は、父が将軍の弟でなく兄である、武家には命にかけても守らねばならぬ血の系譜、秩序の重さが事実としてあったのだ。

父や自分こそが将軍職の正統な血の承継者であるという誇り、その強烈な自尊心ゆえに、毒殺という卑劣な手段に訴えた家康や、それを阻止せずのうのうと将軍職にいる秀忠への激しい憎悪となって、今なお忠直の心を苛《さいな》んでいるのだろう。

「又兵衛、そちなら多少なりともわしの心の怨念が分かるはずだ。余は信じていた祖父や叔父に裏切られたのだ。そちとて母や一族を虐殺した敵の仇を討ちたい、だが信長は殺された。となると一族を無念の死に追いやりながら、自身は安全な毛利領に潜んでおった父荒木村重を殺してやりたいほど憎んでおったにちがいない。そちがことさら滑稽に人間の本性を暴きたてるのも、その憎悪の裏返し、親父《おやじ》どのへの復讐心のためだ」

又兵衛は苦笑した。

「たしかに、絵師は怨念やら憎悪に首までとっぷりつかった人間を描くことはあります。しかし絵師自身がおのれの怨念やら憎悪にとらわれては、真の絵は描けない。絵におのれの怒り、憎しみを直接たたきつけては、絵は激情に狂い、色は世間の闇に落ちるだけです」

「ではそちは無念のうちに首を斬られた母者の怨念をどうはらすつもりだった。まさかそちの父のように、何もせずに自分だけ安穏《あんのん》と暮らそうと思ってはおるまい」

「父には父の覚悟があったのか、今となっては確かめる術《すべ》もありません。しかし母者は最期まで村重どのとの難波の夢、この国にまことの仏法の世をつくることを信じて、あまんじておのれの死を受け入れた。信じるものがあること、そのためにみずからのたったひとつの命さえ失われることを恐れない。その強さ、尊さこそ、人として生きるかけがえのないものかもしれない。母者はみずからの信念により命を燃焼させせた、たったひとつ心残りはこのわたくしでした。みどり児のわたしを残して世を去るのは、母として耐えがたい苦痛でしたでしょう」

「ほう、となると、もしやそちの母者はキリシタンであったか？」

「はて、どうですか」

「たしか、ポルトガルの宣教師が、だしという洗礼名を大名の奥方にさずけたと聞いたことがある。それも遠いむかしのことであるが」

　忠直は祖父家康にそっくりな大きな眼で眼の前の海を見つめた。

　そのとき又兵衛は不思議な光景を見た。忠直の背後で、両手を胸に組んで静かに頭をたれていたお蘭が、すばやく十字をきったのだ。又兵衛が眼を瞬かせていると、お蘭はなにごともなかったように両手を胸におしあて、天をあおぐように真っ直ぐ空を見あげていた。

　又兵衛は全身がふるえるのを感じた。かつてキリシタン大名の蒲生氏郷がよくしていた祈りのしぐさ、それとそっくりだった。

　お蘭は、おそらくキリシタンだろう。だからお蘭は、夫や一族が成敗された時、みずから命を絶たなかったのだろう。だが、はたしてほんとうにそれだけだろうか。

「又兵衛、案ずるな。余はもう復讐など考えてはおらぬ。跡目は仙千代に譲る。余にはお蘭がおる。これからの人生は、お蘭とおだやかに暮らすことだ、のう、お蘭」

　忠直は日焼けした精悍な顔をお蘭に向けると、爽やかに笑った。その笑い声が波の音にのって、又兵衛の耳を心地よくくすぐった。

　おそらく本音だろう。お蘭の心を自分にふりむかせた自信が、かれの憎悪やら怨念を追い払ったようだ。又兵衛はふと頬をゆるませた。そのとき忠直が、ふりむきざまに、むぞうさに叫んだ。

「ときに又兵衛、つぎの仕事じゃ。金屋家につかわす屏風絵を描け」

「はっ、で、画題は？」

「なに商人への礼だ。好きにいたせ」

金屋家は越前の豪商で、忠直の弟の直政は幼年期に金屋家で養育された。このたび直政が元服したので下賜される、その屏風絵を任せるというのだ。

城下の店にもどると、部屋では道平が昼間から酒を飲んでいた。

「又兵衛、殿の御機嫌はどうだった」

「新しい注文をもらった。屏風絵だ」

「それは気前がいい。画題は？」

「金屋家という豪商への礼だ。気ままに描いてみろと」

「となると金屋家はじめ越前中の豪商から注文が殺到いたしますなあ」

するりと襖が開いて、勝重の手をひいた妙が入ってきた。妙はこのところめっきり肥って、顎など二重にくびれて笑顔にも貫録がある。

「扇屋またべえ、ますます繁盛しますな」

道平が上目づかいに妙を見て茶化す。

「ええ、ええ、山中常盤は勝姫さまのお気に召したようで、この分ではいまに江戸の将軍さまからもお声がかかりましょう。勝重、お父上にしっかり絵を習って、おまえは越前家の御用絵師になるのですよ」

「はい、母上さま」

七歳になった勝重は又兵衛にそっくりの大きな憂いにみちた眼で母を見あげた。体の線は細く弱々しげな印象だが、こと絵となると一日中でも飽きずに木筆をにぎって妙をよろこばせた。紀三郎と一緒にいるせいか、人物や風景の形状のとらえかたは又兵衛そっくりだが、色づかいに独特の感性がある。それが又兵衛には救いだった。

勝重を連れて工房に向かう。

「父上、お殿さまは何と申されましたか」

「ふむ、よい絵巻物じゃとほめてくだされた」

「わたくしも仇討ものを絵巻物に描いてみたい。父上、いいでしょう」

勝重は又兵衛の手に自分の指をからませると、おずおずと眼をあげた。又兵衛は笑った。

仇討の意味も知らずに、ただ父のように絵巻物を描きたい。それも殿さまに認められたくて、だ。たしかにこれからはそんな時代が来るのだ。武士の価値観などに惑わされない、そんな生き方ができれば、この子にとっても絵師はやりがいのある仕事になろう。

そのためにはもっと工房独自に注文をとりたいものだ。藩主一族の退廃的な恣意にまかせては画題も手法もかぎられたものになり、それは絵師としての挑戦をはばむものになる。

金屋屏風の依頼はまさに格好の機会だ。画題は広く、技法もこれまで習得したあらゆるものを駆使して、その誰のものでもない、己自身の新たなる境地を切り開く。その野心に憑かれると、又兵衛は体中が熱く燃えあがるのを感じた。かれは工房の部屋に座るのももどかしく、これまで描きためたおびただしい下絵をひろげた。そこには京都時代から自分を魅了した海北派、雲谷派、土佐派など、漢画とやまと絵の諸流派の手法を混在させた、どこか雑多的手法の強い大量の下絵だった。かれはこれらを土台に金屋屏風の構想を練りあげた。越前まではるばるやって来た甲斐があった。又兵衛は鬢《びん》に白いものがまじる頭髪をかきながら、はやくも山頂に雪をいただいた白山の山々をあおぎ見た。

十　押絵《おしえ》貼屏風絵《はりびょうぶえ》

元和八年（一六二二）の春のこと、北国にもようやく春の訪れがあった。開けはなたれた窓から梅のかおりがただよっている。工房を建てたとき植えた梅の木だが根づいて、毎年真っ先に春の訪れをつげた。

「又兵衛、おるか」

ある朝、道平が工房にやって来た。

「どうした又兵衛、こもりっきりと見えるな。外は梅の花が咲き乱れておるというのに無粋なやつだ」

退屈をもてあましたような道平のまのびした声に、又兵衛は気づいてもいないようすで、丹念に筆をくわえている。その背後からつま先だってのぞきこんだ道平が、ほうとため息をはいた。

「おっ、これぞ押絵貼屏風絵の下絵か、京でもめったに見られぬ逸品じゃ。どれどれ、なんだこれは、やけにぬらぬらした雲龍図か、もそっと色っぽい絵はないのか？」

それでも又兵衛はうんでもすんでもない。まるで道平の存在など眼中にないみたいに、背中をまるめて筆をはしらせている。

「おう、そうか、これこれ、絵の軸にはやっぱり源氏物語絵巻だ。牛車に乗っているのは、さしずめ斎宮になって伊勢にくだる娘につきそう六条御息所といったところか、そういえば京ではわしもおぬしも、いっぱしの源氏の君になったつもりで宮中の女官まで口説いてまわったものよ」

道平はのっぺりした顎をなでながら、眼を細めた。

「こうしておると二条の邸での管弦の調べが聞こえてきそうだ。あの頃はおたがい若くてたのしかったな。いにしへになほ立ちかへる心かな　恋しきことにものわすれせで、そういえば利子はどうしておろうかのう。ああ、たまらん、鳥になって、都の御所に忍び入り、今いっぺん、利子の熱い柔肌を抱きかかえたら、わしは死んでも恨まんぞ」

又兵衛の胸にも、過ぎたむかしのやるせない想いがよみがえった。恋に恋いこがれて、一晩中まんじりともせず身もだえた日々の幻想が走馬灯のようによぎる。

そのとき、不意に背後から鋭い声がした。

「道平さまには小萩さまが、おいでではございませんか」

いつのまにか紀三郎が立って、非難するようなまなざしで道平を見ていた。

「なんだ、紀三郎か、おどろかすな。小萩ねえ、むろん好きだよ。だが江戸の女は、情がこわいというが、よう分からん。可愛いい顔して色事の最中だって懐剣を手離さない。おちおち絶頂にものぼれん。いつ何時背中をぶすりと刺されやしまいか、気が気じゃない」

「どうしてそんなに用心ぶかい」

「それが、殿にお手打ちされる、本気でそう信じこんでおる」

「まさか、将軍家の姫君の侍女だろう。いくら殿でもさような手荒なまねはするまい」

「小萩にはそう言いきかせてある。が、あの女には通じない。わが恋は知らぬ山路《ぢ》にあらなくに迷う心ぞわびしかりける、紀貫之の心境さ。すくなくとも利子には和歌を解するこころはあった」

道平は古今和歌集のなかでも紀貫之を歌聖と尊敬している。

「まあ、和歌の伝授で手でも握ってがまんしろ。そのうち妙に言って田舎そだちの無垢な娘を娶《めあわ》せてやろう」

「又兵衛、まさか本気か？　それなら紀三郎にしてくれ。おれは風流を解せぬ女など、たとえ楊貴妃《ようきひ》のような絶世の美女だろうと、だんじてことわる」

「楊貴妃のほうで嫌だと言いますよ」

めずらしく紀三郎は軽口をたたきながら、又兵衛に真剣な眼をむけた。

「お師匠さま、工房としては新しい仇討ものにとりかかりたいと思います。堀江物語などおもしろいかと」

「よかろう。工房作として下絵を描いてみせなさい」

紀三郎はこおどりすると、弟子たちの部屋に入っていった。

「紀三郎もいい絵師になったな。工房もあの男がいれば安心して勝重に跡をつがせることができる。なに仕事ならまかせておけ。西の丸はわしの思いのままよ。高慢な勝姫など、わしの手のひらのうえで踊らされておるわ」

道平はわずかに気の強いところを見せ薄く笑ったが、その眼には光がなかった。又兵衛との縁で思いがけずに越前までやって来た。それも紀三郎が工房をきりもりするまで実力をつけてくると、道平の居場所もうすくなる。いまさら公家の氏素性が通用するのは勝姫らが巣くう二の丸御殿でしかない。

道平は胸のなかで毒づくと、ふと思いだしたとばかりにつぶやいた。

「そういえば、又兵衛、殿がふたたび参勤交代で江戸に上られたぞ」

「ほう、それはなにより」

「ああ、ご家老はもとより、本音では勝姫さまとて、ほっとされておられる。なにも将軍家とことを荒立てては損だからな」

昨年忠直は参勤交代で江戸に上るはずが、途中鷹狩りに興じて越前にもどってきてしまった。息子の竹千代を名代にあわてて江戸に向かわしたが、忠直の態度は将軍家に盾つくものとして疑惑をよんでいる。ここは何としてでも忠直本人が江戸にでて、将軍家に恭順の意をあらわさねば、謀反の疑いで越前家はお取りつぶしをまねがれない。

又兵衛の脳裏にふっとお蘭の顔がよぎった。忠直が江戸行きをしぶるのはただ単に勝姫や将軍家へのあてつけだけではなかろう。殿はお蘭のことが心配でならないのだ。留守を幸いに勝姫がお蘭に危害をくわえないとはかぎらない。又兵衛には忠直の気持ちがよく分かる。だが、絵師ごときが案ずることでもないか。又兵衛が苦笑していると、道平の陽気な声がした。

「どうだ、又兵衛、殿も江戸にでられたら、翌年までは帰られぬだろう。ひとつ息ぬきに京にでもまいろうか」

「うむ、……だがいまは押絵貼屏風絵だ」

又兵衛はきっぱり言うと、工房の自分の部屋の戸を開けた。足の踏み場のないほど押絵貼屏風絵の下絵が散乱している。たいはんは源氏物語絵巻絵から着想をえたものだが、はたしてどの場面がふさわしいか、あれこれ想像しながら組み合せ、何枚もの下書きを重ねていると、いつしか短い夏も終わり、緑にもえあがっていた樹木に紅葉がはじまっていた。


そんなある日の午後、道平があたふたと工房にかけこんできた。

「大変だ、殿が、城下にもどられた!」

「どうした? またご病気か」

「それが、……辰蔵、まずは水をくれ」

道平は額の汗を懐紙にぬぐいながら、辰蔵がさしだした柄杓から水を飲むと、荒い息をはきながら、しゃべりだした。

忠直の一行は関ヶ原までは無事に到着した。ところが忠直は、近くにちょうどいい狩場があったはずだと、真田栗毛にまたがり一気に駆けだした。真っ青になった家来らが後を追い、さかんに諫めたが、忠直はお気に入りの鷹を腕に、鷹狩りに熱中してしまった。

その後も忠直は、これはという狩場を見つけては遊んだ。こうしてあちこち狩場を変えて、鷹狩りに興じているうち、いつしか越前の城下まで来てしまった。足羽山が紅葉に染まった頃で、城内はひっくり返るほど大騒ぎとなった。

又兵衛は笑いだした。道平がぶ然とするほど、腹をかかえて工房の土間をころげまわった。そのとき工房の戸がきしんで、あおざめた顔の心願が顔を見せた。

「おう、又兵衛どのか、殿には、弱りもうした」

辰蔵がすばやく水を汲んでさしだした。心願は一気に飲み干すと、

「いや、こまったものじゃ」と、眼に困惑の色を見せ、ため息をはいた。

「ご坊、酒はいかがかな」

道平がすすめると、

「いや、殿は、お心をわずらっておいでだ」

焦点のあわぬ眼をおよがせた。

「だが参勤ができぬほど弱っておられるとも思えぬが」

「そうだ。殿は途中鷹狩りなどに興じられ、すこぶる快活だったと」

「それはうわべだけのことでござろう。一旦心の闇に迷いこむと人は容易に抜けだせなくなる」

「心の闇か、殿はなにを迷っておられる」

「それが分かれば拙僧も苦労はいたさぬ。それにご家老がおそれておるのは奥方さまの動きじゃ」

「なるほど、母のお江与の方さまに手紙で事細かく書かれたら、将軍家としても謀反のお心ありと、ほうってはおけぬだろう」

「そんな物騒な手紙、江戸に送らねばよかろう。道平、そちの力で小萩に、握りつぶさせるのだ」

「まさか、わしにさような力はない」

「なら、黙って静観するしかない」

心願が帰っていくのを見送ると、工房の戸口に紀三郎が心配げな顔で立っていた。

「お師匠さま、殿は世間のうわさのように、ご乱心めされたのでしょうか」

「なんだ、紀三郎、おまえいつからそんなにえらくなった。殿が参勤から引きかえそうが、おまえには関係ないことだ」

「むろんです。われら絵師は表向きのことには口をはさまぬもの、わきまえております。しかし工房の今後のことを考えると、知らぬ存ぜずではすみません」

「それが余計だというのだ。いいか、紀三郎、いくら又兵衛がおまえの腕を買っているからといって大きな顔はするな。工房は又兵衛の怪奇な生い立ちでもっておる。おまえには金輪際《こんりんざい》ないものだ」

道平は日頃の鬱憤をはらすように、憎々しげに紀三郎をねめつける。するといつもはおとなしい紀三郎が、こめかみに青筋立てて、食ってかかった。

「道平さまこそ、工房のことに口をはさまんといてくだされ」

紀三郎には工房を背負って立つ自負が強い。その眼には、城中で女の尻ばかり追いかける道平が、工房のお荷物のように思えて我慢ならないのだ。

「ふたりともいいかげんにしないか。どっちが欠けてもこまるのはわしだ。紀三郎、堀江物語はすすんでおるか」

紀三郎は又兵衛のことばに、さっと顔を赤らめ、工房の戸を開けた。そこには山のようになった下絵が束になって積まれてあった。その数枚を手にとると、

「なるほど、よう描けておる。紀三郎、たのんだぞ」

又兵衛は満足そうにうなずいた。すると背後からのぞきこんでいた道平も、

「そうだ、紀三郎、なかなか味のある絵じゃないか。なに殿が参勤交代をすっぽかそうが、将軍家ににらまれようが、こっちには将軍家の姫君という立派な切札がある。なにも心配はいらん」

「そうだな、押絵貼屏風絵も完成したことだし、こうなったら一刻もはやく城中に届けよう。殿のおどろく顔がたのしみじゃ。辰蔵、明日にでも城中の殿のもとに運んでくれ」

又兵衛の声が終わるか終わらぬうちに、工房の薄暗い物陰から、辰蔵が黒い塊のように駆けてきた。

十一　お蘭

数日後、忠直から呼びだしがあった。迎えにきたのは乙丸である。

「どこにいく?」

「殿さまの隠れ家でございます」

乙丸が片目をつむって大人びた笑いをうかべた。

乙丸と馬の轡《くつわ》をならべて足羽川ぞいに駆けると、しばらくして白鬼女《しらきじょ》川との合流にある安居《あご》の渡しが見えてきた。そのまま白鬼女川にそって乙丸の後を追うと、急に道幅がせまくなり、あたりは深い緑の樹木が鬱蒼と生い茂っていた。

「漆《うるし》が淵《ふち》、こちらが殿の別邸でございます」

馬を降りて木立の間を歩いていくと、木漏れ日の中から簡素な木造の建物が見えてきた。真新しい畳のにおいがする座敷に入ると、金屋家のため描いた又兵衛の押絵貼屏風が飾られてあった。

しばらくして忠直が白い練絹《ねりぎぬ》の小袖にそろいの羽織というくつろいだ姿であらわれた。

「又兵衛、ようまいった。ここははじめてであろう」

日焼けした顔に白い歯を見せ微笑むと、

「金屋家にわたす屏風絵、さすが又兵衛、ようできておる」

「おそれいりまする」

「余は押絵貼屏風絵を実際見たのは、はじめてじゃ。むろん源氏物語など読んでもおらん。そこでお蘭に教えてもらっておった」

忠直のはりのある若々しい視線の先には、いつのまにかお蘭が静かにかしずいていた。

「おたわむれを、わたくしごときに絵の深い意味は分かりかねまする」

お蘭はかすかに小首をかしげ、眼をふせた。又兵衛は胸の鼓動が高鳴るほど、どぎまぎした。先だって越廼の海岸では若衆姿であった。だが眼の前のお蘭は、薄紅地に草花をちりばめた絹の小袖をまとって、それがくっきりした派手な容貌によく似あって、ことさら妖艶に見える。なるほど、美しい女性は年をかさねても綺麗なものだ。

「そう遠慮いたすな、お蘭、もういちど、そばにきて見るがいい」

お蘭は静かに腰をうかすと、足音も立てずに屏風の前に座った。又兵衛の脇をすりぬけるとき、かすかに乳のにおいがした。子をなしたばかりの女の匂いである。又兵衛がおやっと首をかしげると、お蘭は、屏風絵を見つめながら、ほうっと息を吐いた。

「わたくしも押絵貼屏風絵を見るのははじめてでございます。さまざまな趣向の絵が一堂に描かれて、おもしろうございます」

その声は涼しげだが、笑うと大輪の牡丹の花を思わせた。たぐいまれなる美貌も、京でみなれた高貴な女性たちの能面を思わせるものではなく、ぬくもりのあるものだった。

だが又兵衛の絵師の興味は一歩踏みこんで、この涼やかな表情の下にある素顔を見てみたい、好奇心にかられもした。絵師の業がまたもやうごめいておる。いくら信仰をえたからといって、お蘭が夫の敵に身をまかせたことは、そこに一片の情愛もなかったら、惨いことでしかない。しかもお蘭が夫久世但馬守に心底惚れていたとしたら、女にとってこれほどの恥辱はなかったはずだ。

いかん、おれは絵師の興味でお蘭という女の心も身体も素っ裸にしようとしている。又兵衛は苦笑した。だが自分の気持ちをおさえようとすればするほど、好奇心がつのる。又兵衛は庭先に眼をやったり、天井をにらみつけたり、そわそわする心を押さえようとする。忠直はそんな又兵衛のなめるような視線を、お蘭の美貌のせいだとうれしくてならない。どうだ、余の秘蔵の名物じゃ、おそれいったか、忠直は胸をそらして、笑いだしたいのをぐっとこらえている。

「左右の雙に龍と虎、室町水墨画の伝統だが、この龍の眼を見よ、なんとも困りきったような情けない眼をしておる。まるで悪戯っ子が親に叱られて途方にくれているようだ。そうだ、又兵衛、今のおぬしの眼、まさにそれだ、図星であろう」

忠直はたわいのない軽口をたたくと、喉仏をつきだして笑った。

「なるほど押絵貼紙絵とは、まさに和漢のさまざまな画題をしかも雑多にとりあつめて、それを一幅の屏風絵にまとめあげる。さすが京でもてはやされているだけに、心憎いばかりの演出じゃな」

「おそれいりまする」

「又兵衛、そうかしこまるな。これは伊勢物語の梓弓《あずさゆみ》図、それに鳥《とり》の子《こ》図であろう」

「はっ、さすが殿はおくわしい」

又兵衛は頭を下げたまま、正直に言った。

「なんの、たったいまお蘭から聞いたばかりじゃ、そこでじゃ、お蘭が不思議がっておったぞ」

忠直はけげんそうな又兵衛の顔を見ると、喉を見せて笑いだした。

「お蘭、そなたから又兵衛に話してやれ」

「めっそうもございませぬ」

「これは源氏物語の賢木帖の名場面、野々宮図だというではないか」

「いかにも、それがなにか」

「余もお蘭から聞いた、にわかばなしじゃが」

嵯峨野の野々宮といえば、かつて光源氏の愛人だった六条御息所が娘と隠れ住んでいたところで、源氏の愛を失った御息所は、斎宮になった娘に付き従って、いよいよ伊勢に下る決心をする。その御息所にかつての恋人光源氏が、人目をしのんで訪れる。絵師が好んで絵にする、源氏物語の有名な場面だそうだな。忠直はひとくさり言うとからかうような眼で又兵衛をにらみつける。

「又兵衛、だがこれが、おまえの野々宮図というわけか？」

「いかにも」

「ふん、又兵衛、いい気になるな、余が源氏物語を読んだことがないと思って、かようないい加減な絵を描いたのか、どうじゃ、返答しだいではこのままかえすわけにはいかん」

「お蘭さまは源氏物語絵におくわしい、たしかにこれまでの源氏の賢木帖では、御息所は御簾内にいて顔も見せようとしない。そこで、光源氏は榊の枝を差しだし、わたしの心は常緑の榊の葉の色のように、永遠に変わらないと、御息所に切々とうったえかける」

「なんだ、分かっておったか、それならなんで、かような造り絵を余に見せた？」

忠直の鼻息が荒くなった。

「これまでの絵師にあっては、おそらく物語の最高潮の場面を描くことで、源氏の君と御息所のあいだにながれた歳月を思いおこそうとの考えでしょうが、それでは冒険がなさすぎまする」

「なんと、お蘭、この絵は冒険じゃと？」

お蘭はしばらく黙っていたが、忠直が癇癪をおこしそうな気配に静かに口を開いた。

「野々宮図は、おそらくこちらの官女観菊図と対《つい》になっているかと」

「むっ？　いったいどういうことだ」

忠直は焦《じ》れたように眼を光らせ、詰問するようにお蘭を見た。だがお蘭はこまったような表情をうかべたきり、おしだまっている。すると忠直の眼に殺気がはしった。又兵衛はしかたなく膝をまえにすすめ、「おそれながら」と、話をひきとった。それにしてもお蘭という女は外見が美しいばかりでなく、おそろしいほど鋭い感性のもちぬしだ。自分の作画の意図を、ぴたりと言いあてた。内心おどろきながらも、絵師としては本望だ。

又兵衛が描いた野々宮図には御息所はいない。光源氏はたった一人の童の随身をつれただけで、野々宮の象徴である黒木の鳥居の前で立っている。それも奇妙な弓ぞりの姿勢で。

その情景からは、禁を犯してまで野々宮にやって来たことで、光源氏の気持ちに御息所への執着心がこれまで以上に溢れて、いままで疎遠にしてきたことまでもが悔やまれてならない。源氏のやるせないまでの恋情が、いたいほどつたわって、その後の御息所との対面となる情景を、これでもか、これでもかとばかりに、かきたてる。

その御息所は恋する光源氏への未練をたちきって、斎宮になった娘と伊勢に下向するため牛車《ぎっしゃ》に乗っている、その場面が官女観菊図となって描かれている。牛車の御簾《みす》から顔をのぞかせた御息所の視線は真っ直ぐに路傍の菊の花を見つめる娘の斎宮とはちがって、あてどなく宙をさまよってもつれにもつれて悩ましい。その物憂い能面のような表情やら、長い黒髪がちりちりと妖しくもつれるさまには揺れる女心が憐れなばかりに伝わってくる。

「牛車の御簾から顔をのぞかせた御息所と、黒木の鳥居の下にたたずみ、顔を画面左に向けた光源氏の視線……、たがいの眼と眼が、あやしくもからみあっておりまするれば、観るものには、源氏と御息所のあいだをながれた時間《とき》の残酷さを、いやがうえにも感じさせる、と」

「おもしろい！　又兵衛、よう描いた。褒美をとらせる、なんなりともうせ」

忠直は上座から身を乗りだすように逞しい肩をゆすると、大きな眼を輝かせた。

「余はこれまで、源氏物語などおんな子どものなぐさみものと馬鹿にしておった。だが、あっぱれ、さすが絵師じゃ、男と女の情痴を描いても、あじわいがある」

「おそれいりまする」

「お蘭も、よう絵師のたくらみを見抜いた。それでこそ、余のお蘭じゃ」

忠直はかん高い声で哄笑すると、射るような激しい視線でお蘭を見つめた。若い男の荒々しい情念が、滾《たぎ》るようにあふれている。

又兵衛は首をふった。やれやれこれほどの激しい情愛を受けたら、お蘭でなくても、たいていの女は身を滅ぼしても本望と思うにちがいない。又兵衛がいささかあきれていると、

「ところでお蘭、あらためて聞こう、そちは、屏風絵のどの絵が好きじゃな」

忠直はからかうようにお蘭を見つめた。お蘭はしばらく考えていたが、

「ただいま殿がごらんになった、その官女観菊図」

「ほう、なにゆえじゃ」

「母娘とおぼしき二人が、咲き乱れる野の花を愛でる光景に心がなごまされます」

「だがこれは源氏絵だ。母は六条御息所、生霊となって源氏の正妻葵の上に憑《と》りついた、ぶっそうな怨念に苦しんだ女だ。そちに源氏絵が分からぬはずもあるまい」

忠直は焦れたように唇をかんだ。

「源氏物語は女にとって美しい夢であると同時に、身を切り裂かれるような痛みをともなう世界でございます」

「そうじゃ、そちは光源氏にここまで思い入れをした六条御息所を哀れとは思わぬか」

「哀れにございます。でも牛車で伊勢に下る決意をなされた御息所の胸中は、むしろ怨念とは遠い、もっと大きな愛にむけられております」

「ほう、大きな愛、それはどういう意味じゃ」

「この世界は人間の叡智などおよばぬ、もっと崇高な愛に守られておりまする」

「なるほど、余の情愛より、もっと大きい愛が存在するとでも申すか。余は、そやつを討ち果たさねばならぬようだ」

「おたわむれを」

お蘭は、熱でもあるような潤んだ眼で忠直を軽くにらむと、こまったように細い首筋をかしげ、後れ毛を指でかきあげた。越廼の海岸で見た頃にくらべて、お蘭はややつれて儚《はかな》げだが、それが凄艶な妖しいまでの美しさをかもしだしている。

そんなお蘭を見ていると、忠直の気持ちが痛いほど分かる。男が本気で守ってやりたい、そんな気をおこさせる、お蘭はそんな女だ。忠直は眉を開いて愉快そうに白い喉を見せた。

「すぐれた絵とは、観る人間により種々ことなった印象を与える。それは絵を見たことで、想像を逞しくかきたてられるからであろう」

「おそれいりまする」

「又兵衛、だがこの屏風絵の場面で余がもっとも魅かれるのはやはり朧月夜君《おぼろづきよのきみ》の絵だ。光源氏に誘われた朧月夜君がいそいそと寝所に入っていく、この楽しげな表情こそ惚れた男との逢瀬に胸をはずませる女の歓びが素直につたわってくる。まことと惚れあった男と女とはかくあるべきだと、のう、又兵衛」

又兵衛は軽く頭を下げたが、視線はお蘭のうえにあった。源氏物語絵に造詣の深いお蘭なら、この絵のなみなみならぬ大胆さが分かっておるはずだ。だがお蘭は、白い指先を膝に置いたままうつむいたきりだ。たしかにこれまでの光源氏と朧月夜の君との出会いの場面は、紫宸殿《ししんでん》の桜の宴が終わったあとで、朧月夜君は扇をかざしながら月夜の桜を見あげるという、およそ源氏物語の原文にはないものを、絵師らは想像たくましく描いたものだ。

ところが又兵衛の筆にかかると、光源氏は大胆にも朧月夜君の腰を抱きかかえて、今まさに寝所に入ろうとしている。朧月夜君も顔を画面の正面にむけて、いとも楽しげに応じている。男女の逢引《あいびき》が、これほどあっけんからんと描かれている朧月夜君の物語は、お蘭とて、これまで見たこともないはずだ。

しかも、朧月夜君は源氏の政敵である右大臣家の娘で、春宮に入台《にゅうだい》する予定でもあり、朧月夜君との一件は、源氏が須磨に退出するきっかけともなった因縁のできごとである。

又兵衛は、お蘭のうつむいたほの白い顔にみるみる血の気がのぼり、頬が紅らむのを見るともなくながめて、にんまりほくそ笑んだ。お蘭にはすべてが見抜かれている。又兵衛は笑いだしたくなるのを堪えた。この大輪の牡丹の花のような女と、忠直でさえ踏みこめぬ、ある種の秘密を共有している、絵師にとってはこれ以上の醍醐《だいごみ》味はなかろう。

「殿はお若い。又兵衛、いささか年をとり、殿がうらやましゅうございます」

「なんの、又兵衛、色をなすに年など関わりもないこと、大切なのはそのこころが真実であること、それだけだ。余はこの年になって、人を恋うるこころの豊かさを感じておる」

「たしかに、古くは人を恋うる心を歌った万葉集から、王朝の甘美な恋物語をつづった源氏物語をはじめ、四季折々の自然に恵まれた我が国では、これら風物を愛で、風の吹く音にも琴の音を感じて、さまざまな恋を彩らせてまいりました。絵巻物に描きのこすのも、われらが恋の物語を、色あせずに幾世にも語りつがせるためでございますれば」

「なるほど、絵師とはさような情念を秘めておるから、老いてもかような艶っぽい絵を描けるのだ。うらやましいのは余のほうじゃ」忠直は感じ入ったように言うと、

「そちは今浄瑠璃《じょうるり》姫と牛若丸の幼い恋物語を手がけておると訊いたが」

「いかにも、まだ構想中でございますが」

「仇討、復讐ものには飽いたと見える」

「いささか、さしずめ浄瑠璃の語りを軸に、極彩色の濃密画で絢爛豪華な絵巻物に仕上げてみせます」

「楽しみだ。いますぐにでも見てみたい。どうだ、その浄瑠璃の語りとやらを聞かせてくれまいか」

「ご冗談を」

「いや、本気だ」

「……さのみ心な剛《たけ》かれそ、今夜一夜はなびかせたまえや浄瑠璃の君、昔から山をみてこそ狩りをする、色をみてこそ灰汁《あく》を注すもの、美しき花をみてこそ枝を折る、みめよき君があればこそ、恋路という路はあるものでしょう。今夜一夜はなびかせたまえや、浄瑠璃の姫……」

「今夜一夜はなびかせたまえや、浄瑠璃の姫か、……にくい詞書《ことばがき》よのう」

忠直の眼がお蘭を一途に見つめている。お蘭はそれに気づいてか、背筋をのばして眼をほそめている。

「鞍馬《くらま》をでた牛若が、日暮れに琴の音をもれ聞くのは、浄瑠璃姫のすむ八つ棟造りの唐の小御所、門の前には桜が咲き乱れ、孔雀や鶴が戯れて、さながら極楽浄土のおもむき、内では女房たちが浄瑠璃姫の琴をかこんで管弦の最中、だが牛若は管弦に笛がないのをいぶかって、袖から名器、蝉折れをだして奏和するううっ……」

又兵衛はいつしか眼を閉じて謡曲のように声をはりあげていた。ふと眼を開けると、忠直は眼尻に涙をにじませ、しきりに眼を瞬かせていた。

忠直は泊まっていけと命じたが又兵衛は頑固に断り、乙丸の馬に相乗りして城下の店へと向かっていた。

「又兵衛どの、しっかりつかまっていてくだされ」

「大事ない。わしは馬にかけては」

「天下一、ですが今夜は泥酔してござる。なにもこんな夜道を帰らずとも、馬だって、ほれ重くて迷惑しておる」

乙丸は口をとがらせぶつぶつ怒鳴っている。

「しかし殿の別邸で泊まるなど、そんな無粋、わしにはできん」

又兵衛はお蘭のほの白い顔を思いだしながら、思わず怒鳴り返した。

乙丸は城下の店の前で又兵衛を降ろすと、憤然と馬を駆けさせ、みるみる闇の中に姿を消した。城下の店に帰ると、道平が酒を飲みながら又兵衛を待っていた。

「お蘭さま、どうだった、美しくても四十の年増だろう」

又兵衛は笑って相手にもしない。道平が注ぐ酒をあおると、あぶったあおりいかの干物をかじった。

すると道平が、勝姫の侍女たちから聞きだしたというお蘭の情報を、くどくどしゃべりだした。

「又兵衛、お蘭にだまされるな。殿をたぶらかし、越前国を滅ぼす、傾国の美女、それがお蘭だ」

「そうかな、殿はあんがい本気かもしれん」

「それがいかん。死んだ夫の久世但馬守などの思い出にすがって生きるより、殿に養われたほうがはるかに良い暮らしができる。女の打算だ」

「そうとも言えんだろう」

「それに殿との間に女の子がいる」

「まことか？」

「なんだ、又兵衛、そんなことも知らなかったのか」

「たしか、おくせ、とかいったな。殿は溺愛して城にも帰ろうとはしない。あれでは正妻の勝姫さまとておもしろくない。勝姫さまは御年二十歳、三人のお子を産んだとは思えん美貌だ。しかも将軍家の姫君、少々気が強かろうと文句は言えん。そこにいくと、殿は何を考えておられるやら、年増女に籠絡《ろうらく》されて、越前一国を危うくするつもりか」

道平は眉根に皺をよせると、思いっきり硬いスルメの足をかじった。

十二　姫の三行半《みくだりはん》（離縁状）

又兵衛の工房は藩主忠直の贔屓《ひいき》があってか、注文が殺到するようになった。工房には弟子入りを希望する地元の若者がやって来て、又兵衛は紀三郎の意見を参考に、三人を採用した。京の狩野松柏が送ってよこした五名は順調に居ついて、工房は大所帯にふくらんだ。

「どうだ、堀江物語はすすんでおるか」

「はい、もちろんです」

紀三郎は充血した眼で又兵衛を見ると、薄い胸をはった。

堀江物語は山中常盤につづくあだ討ちものである。

今や越前でも、又兵衛の数奇な生い立ちと仇討はきってもきれない因縁にもなっている。

とくに藩主一族が抱えた不満や鬱屈が、こうした嗜虐《しぎやく》的ともいえる血なまぐさい絵巻物を見ることで、わずかに胸の溜飲《りゆういん》が下がるのか、この種の絵巻物はいつしか又兵衛工房の看板にまでのしあがった。ことに勝姫や侍女らは、絵巻物の女たちが刃を胸に突きたてられ、苦悶のうちにおびただしい血を流して死に絶える情景を、ほとんど現実のものとして、忠直の側室、妾らが今まさにそうした処刑にあったように、悪魔的な興奮に身も心も陶然となるのだった。道平から城内の、とりわけ二の丸御殿の状況を知らされると、又兵衛はうなずきながら口もとに皮肉な笑いをうかべるにとどめた。

正直、伴大納言絵巻から学んだ手法を駆使した絵巻物は、工房作としても進化した作品だった。だが又兵衛の内心はすでに仇討ものからはなれていた。若くして命を散らした村満を主人公に見たてて、幼い浄瑠璃姫との出会いから、かれらの生涯一度だけの恋物語を夢うつつに見させてやろう。それを後押ししたのは、漆が淵で見た忠直の涙だった。

殿は、どうやら本気でお蘭という女に惚れている。それが正妻である勝姫にはどんなにゆるしがたい屈辱であるか、お蘭にのぼせあがっている忠直には分からないのか。いや、かりに忠直が気づいていても、ここまで亀裂の生じた夫婦の仲が、よういにもとにもどるとは思えない。又兵衛は嫌な不安を押しのけるように、

「紀三郎、堀江物語がすんだら浄瑠璃物語にいくぞ」

いきおいよく声をかけた。

紀三郎は、又兵衛が長い間胸にあたためた浄瑠璃物語の構想を一言も聞き漏らすまいと真剣に耳をかたむけていたが、みるみる眼に困惑の色があらわれた。高い鼻梁にかすかに皺をよせ、とまどったような眼でうつむくと、泣きだしそうに顔をあからめ、「自信がありません」と、蚊の鳴くような声でつぶやいた。

紀三郎はいまだに女を知らない。女のなんたるか、ましてや色恋など描けるはずもない。

「なに、むずかしいことではない。男と女の惚れた気持ちは、肉親への情とさほど変わらん。おまえはわしにも勝重にも、弟子たちにも優しいではないか」

又兵衛が不安そうな紀三郎に微笑みかけると、そのとき紀三郎の部屋で寝ていた勝重がむくっと起きあがり、寝ぼけた眼で紀三郎を見あげた。

「紀三郎ならきっと描ける。紀三郎は母上よりずっと優しい」

「そうだな、勝重。相手を思う優しさこそ人として大事なことだ」

「はい、父上、だから父上は絵が上手なのですね。母上は絵がまるで描けませぬ」

勝重は布団の上に膝をそろえると、又兵衛そっくりの憂いをおびた美しい眼をむけた。商いに熱心のあまり勝重の世話まで手がとどかぬ妙にかわって、紀三郎はかゆいところに手がとどくように勝重の繊細な心とむきあっているようだ。

「浄瑠璃姫物語は、牛若丸と浄瑠璃姫の若い男女の恋物語だ」

紀三郎がうなずいた。浄瑠璃姫物語は浄瑠璃で語られ、庶民の人気の娯楽だった。

平家打倒を祈願して東国に下る源氏の御曹司牛若丸は、三河国弥矧《やはぎ》で壮麗な浄瑠璃姫の館から聞こえてきた管弦の音に笛で唱和する。やがて姫の寝所に忍びこみ、一夜の契りを結ぶ。

「姫の館は、金箔瓦をほどこし屋根の頭頂部には鳳凰、龍、獅子などの金の飾りをし、建物の部材は黒塗り、朱塗り、蒔絵をほどこす、そうだ信長が建てた安土城の天守閣を想像せよ。さらに二人が契りを結ぶ寝室は、思いっきり豪華絢爛にする。青磁や書籍のほかに金の高炉、金の水差し、鳳凰の形をした金の置物が床の間に置かれ畳の上には金の燭台が並べられる。どうだ、京の俵屋宗達の濃絵などぶっ飛ぶ、極彩色の濃密画で描くのだ」

「しかし、清純な恋にしては濃密すぎませんか」

「たわけ、恋に清純も妖艶もないわ」

(それに、これは浄瑠璃姫の死で終わる、悲恋物語だ)

又兵衛は無意識につぶやくと、頬をこわばらせた。お蘭の美しい顔がよぎった。

やがて、越前に早い冬が訪れた。

朝眼をさますと工房の外では早くも雪かきがはじまっているのか、弟子らの声にまじって辰蔵が号令する声が聞こえる。そのとき道平が全身雪まみれで転がるように入ってきた。

「又兵衛、大変だ。勝姫さまの侍女が殿に斬り殺された」

「まことか」

又兵衛の大声で紀三郎がかけつけた。

「辰蔵、水をくれ」

道平は一気にのむと、眼をむいて、しゃべりだした。

忠直のお手打ちにあったのは黒田の局と阿蔦どのの二人で、いずれも姫の輿入れに従って江戸からやって来た勝姫の腹心の侍女である。その二人が夕闇のせまる刻限に、なぜか勝姫の衣を着て忠直の寝室に向かって歩いていた。それを不審に思った忠直に見とがめられ、一刀のもとに斬り殺されたのだという。

「どうして侍女らは勝姫さまの衣装など着ておったのだ」

「それは分からぬ。だが小萩がふるえながら言うには、きっかけは殿が勝姫さまのお命を奪おうとされたからで、それを聞いた黒田の局と阿蔦は、殿をそそのかしたのは愛人のお蘭にちがいないと、漆が淵の邸に忍びこんだ」

「漆が淵だと？」

とっさにお蘭の顔がうかんだ。

「運よく誰にも見られず寝所に入った。ところが寝所にいたのはお蘭さまでなく、殿だったのだ。殿は、無礼者と一喝すると、黒田の局を胴切に、阿蔦を筈切に斬りすてた」

道平はまるで見てきたように両手を広げて斬る真似をした。

「それで？」

紀三郎は先を聞きたがったが、又兵衛は事態の深刻さに頭をかかえた。

「小萩の話では侍女たちが秘かに江戸に脱出しておる。小萩もまもなく出立する。おれはどうしていいのか、小萩と江戸にでるか、いや又兵衛、こうなったら京にもどろう。こんな物騒な越前にいては命がいくつあっても足らん」

「まあ、待て、すべてはうわさの域をでていない。いずれ事が明らかになったら心願どのが知らせてくれよう」

「又兵衛、そう悠長も言っておれんぞ。ご家老は勝姫さまに危害があってからでは遅いと、殿を幽閉された。これは嘘ではない。なんならこれから心願どのに確かめよう」

道平が言いはっていると、工房の戸がきしんで吹雪とともに心願が転がるように入ってきた。薄暗い土間に立った心願の顔が青ざめている。

「どうもこまったことになった」

「心願どの、ようまいられた。ささっ、火のそばにまいられよ」

紀三郎にかかえられるように火桶にあたると、ふっくらした心願の頬に赤みがさした。

「心願どの、酒でもどうかな」

「いや、それどころでない。又兵衛どの、城内の騒動はすでにお聞きと思うが、勝姫さまは身の危険を感じられ明日にでも江戸に帰るおつもりで支度をなさっておられる。ところがそれを知った殿は、城内の門という門をことごとく閉鎖し警備の武士を配備させた」

「幽閉されておられるのでは？」

「いや、いくらご家老でも、将軍家の命令でもないかぎり手荒なまねはできぬ。だが、将軍家の姫君を江戸に帰したとあっては、越前家もただではすまぬ。何とか勝姫さまを思いとどまらせる手立てはないものか、わしとてこれからご家老のお屋敷に呼ばれておる」

いつになくあたふたと雪の中に飛びだしていく心願を見送ると、紀三郎が背後で言った。

「お師匠さま、工房はどうなります？」

「分からん、だがわれらには絵を描くことでしかお役に立てん」

「はい、しかし、悔しゅうございます」

「紀三郎、それより先だって心願どのから預かった日記があったろう」

「ああ」紀三郎は工房の自分の部屋に入ると、まもなく嬉々として日記をもってきた。

それは室町将軍邸の会所にしまわれていた公家や僧の日記で、浄瑠璃姫の座敷の様子などが詳細に書かれてあった。紀三郎は日記を読みながら、驚嘆したように又兵衛の下絵の束をひろげてみせた。

「そっくりでございます。浄瑠璃姫の座敷の様子など、まさに日記に書かれたそのままです」

「どれどれ」道平がのぞきこむ。
又兵衛は日記や他の資料をもとに、下絵や詞書まで細かな指示をだしていた。

牛若丸と恋をささやく浄瑠璃姫の座敷の柱は、金襴と鈍金《どんきん》で巻きつけて、五色の糸をよりあわせた紐で綿の布を天井の四方に吊り、群雲《むらくも》をかたどった文様の高麗縁《こうらいべり》などの贅沢な緑の畳を敷きつめて、空薫《そらたき》の名香が御簾や几帳に移っている。しかも凛々しい牛若丸の衣装は、唐の国の猿と日本の猿とが組み合わさった奇妙な意匠で、又兵衛にあっては真剣な恋の場面にさえ、どこか卑俗なまでの滑稽感をあらわさずにはいられない。しかも、これぞ極楽浄土と申すも、これにはいかで勝るべし、など詞書に書きこんである。

さらに牛若丸や浄瑠璃姫の人物や、屋敷や調度、庭の樹木にいたるまで際立った「又兵衛風」で描かれるのは当然として、金、銀、薄青、白を組み合せ、細い線条を横に長く引いた霞引きにより、絵巻の装飾性をより高める効果をねらっている。道平は近頃では又兵衛に頼まれて大量の絵巻物群の詞書を担当するようになっていた。

この浄瑠璃物語は、絵と同じぐらい詞書料紙の下絵も重要とされ、料紙の下絵には金銀泥、時には顔料あるいは染料を用いて様々な文様を施しているが、自由闊達な筆づかいで描かれた図様は、時にそのまま絵の部分につらなって、料紙以上の効果をあらわしている。

さらに絵巻と料紙の切れ目や、絵の上下には、金銀水色の雲、霞、すやり霞が施され、霞は白群と金銀泥による細いすやり霞と、細い線引きを重ねることで形作られる棚引く雲のような霞が描き加えられる。細く用いたやまと絵の伝統的なすやり霞に、線の重ね引きによって重量を自在に調整した金銀泥による詞書部分を中心に配された棚引く雲霞は、又兵衛独特の技法で、絵巻全体をより華麗なものにする装飾的効果をはたしていた。

こうして又兵衛はいつになく紀三郎や弟子たちはおろか、道平にまでハッパをかけて絵巻物の完成を急がせた。

忠直が勝姫の侍女を斬り殺した事件は、とうに江戸城中の将軍の耳にも届いている。それに追い打ちをかけるように、勝姫の一行が江戸に帰っていった。

なんと、将軍家の姫君が離縁という非常手段にうったえたのだ。将軍家がどうでるか、家老の本多富正はじめ城内では、忠直の処遇をめぐって日夜議論がかわされていた。

本多富正は直ちに忠直が江戸にのぼり、将軍秀忠に釈明すべきである。そう進言するも、忠直は頑として首をたてにふらない。心願も城に入り、忠直の説得を試みたようだが、忠直は一切聞く耳をもたないという。又兵衛は憔悴した心願の話に耳をかたむけながらも、忠直はもはや江戸の将軍家にゆるしを請うこともなかろう、心はとうに俗世を離れておられる、そう思った。

又兵衛はますます工房に閉じこもった。そうすることで、事態を平静に受け止めようとしているかのように。こうして浄瑠璃物語絵巻は完成にむけて、工房は一丸となって動いていた。紀三郎は感極まった表情で傍らの道平を見る。

「どうです、浄瑠璃姫と牛若、清純な恋の物語です」

「たしかに豪華絢爛、眼もさめるような鮮やかさだ」

道平にも異論はない。

「だが、清純な恋にしては色彩が過剰すぎやしまいか」

ぽつりともらした。

「それが浄瑠璃物語なのです」

紀三郎はこめかみに青筋立てて、道平にくってかかる。

「道平さまは公家なのに、さようなこともご存じない？」

「なに、馬鹿にする気か」

「それならこの日記、先だってもお見せしたはず、お忘れか」

紀三郎は懐中に大事にしのばせた例の室町将軍邸の会所にあった日記帖を、道平の眼の前につきだした。

「なるほど、又兵衛の発想はいつも斬新だが、それが古典にのっとっておるとはな」

「道平さまもやっと師匠の絵の真髄に気づかれたようだ」

「生意気言うな。だがこの浄瑠璃姫、十四という若さに似合わず、いかにも情が濃そうだ。いや、女の情念の激しさに年など関係ないか。殿の愛妾お蘭さまからして存外情念の塊かもしれんな。勝姫さまが刺客をさしむけるのも分からんでもない」

道平は自分が世話になったことから勝姫びいきである。それに又兵衛は、お蘭に会ったのに何一つ話もしない。当然殿をたぶらかした毒婦かなんぞに思っている。

「道平さま、口が過ぎます」

「やれやれ、おまえと話していると、こっちまで陰気くさくなる。それより又兵衛は？」

「和歌の聖人を描いておられます」

「ほう、三十六歌仙か」

「さあ、ご自分でごらんになったら」

道平が又兵衛の工房の戸をあける。いつものことだが部屋の中はおびただしい下絵や書き損じの紙が丸めてあちこちに抛《ほう》られて、足の踏み場もない。又兵衛はそれらのなかで背中をまるめて熱心に絵筆を動かしている。

「又兵衛、紀三郎から聞いた。歌仙図か」

又兵衛は、ぼさぼさの髪に、しょぼしょぼした眼をまぶしそう細めて筆を置いた。

「歌仙図って、まさか、それって、柿本人麿と紀貫之？」

「その、まさかだ」

道平はのけぞった。ふつう歌仙絵というものは、やまと絵的に着色させて上品に描かれるものである。それを又兵衛は前例のない水墨画の手法を駆使して、人麿図では輪郭線《りんかくせん》で躍動感あふれる筆触を強調し、かたや貫之図では輪郭線をなくした墨の面で表現している。しかも人麿など、とぼけた顔で裸足の両足をことさらひろげて奇妙な格好で立っている。

「どうだ、賛《さん》もいれたぞ」

又兵衛は酒臭い息をはきつけ、自慢そうに顎をなでる。

右幅が、ほのぼのと明石の浦の朝霧に島隠れ行く舟をしぞおもう、柿本人麿
左幅は、紀貫之　桜ちる木の下風はさむからで空にしられぬ雪ぞ降ける

（なんだか意味ありげな画と賛だ。これではまるで忠直がいずこかに流されていく、その不幸を暗示させるようではないか。それに又兵衛のやつ、おおかた酒をたらふく飲んで、一息に描いたのだろうが、賛だって、およそくだけた書体だ）

こと和歌と書に関して道平には妥協がない。それだけに、よれた書体や斜めに押した印にはうんざりした。いつもの又兵衛はかなりいいかげんな性質だ。それも今日は酒を飲んで描いたらしい。道平は一瞬むっとしたが、そのうち首をかしげた。どうもどこかで見た絵の構図に似ている、とくに人麿図だが、はて、どこで見たのか？

道平は、京では又兵衛に強引に寺社、公家の邸を引きまわされた。秘蔵の書画を見せてもらうためだ。それに又兵衛の和漢の教養は幼児から本願寺にいたせいか、公家の子弟の道平が舌をまくほど豊かだった。さらに土佐派のやまと絵、狩野、長谷川、海北、雲谷と、又兵衛の興味はあらゆる流派に及んで、雑種的だった。又兵衛の絵の特異さは、そうした諸派の絵を土台に、既成の概念を壊すことからはじまっていたといえる。

だから、又兵衛はやまと絵の色づかいの歌仙図を、およそ正反対の水墨で描いてみせる。そうかと思うと、布袋《ほてい》や寿仙人など従来水墨の画題とされている絵には、色つきといった表現を平気でやるのだ。歌聖なんぞと崇《あが》められている柿本人麿と紀貫之だって例外ではない。妙に人間臭く、滑稽なばかりに戯画《ぎが》化し、笑いとばすことで、見るものを痛烈な風刺の世界に誘うのだ。

「やれやれ、柿本人麿、紀貫之も、おまえの手にかかると、ただの俗人か、好々爺でしかない。もっとも連中だって、歌聖と崇められるより、こっちの方がずっと墓の下での眠り心地はいいかもしれん」

道平はそこまで言って、はっと気づいた。

「これって南禅寺にあった、可翁《かおう》の寒山《かんざん》図にそっくりだ」

「そうさ、寒山は乞食のような身なりをしても、実は俗世の常識や論理を逸脱《いつだつ》している聖者さ。歌聖だって、裃を脱がしてやれば、案外せいせいして生きられる」

「すると、この絵、もしや殿のために描いたのか？」

又兵衛は返事のかわりに徳利を片手でひきよせると、盃になみなみと注いだ。

「まあ、お前も飲め」

道平の盃に酒を注ぐと、一気に酒をあおった。

「なあ又兵衛、やっぱり殿は改易になるのかな」

「そうだな、勝姫の侍女を二人も殺めて、しかも勝姫自身も江戸に帰ってしまった。無事にはすむまい」

「ああ、それにしても将軍家の姫が亭主に三行半《みくだりはん》をつきつけるなど、世も末だ。越前藩がお取りつぶしになったら、又兵衛、京にもどるか」

「なに、まだ決まったわけでもない。それに越前も、住めば都だ」

十三　忠直、配流

年が明けて元和九年（一六二三）の二月、工房では弟子らが総出で屋根の雪おろしをしていると、心願の姿が見えた。

「又兵衛どのはおいでかな」

心願は急ぐあまり戸口で転んだ。あわてて抱き起した辰蔵にも気づかぬふうに、心願は又兵衛の部屋をこじ開けた。

「又兵衛どの、一大事でござる。江戸表から殿の御生母清涼尼《せいりょうに》さまがまいられた。将軍秀忠公はつい

に忠直公を改易《かいえき》なさるつもりだ」

「改易？　それで、藩はおとりつぶしになるのか？」

「それはまだ分からぬ。とにかく清涼尼さまは将軍家のご意向を伝えられ、忠直公を説得なされたよ

うなのだ。殿は、逆に清涼尼さまにご心配をかけたことを詫《わ》びられ、改易のお沙汰にも素直に従われ

たようだ。ご家老もほっとされておられる」

「なるほど、して改易となると殿はどちらに？」

「配流《はいる》先は豊後国《ぶんごのくに》府内《ふない》（大分）」

「豊後、遠うございますな。それで越前藩のご処遇は？」

「それは拙僧にも分からぬ」

紀三郎は心願の去っていく姿を茫然とながめていたが、はっと我にかえって、

「お師匠さま、藩がお取りつぶしとなったら工房はどうなりますか。せっかくここまで大きくなった

というのに」

「父上、紀三郎の言うとおりです」

八歳の勝重まで責めるように頬をふくらませている。

「藩主がどこに流されようと、越前の民や百姓はこの土地と生きておる。我らも同じだ」

「ですが父上は京をおわれ、ようやく北之庄に根をはった。やっとこれからという時にまたいちからやりなおしとは、ついておりません」

「べつに我らの画がそれでどうなるものでもない。それに越前は有数な紙の生産地でもある。絵巻物には良質の紙がいる。それだけでもありがたいと思うことだ」

膝をがっくり折ったまま、紀三郎は何か言いかけたが、又兵衛はそれを手で制して、

「紀三郎、将軍の甥でも、罪を犯せば流罪になるご時世だ。世の中が秩序でかたまる泰平の世とは、乱世とはまた違う意味で、人は生きにくいのかもしれぬ。武力で力を誇示する単純な時代は終わった。これからは幕府の体制という大義名分のもとに大名も武士も町人も百姓たちも、あらゆる人々が組織のなかに組み込まれていく。人の個性が発揮しにくい時代になるのかもしれぬ。だからこそ我ら絵師は、あらゆる感覚を研ぎすまし、移りゆく時代を、民衆の叫びを、悲しみも喜びも、あますことなく描きあらわすことが大事になる。それにな、いつも言っておるだろう。わしが興味をひかれる人間は権勢者などではない。彼らの顔はみな一様で、面白みがない。だから殿の肖像画をたのまれても描く気にもなれなんだ。だが今はむしろ描いてみたい。豊後に流される忠直公の素顔を見てみたい。いまだ三十にもならぬ若い身ながら、ずんとのしかかった肩の重荷をおろされ、借り着をぬいだ殿の素顔なら興味がわくかもしれん」

又兵衛は自分に言いきかせるように、静かに紀三郎に微笑みかけた。

一ヶ月ばかりして心願が工房に顔を見せた。紀三郎がすばやくかけよりたずねた。

「心願どの、幕府のお沙汰はいかがなものでしょうか？」

「公儀は殿を豊後萩原に隠居させたが、領地までは没収せず、お跡目は嫡男光長さまが継がれることになった。ご家老は引き続き、任にあたられる」

「それをお聞きしてほっとしました。無理をして北之庄にまいった甲斐がございました」

紀三郎は心底うれしそうに工房に入っていった。

「又兵衛どの、越前家が難を逃れたのは殿のお覚悟でござった。万が一にも殿が抵抗するようなら、将軍秀忠公は兵を越前まで推し進める覚悟で、諸大名に下知されておられた」

「戦《いくさ》になったと言われるか」

「さよう、西国の島津家久どのなど、昨年の春には越前有事の場合は出兵すると、早々と申しでておられた。豊後岡藩主中川内膳どのも、将軍の越前御出馬につき隠密に兵を大坂まで出立させておられる」

「なるほど、将軍家も本気で越前家に兵を進める覚悟でござった、ということか」

工房の隅で酒をあおっていた道平が酔った眼をむけ、吐き捨てるように言った。

小萩に去られてから道平は、すっかり自堕落《じだらく》になり朝から酒びたりの日を送っていた。

「すべては勝姫の思いどおりになったようだな。いやたったひとつ思いどおりにいかなかったのは、殿がお蘭さまを豊後までお連れしようとしていることだ。愛馬、真田栗毛とともにな」

「しかし、考えてみれば忠直公も哀れだ。真っ正直な気性でうそがつけぬ」

「ああ、越前六十八万石を棒にふってまで惚れた女と添い遂げたい。たいした痴れ者だ」

「さしずめ道平さまには、殿の爪の垢でもせんじて飲んだらよろしかったのでは」

「それを言うなら紀三郎、おまえのほうだ。女に惚れたこともない冷血を、溶かしてもらうのだな。さすれば浄瑠璃姫物語の惚れた男女の真の味わいも分かるというものだ」

ふたりは血相変えてにらみあったが、工房の柱の蔭から眼だけ光らせている勝重を見ると、バツが悪そうに背をむけた。


翌寛永元年（一六二四）、将軍から越前家にお沙汰が下った。松平忠直の隠居で越前藩にはおかまいなしという格別の扱いだった。むろん勝姫は狂喜した。これで越前六十八万石は息子の光長が継ぐことになる。だが光長に与えられたのはとなりの越後高田であり、しかも石高二十五万石である。かわって越後高田の忠直の弟松平忠昌《ただまさ》に二十五万石が加増され、北ノ庄が与えられた。将軍秀忠は、たとえ娘婿でも忠直が参勤しなかったことを幕府への謀反と断じ、その子光長へ領地替え、減地という制裁をあたえた。しかもこうした不祥事を起こした越前家に対しては分割し統治する方針をとった結果、北之庄は五十万石に減らされることになり敦賀が外されたのである。妙はそのうわさを聞いてきて勝重に自慢げに言った。

「忠昌さまは大阪夏の陣でも武功をあげられ、越後のご城下にも天下の武芸者を集められた武将じゃそうな。でもお人柄は温厚、風雅な趣味人で、しかも新しく将軍になられる家光さまのご信頼も厚いという。われら絵屋の商には、かえって好都合かもしれぬな」

「でも母上、忠直さまは父上の絵をことごとく豊後までお持ちになったそうです」

「勝重、言葉に気をつけなされ。忠直どのは幕府の罪人、今後はその名を口にしてはならぬ。それにそなたが御用絵師となれるかどうか、すべては新藩主さまのご意向にある」

勝重は、いつにない母の鋭い語気に口をつぐんだ。


その頃江戸では秀忠が将軍職を家光に譲っていた。越前家の松平忠直の改易騒動も、五ヶ月後には政権を譲る新将軍家光に配慮した父秀忠の判断が働いた、もっぱらのうわさである。新将軍家光の就任は、これまでの徳川将軍とちがって戦場の体験のない、生まれながらの将軍の誕生でもあった。着々と幕府の体制が整うなかで、又兵衛もまた北之庄に根づいていた。頭にはすでに白いものがまじり、憂いをおびた眼のふちには皺もでていた。

ある日のこと、乙丸が日焼けした顔で工房にやって来た。乙丸は殿の警護をして豊後まで行った。

「又兵衛どの、殿は途中、敦賀で御出家なされましたが、殿の御無念を思うと、悔しゅうてなりませぬ」

「そうか、御出家なされたか」

「はい、しかも豊後では、われら越前家の男の家臣はみな追いはらわれ、残るはわずか二十名ばかりの侍女ばかり。これでは殿があまりにお可哀想で、わたしは罪になってもかまわない、殿のおそばにお仕えしたいと泣いて訴えましたが、殿はお許しにはなされませんでした」

乙丸は顔をくちゃくちゃにして、両手で顔をおおうと、わっと泣きふした。

「それに心配なのはお蘭さまです」

ひとしきり泣きじゃくって乙丸がつぶやいた。

「どうかされたか」

「お蘭さまはもともと病弱で、それに旅の疲れがかさなったか、豊後に着かれてまもなく病の床につかれてしまわれた」

うわさではお蘭は肺を患っていた。その身体で豊後までの旅はさぞつらかったであろう。


半年ばかりして、風の強い日がつづいた。

どうも今年は早く雪がふりそうだ。工房総出で浄瑠璃物語の絵巻物の最後の総仕上げにかかっているると心願が墨衣の裾をふくらませながら、あたふたと工房にやって来た。

「これはご坊、お顔の色がいささか悪いが」

「お蘭さまが、とうとうお亡くなりになられた。それから娘のおくせどのも」

又兵衛は心願に背をむけた。何か言いたそうな紀三郎をふりきるように表へでた。

空は鈍色《にびいろ》の雲におおわれ、今にも雪になりそうな冷たい風が吹いていた。

又兵衛は雑木林の枯葉の朽ちた地面を踏みしめながら、流れ落ちる涙をかみしめた。

遠い豊後までの長旅で、命を落としたお蘭と、わずか三歳ばかりで亡くなったおくせを思うと、そのあまりのはかなさに涙がこみあげた。

そうして、お蘭とおくせの母娘をあいついで亡くした忠直の心中を思うと、痛ましさに胸がおしつぶされそうになる。その夜又兵衛は知らせをうけてやって来た道平と酒を飲んだ。戸外は木枯らしが狂ったように吹き荒れて、樹木が唸り声をあげている。

「又兵衛、そう気落ちするな。殿には越前から他にも妾を連れてまいられた。それに蟄居の身とはいえ五千石を拝領して、地元では土地の娘まで妾に差しだしたそうだ。まっ、うらやましいかぎりさ」

忠直は、たしかにお蘭、娘のおくせの他に、お糸、おむくの妾を豊後まで伴っている。だが最愛のお蘭、おくせまで亡くして、忠直はおそらく失意のどん底にあるだろう。しかも忠直はいまだ二十九歳の男盛りである。これからの長い流刑地での孤独な日々を、かれはどうやって生きるつもりだろうか。

「殿はおまえの絵をごっそり豊後までもっていかれたそうではないか。今頃は柿本人麿、紀貫之が、殿の無柳《むりゅう》を慰めておろう」

早くも酒が全身をしびれさせる。又兵衛は工房の土間に長々と寝ころんだ。眼を閉じると涙がこみあげた。道平が、思いだしたとばかりにつぶやいた。

「それはそうと、浄瑠璃姫物語の絵巻、まにあわなかったな。だがいずれ豊後の忠直公のもとに運ばれるか……、それも、今となってはかなわぬことかのう」

十四　新藩主松平忠昌《ただまさ》

六年の歳月がながれた。寛永六年（一六二九）四月、又兵衛は心願に伴われて、藩主の別邸、御泉《おせん》水《すい》屋敷に向かって歩いていた。

「早いものじゃ。忠直公が豊後にながされ六年になる」

心願は感慨深げに眼をほそめた。

新藩主松平忠昌が入府そうそうやったことは、北ノ庄を福井とあらためたことである。それも「北」は敗北を意味し縁起が悪いという側近の「年寄」四人の進言に、素直に従ってのことだった。「年寄」の筆頭は家老の本多伊豆守富正である。富正は将軍家の命でそのまま忠昌に仕えた。今では四万五千石に加増され武生の城主になっている。さらに永見吉次、狛孝澄は忠昌幼少期に父結城秀康がつけた小姓あがりで、杉田三正はその孝澄の取り持ちで出仕した。城下ではさっそく落首があらわれた。

新藩主忠昌は「年寄」の言いなりで、かれらに藩政を牛耳《ぎゅうじ》られているという。

ところがしばらくすると、豊後に配流された忠直について、藩主時代の暴君ぶりがまことしやかにささやかれるようになった。機嫌が悪いと前ぶれもなく家臣を斬り殺す。家臣の妻女に眼をつけて妾に差しだせと命じ、拒むと一族ことごとく成敗された、とか。

まもなく御泉水屋敷の門にでた。夕陽が広い庭園をまばゆく照らしている。

この御泉水屋敷も、忠直に誅殺《ちゅうさつ》された永見右衛門の屋敷跡だといわれている。

事件のきっかけは、忠直が父結城秀康に殉死した永見貞武の未亡人に眼をつけ、側室に召しだそうとして拒否された。烈火のごとく怒った忠直は、一族を皆殺しにしたという。

「たしかにここは永見貞武どのの屋敷跡である。だが成敗の理由は明らかでない。しかも風評は、忠直公が豊後に行かれた後、暴君にしたてるためにひろがった。拙僧にはそう思えてならんのですわ」

「なるほど、これも年寄連中のたくらみですかな」

又兵衛がずけりと言うと、

「まっ、さようなことは大っぴらにはどうも」

心願が首をすくめた。

「それより、やっと殿にお目見えがかなうのじゃ。まずは小堀遠州《こぼりえんしゅう》の手なる瀟洒《しょうしゃ》な建物、庭を堪能《たんのう》いたそう」

小堀遠州は古田織部のいちの弟子で、茶人であり建築、造庭家として名高い。かれは福井に呼ばれて書院造の建物と園庭を造るにあたり、芝原上水を引きこんだ。

「清廉な泉の水をたたえた池に回遊式の林泉庭園、建物はいまだ一部しか完成していないが、いずれ見事な景観になろう。今日は臼ノ御茶屋《うすのおんちゃや》へのお招きだ。又兵衛どの、拙僧の力不足でながらく待たせた。すまん」

「なんの、ご坊には感謝しておる」

池のまわりを歩いていくと、石灯篭と丸い井筒風のかなり大ぶりな蹲踞《つくばい》が見えてきた。

「なるほど、手水鉢《ちょうずばち》としては大ぶりだ」

しかも高くつくられている。利休が貴人に仕える地下人風に、つくばう（しゃがむ）ように低く据えたのとは違って、古田織部はごく自然の高さにした。大名風というより、織部は貴人に持することから解放された、庶民の自主的な動作を心がけた。利休が狭きに徹し、暗くに過ぎた草庵の茶席も、織部はほどよく狭く、ほどよく暗く、わずかなゆとりとほのかな明るさ、そして華やかさを、じつに大らかに盛りこんだのである。又兵衛が中をのぞきこむと、心願が言った。

「笏谷石《しやくたにいし》でな、清水が湧きだすように底の板石に穴があけられておるという」

なるほどここにも遠州らしい工夫がある。遠くに眼をやると、築山や汀《みぎわ》近くに点在する岩島が、一種清冽《せいれつ》な景観で並んでいる。又兵衛はあごに手をやると、思わずうなった。

「さすが、きれいさびと評判の遠州流の発想だ」

流水をわたると、急な坂道が待ちかまえて、登りきると眼下に池が見渡せた。広い池面に大きな島を配することなく、要所に岩島を配したのは、これまで座敷より眺めるためだった書院庭園を、根底からくつがえす遠州らしい企みだった。

庭だけは自然な趣のままにと考えた利休が、寂びたる趣をだすのに丸石を使ったのに、古田織部は切石を多用した。遠州はさらに石を美しく意匠した。石の配列にも工夫をこらし、竪にしたり横に寝かせたりして、しかも苅込みは蓬莱を思わせる鶴亀である。

遠州の庭園は見事なばかりに洗練されて美しい。だが同時に、息苦しくもあった。

又兵衛が憧憬する平安朝では庭樹はもっと自然で、多少の手入れはあっても枝も葉も伸びるにまかされていた。眼の前の美観をこらした庭園は、人口の美を感じさせる。利休が生きていたら、古田織部が見たら、こうした秩序だった時代の推移をどう見るだろう。

物憂い思いで庭をひとまわりすると、心願が不安そうにかれを待ち受けていた。

かれらは建物の背後の待合の場に通された。しばらくして近習があらわれ、御次の間にとおされた。ようやく茶室に入るのをゆるされたのは、それから小半時ばかりたっていた。

夕陽がおちて、薄闇の中に月がでていた。

又兵衛は茶室に入ってその清浄さに目をみはった。十畳の主室は青畳が敷きつめられ、床の壁の菊の花と掛け軸が一幅だけ飾られていたが、風炉の炭には、胡粉に墨をいれて鼠色にした白炭に竹の小枝が取り合わされ、ここにも遠州の洗練された感受性が光っている。

そのとき家老の本多富正が座敷に入ってきた。又兵衛は畳にひれふした。

「殿のおでましである、面をあげい」

本多のしわぶいた声に顔をあげ正面を見た又兵衛は、一瞬眼をうたがった。なんと眼の前には、かつて一度だけ見たことのある結城秀康その人が、貴公子然とした優雅な風情で座っていた。整った容貌に、薄はなだ色の地に扇面散らしの小袖、羽織と華やいだ装束の忠昌を、又兵衛はほとんど驚嘆の眼でながめた。

「殿、これなるものは岩佐又兵衛ともうす絵師にございまする」

「ははっ、又兵衛にございまする」

「今夜は茶会だ。ゆるりといたせ」

忠昌は凛とはった声で言った。

本多が茶を点てる。家康からも器量をみこまれた本多は、贅肉のない筋肉質の身体つきながら、すんなりと細い指をもち、点前ではそれが目だって優雅に動いた。

又兵衛は最後に椀をのみほして、その味わいの深さに圧倒された。在りし日の千利休とはまたちがった、しかし見事なまでに達しぬいた点前である。

「伊豆、さすがじゃ」

忠昌が息をはいた。

本多は謹厳な表情をくずさず頭を下げた。そういえば忠直が配流されたときも、眉ひとつ動かさなかった。城中ではそんな本多を冷血漢だとうわさしている。

襖が開いて美しい侍女が燭台に灯をともしていった。表はいつしか闇におおわれていた。近くに置かれた燭台の灯りに、頬を上気させた忠昌の若々しい容貌が派手やかに映える。

忠昌は屈託ない表情で、「伊豆は余の茶の師匠じゃ」とおうように言った。

「おそれいりまする」

「だが茶湯者として道を極めるにはだいぶ時間がかかるようだ。余にはできるかな」

「むろんにございまする。茶の湯ともうしても、点てた茶を型どおりに客の前に運び、それが飲みほされ、茶碗がひかれ、後始末がすむ。それだけのことでございます」

「だが名器、名物の目利き、あつかいができぬようでは一人前の数寄者とは言えぬ。そちはいつか申した」

本多はかすかに頬をゆるませ、

「どうも殿は探求心が勝っておいでで年寄には荷が重うござる。そういえば又兵衛、そちはかつて京にありしおり千利休に茶の湯を習ったそうだが」

「まことか？」

「いささか」

「許す、申してみい」

「おそれながら、達しぬいた点前になれば、いかなる名器、名物が飾られ、使われようとも、客も、主人も、この三昧境《さんまいさかい》に誘いこみ、誘いこまれる、一切が有って無いものにすることができる。これこそがまことの茶事で、まさに茶湯者の歩く道だと」

「まるで禅問答だ。余にはいささかむずかしい」

忠昌は悪びれた様子もなく、白い歯を見せて笑った。座がなごやかになった頃合いを見計らったように本多が話をすすめた。

「ところで又兵衛、浄瑠璃姫物語の絵巻物、大儀であった」

又兵衛はさっと頬を上気させた。浄瑠璃姫物語絵巻は又兵衛自身、さらに工房にとっても会心の大作である。忠直に献上するため渾身の力をふりしぼって描いたが間に合わなかった。新藩主忠昌がどういうか、又兵衛はかたずをのんでかれの言葉を待った。

ところが忠昌は、「絵巻物？　はて、いかようなものか」と、いぶかしげに本多にたずねている。

「先だって殿にもご覧いただきました、浄瑠璃姫と牛若丸の恋物語……」

「ああ、あれか」

忠昌は薄く笑うと、

「いかにも豪華絢爛、奥や侍女らが好んで見ておるようだが、武家の婦女子の情操としてはいかがなものか、のう、伊豆」

「はっ、たしかに」

「そうであろう。やまと絵は本来風雅、幽玄を尊ぶという」

「おおせのとおり、さすれば江戸の勝姫さまがご所望とあって、お渡し申した」

「勝姫さまに、でござりますか？」

「さよう、江戸でひどく退屈されておられる勝姫さまには、またとない慰みものよ」

又兵衛は憮然とした。あの絵巻物こそ忠直のために描いた。だが完成を待たず、忠直は豊後に流された。それを騒動の主の勝姫の慰みにくれてやった、だと！

蒼白になった又兵衛に、心願が、鎮まれ、興奮するなと、しきりに目くばせしてくる。

又兵衛は焚かれていた香の匂いを鼻一杯吸いこんだ。そうして昂ぶった気持ちを鎮めにかかると、自分に言い聞かせるように眼の前の藩主忠昌のことを思った。

この殿はおそらく幼児より大勢の側近にかこまれ、それに何ら矛盾も抱かず、素直に従ってきたのだろうか。少年がそのまま大人になったような未熟さを残している。だからか、又兵衛が悔しそうに唇をかんでいるのも気づかぬようだ。

こうなると、忠直の、炎のような噴怒や情念やら孤独な怨嗟《えんさ》が、むしろなつかしい。

忠直は凡庸でないだけに、鋭敏すぎる叡智が、強固になりつつある時代に抗《あらが》った。戦国の世を平定した徳川幕府は、泰平を保証する名目で、強力な支配体制を諸国に強いた。将軍の兄の血筋でも、一大名として徳川幕藩体制の枠内でしか、生きることを許さない。

それはかつて都市の自治で自由を謳歌した京や堺の「町衆」や、冒険と投機性の強い海外への雄飛といった長崎の自治が制限されたことと同じである。かわって浮上したのはひとくくりにされた「庶民」としての等しい身分だけである。戦国の世に己の器量ひとつで、一朝の夢に命をかけた武将たちも、有能な官吏として生まれ変わることを余儀なくされる。

又兵衛は思わず眼を閉じて忠直のことを思いだしていた。

そのとき忠昌が、高い鼻梁にそった切れ長の眼をふとあげて、本多に問いかけた。

「それはそうと、伊豆、例の禁裏《きんり》所蔵の西行《さいぎょう》物語絵巻の模写の件はすすんでおるか」

西行物語絵巻の模写！　それを福井藩が計画している、又兵衛は一瞬頭に血がのぼるのを感じた。もしや殿は、その仕事を自分にまかされる、だとしたら凡庸だの側近の言いなりだの、前言は取り消しだ。西行物語絵巻の模写など、めったにできるものではない。こうなったら、この使命に全力をあげる。又兵衛はさっきまでも不満もなんのその、息をつめ、身をのりだして、本多の次の言葉を待った。

「殿、ご案じめさるな、すでに京の烏丸《からすま》光弘さまにお願いしてございます」

「なるほど権大納言《ごんだいなごん》烏丸どのとは、よいお方に目をつけたものだ。烏丸どのは身内も同然、高位の公家で帝の信頼も厚い。西行物語絵巻のような宮中秘蔵の品は、みだりに見ることもかなわぬからな。それで絵師は？」

いよいよだ。緊張のあまり喉がからからに乾いて、唇がふるえだした。

「俵屋宗達《たわらやそうたつ》、詞書《ことばがき》は烏丸さまでございます」

「宗達？　たしか京の町絵師でなかったか」

忠昌の表情がいぶかしげにくもる。

「宗達はたしかに京の町絵師にすぎませぬ。しかし平家納経絵巻物の修復では、朝廷も一目おかれ、今では法橋《ほっきょう》の地位にあります」

「そうか、伊豆、そちにまかせる」

忠昌は凛とした面持ちで、茶室をでていった。

帰り道、又兵衛は怒りのあまり口も聞けなかった。風がでて提灯の灯が消えかかる。

「いささか風がでてまいったようだ」

又兵衛はそれにも返事をしない。ただ眼の前の風に抗《あらが》うように歯をくいしばって歩く。

さすがに心願も心配になった。

「又兵衛どの、そう気落ちなさるな。烏丸どのは先君結城秀康さまの未亡人鶴姫さまを奥方にむかえてござる。その縁をとりもったのがご家老である。烏丸さまのご推挙で宗達どのに白羽の矢があたった。もとより宗達どのとの技量を比較してのことではござらん」

「しかし、ご坊、それでは殿は、なにゆえ又兵衛にお目通りを許された。西行物語絵巻の模写をおこなうとなると、絵師は当然この又兵衛をおいては考えられぬ。それを、なんでだ、わしをさしおいて京の町絵師ごときに頼むとは、あまりといえばあまりの侮辱《ぶじょく》、これが平静でいられるか」

逆に猛然と食ってかかる。

「まあ、まあ、そう熱くならんで、ちっとは頭を冷やしなされ」

「なんと、たとえご坊でも、無礼はゆるさん」

「又兵衛どの、短気は禁物、ご家老が帰りがけに言われたことを思いだしてみなされ」

「む?」

「やれやれ、頭に血がのぼって何も耳に入っておらぬとは、福井藩とて本丸御殿の各部屋の襖絵はいまだ未完である。それをいずれ又兵衛どのにお願いするつもりなのだ」

「いずれ？　馬鹿言っちゃこまる。殿にはわしの絵が分かっておらんようだ。せめて忠直公が健在だったら、この仕事はまちがいなく又兵衛にとおおせられた」

「これ、声が大きい。忠直公のことはすべて御禁句、忠直公は幕府に叛逆した謀反人だ」

「なにを申す。心願どのまで殿を非難されるとは」

「まあ、待て、しまいまで聞きなされ。よいか、福井藩は五十万石に減らされた、だが藩は、残った。藩としては再び謀反の嫌疑がかかりお取りつぶしになることが怖いのだ」

「それがどうした」

「又兵衛どのも最近とみに激しくなった忠直公乱心、暴君のうわさは知っておろう。これもすべては福井藩を守るためだ」

心願はかじかんだ手で提灯を又兵衛にわたすと、いつになく憤然と口をつぐんだ。寺の庫裡に入っていく心願の背中が急に丸まり、縮んだ気がする。又兵衛は寺の裏の雑木林をぬけて工房に向かった。月がでていた。京で見た宗達の絵の源氏絵「澪標《みおつくし》」「関屋」が、妖しくよみがえる。

あれには度肝をぬかれた。従来の土佐派の絵師は、同じ源氏物語に題をとっても、絵巻をそのまま拡大したような平面的な構図を無造作に使う。それに対して宗達は、左右の雙に同じ源氏絵でも「関屋」と「澪標」と、全く別の画題を選んで描いている。

どちらも光源氏がかつての恋人と偶然再会する場面だが、「関屋」の山の平板な色面と閑寂さに、「澪標」の白浜のにぎわい、まろやかな曲線を対比させている。つまり宗達は左右の雙に対比する画題をとりあげ、さらに斬新な意匠をほどこすことで、源氏絵の古典をも、おのれの感性に限りなく近づけて表現している。だから宗達が好むのは、当然現実の風俗などではない。かれにあって絵は意匠にすぎない。どんなに古典に画題をもとめたとしても、表現された絵は、かれ自身の手で巧妙に意匠されたかれの世界なのだ。

宗達の、京の金持ちらしい発想が公家や大名にもてはやされる。裕福な町衆の宗達には、この世の真実など興味も関心もないはずだ。かれが風俗画を描かないのは、そんな巷の雑事より、現実を遊離した架空の世界、それも計算しつくされたおのれの意匠による美意識の世界を構築すること、ここに宗達の絵の本質があるのだ。

宗達とは絵に求めるものが根本からちがう。だが描かれた絵はどこか似ていた。

京にいた頃の又兵衛は、無意識に宗達の絵に魅かれ、過剰に反発した。

だが福井藩はその宗達に西行物語絵巻を下命した。又兵衛は骨の髄まで屈辱を感じた。

工房の窓から灯がもれている。軋んだ戸を開けると、道平と紀三郎が同時にふりむいた。火桶が赤々と燃えていた。

「又兵衛、遅かったな。どうだ、忠昌公に会えたか?」

「ああ」

「どうした。顔が青いぞ。何か、あったのか」

「いや」

又兵衛はむっとしてそのまま自分の部屋に入ろうとする。

紀三郎があわてて、又兵衛をおしとどめる。

「お師匠さま、およろこびください。新しい絵巻物の注文をいただきました」

「絵巻物、誰だ、その酔狂ものは」

「又兵衛、おどろくな。越後高田に行かれた勝姫さま直々のご指名だ。勝姫さまは浄瑠璃姫物語の絵巻物をいたく気に入られて、夜ごと侍女に詞書を読ませて、絵巻物の世界にひたっておられるそうな」

又兵衛は鼻白んだ。おおかた浄瑠璃姫の死をお蘭の死にかさねて、仇を討ったつもりでいるのだろう。むっとした又兵衛におかまいなく道平が言った。

「忠直公と勝姫さまの嫡男仙千代君もすでに十四歳、元服し名も光長公と改められた。越後高田藩主として、お国入りも近いのだろうな」

(仙千代君が、もうそんな年になられたか)忠直が豊後に配流されたとき、仙千代は七歳だった。忠直より勝姫に似たきりりとした風貌の線の細そうな少年だった。

思わず押し黙った又兵衛を思いやるように、紀三郎が冷やかすように道平を見た。

「小萩さまから恋文がとどいたようなのです。道平さまはそれで昼からご機嫌で」

「又兵衛、小萩はわしを忘れかねておった。わざわざ江戸から便りをよこしおって。いずれ勝姫さまが高田城に入られれば、小萩もまいります。姫さまは又兵衛さまの仇討ものの絵巻物が大そう気に入っておられたが、忠直公が豊後まで持参したので、ぜひとも代わりがほしいとおおせなのじゃ」

道平は盃を手にしたまま、くっくっと喉をならして笑った。

いつもは毒づく紀三郎も、久々の大口の絵巻物の注文に頬を上気させている。

「なるほど、で、画題はなんだ」

「もちろん、仇討ものの絵巻物」

「忠直公は配流された。あだ討ちなど今さら無用であろう」

「ところが勝姫にとってあだ討ちはまだ終わっておらん。せっかく忠直公を豊後に追いやったに、将軍家は越前藩を忠直の弟忠昌に与えた。しかも息子光長にはわずか二十五万石の越後高田藩しかくれなんだ」

道平は酒をなめるようにすすると、

「それも将軍のとりまき連中の老中どもが悪いからで、とにかく越前藩を息子の手に取りもどすためには、鬼にも蛇にもなるおつもりじゃ」

又兵衛がすっかり鼻白んでいると、紀三郎がめずらしく熱のこもった口調で、

「師匠、それで小栗判官《おぐりはんがん》物語などどうかと思いまして」と、畳みかけるように言った。

工房総がかりで浄瑠璃姫物語をしあげた興奮もあってか、紀三郎の吐く息も荒い。

じっさい、又兵衛の仇討ものの絵巻物の評判は福井にとどまらず、京、大坂あたりまで届いて、工房にも注文が相次いでいる。

だが又兵衛は、この狂い咲きのような絵巻物の注文に戸惑いをおぼえていた。

最初のうちこそ元和偃武《げんなえんぶ》の世相の反映だろう、そう思って、したたかに応じた。

戦国期が終わり、武功による栄進を断たれた大名や家族が、そのやるせない情熱のはけ口を娯楽に

もとめた。しかも越前では、将軍の兄の息子を自負する忠直と、将軍家姫君の自尊心をふりかざす勝姫との夫婦仲の険悪さ、さらに愛人お蘭への痴情のもつれなど、かれらの嗜虐《しぎやく》趣味を満たすためにも、あいつぐ注文となった。

それらは事実、又兵衛工房の看板商品となり、又兵衛の絵を飛躍的に有名にした。

「又兵衛風」という独特の造形がもてはやされた。人物は、従来やまと絵の王朝物語絵の伝統的表現である引目《ひきめ》鈎鼻《かぎはな》ではなく、ふっくらとした頬、長い頤《おとがい》（鼻の下）、いわゆる「豊頬長頤《ほうぎようちようい》」と呼ばれる又兵衛独特の人物描写だが、ちりちりともつれる女の黒髪や、ぐにゃぐにゃとうねったゆがみ、ひずみ、それらがたんに顔だけではなく手足から身体全体、さらには屋敷や樹木など自然の風物にまで及んでいるのが「又兵衛風」なのである。

たとえば「官女観菊図」の三人の女の顔は、又兵衛の人物描写の特徴を備えて、ふっくらとした大きめの鼻と切れ長な眼を持つ、一見して無表情にすら見える顔貌描写はあたかも能面を思わせるが、一方では卑俗な艶めかしさが陰に見え隠れするのだ。

しかも絵巻物はほとんど仇討もの、つまり悲運の死をとげた恋人や親族の霊の加護を受け、主人公が超人的な活躍をして仇を討つ、絢爛《けんらん》たる復讐の物語絵巻であった。

又兵衛工房はこれら又兵衛風といわれる独特の表現方法を得たことで、大量の絵巻物、屏風絵などを量産するまでになっていた。弟子たちはこぞって又兵衛風の習得にはげんだ。

だが、こうした福井での成功も、宗達が西行絵巻物を模写する栄誉を得たという事実の前では色あせて見えた。そうして新たな勝姫の絵巻物の注文も、ありがたい反面、画題を固定させられる不自由さに、内心では飽き足りなさを感じるのだ。

それに西行は又兵衛が好きな歌人のひとりだった。かれの人生を物語絵にすることは、たとえ模写でも夢だった。本多富正の注文が、おれにまわらず京の町絵師にとられた。それも京の権大納言烏丸光弘との縁だという。そう思うと、今さらながら京を離れた悔しさがこみあげる。だが宗達の運の強さをうらやんでどうなる。京を離れたとき、京の絵師であることをあきらめた。それに本阿弥光悦《ほんあみこうえつ》や烏丸光弘といった徳川幕府、朝廷に縁の深い連中に、忠実に仕える宗達のような生き方は、とうていおれには我慢ならない。だがアクの強い本阿弥光悦の和歌の書の下絵を描かされても、宗達の絵はたえずおのれ自身であった。むしろ光悦を圧倒して、にやりとその存在を主張していた。

宗達の、特徴のあるもっこりした人物や風物の濃厚な線描、誰にも真似のできない鮮やかで豊かな色彩、さらにとんでもない意匠の奇抜さ、そのどれをとっても宗達でしか表現できない世界なのだ。これまで宗達のことは気にはなっていたが、正直忘れていた。

だが西行物語絵巻のことで、あらためて強烈な競争心をかりたてられた。

部屋の戸が細く開いて、

「又兵衛、何があった？」

道平がのっぺりした顔をだした。

「宗達に、してやられた」

又兵衛はしぶしぶ宗達とのことをしゃべった。

道平は徳利から又兵衛の盃に酒を注ぐと、

「宗達が法橋になれたのも烏丸光弘が朝廷に働きかけたせいだ。あのまま京に残っていたら、おれだって烏丸に口をきいてやれた」

道平は悔しそうに言ったが、眉間に皺をよせて黙りこんでいる又兵衛を見ると、

「まあ今さら何を言っても過ぎたことだ。だがお前がいつまでも勝姫の復讐なんぞにつきあっていられん気持ち、分かる。そんな執念があるなら、いっそ好きな男の尻でも追いかけたほうがよっぽどましだ。少しは源氏物語の女たちを見習えというものさ」

自嘲的に笑うと、

「だがな、京の醍醐寺の花見とまではいかんが、福井にだって城の堀にはソメイヨシノが乱れ咲く。結城秀康公が城を造った際、京からわざわざとりよせたそうだ。秀康公も哀れだな、京がよほど恋しかったと見える。せいぜい秀康公をしのんで花見としゃれこもう」

京に未練があるのは道平もおなじだ。

「又兵衛、工房は紀三郎にまかせて安心だ。いずれ勝重が跡を継ぐ。おまえは描きたいものを描けばいい。そうだな、さしずめ、このどうしょうもない世の中を描けばいい。なに、絵師はこの世の真実《まこと》を描くって？　真実、そんなものがあったら、せいぜい拝ましてもらいたいもんだな」

道平は盃を一気にあおった。目じりに涙が光っている。

「又兵衛、飲もう。……夢の夢の夢の世を　うつつ顔して　何せうぞ　くすんで　一期《いちご》は夢よ、ただ狂え……」

京の巷で流行っていた俗謡を、酔いにまかせて口ずさんだ。

又兵衛はひとりになると白紙をひろげた。

下弦の月が雲間に見えている。笠と杖を手に、笈《おい》を背負った旅僧姿の西行が、月を見あげている。顔には深い皺が蜘蛛の巣のようにはりめぐらされ、墨染の衣も長旅にくたびれている。かつて北面の凛々しい武士であった面影は、どこを探しても見あたらない。

(月見ばと　契りおきてしふる郷の　人もや今宵袖ぬらすらん)

西行の歌を墨で書くと、又兵衛はごろっと床にあお向けた。

十五　心願の死

又兵衛の工房は活気に満ちていた。

浄瑠璃物語を仕上げた自信からか、紀三郎の新たな絵巻物にかける意欲は並々ならぬものだった。紀三郎の部屋には夜通し灯がともって、連日おびただしい下絵が描かれた。そんな紀三郎の傍らには常に勝重がいた。勝重は十五の若者になり、身体つきこそ細いが背丈は又兵衛と並ぶまでに大きくなっていた。

「父上、小栗判官物語、この絵巻物こそ後世に残る傑作となりましょう」

「そうか」

「まず話の筋がおもしろい。ですが、教訓にとんでおるのです」

勝重は、教訓の言葉に力を入れて得意そうに又兵衛を見た。

勝重は妙の影響か、十五にしては信心深く生真面目すぎる。むろん、女のうわさもない。

「母上などいたく感心してありがたがっておられます。これも仏教の説話節を絵巻物とした紀三郎ならではの知恵です」

説教節とは、中世以後、仏教の教えを説き、社寺の本地や霊験を庶民に親しみやすく語る、それも餓鬼弥陀《がきみだ》など陰惨《いんさん》、悪趣味な姿を好んで取り入れた説話集である。

単なる仇討を一歩すすめて、因果応報《いんがおうほう》の説話節にしたのは紀三郎の好みだ。本願寺の支院にかくまわれていた頃、読み物といえばそうした説教集ときまっていた。小栗判官の物語を紀三郎に話して聞かせたのも又兵衛である。話の筋は、ざっとこんなものである。

主人公の小栗は、二条大納言兼家が鞍馬の毘沙門天《びしゃもんてん》から授かった申し子である。だが青年になっても難癖つけて嫁をとろうとしないばかりか、美女に化けた大蛇に誘惑されて契ってしまう。怒った父により小栗は常陸国に流される。

小栗はそこで武蔵、相模両国の郡代横山の娘照手《てるて》姫をみそめて、秘かに結ばれる。

郡代横山は自分に断りなく小栗が婿入りしたと怒って、小栗を毒殺する。照手姫も相模川に沈められようとするが、観音の加護で村君の太夫に救われる。ところが太夫の老妻に憎まれ人買いに売られ、遊女にされかかるが、こばみつづけて酷使される。

一方小栗は、閻魔大王《えんまだいおう》の計らいで娑婆《しゃば》にもどされるが、白髪、手鞠のような腹の、みにくい餓鬼阿弥陀仏の姿に変えられ、藤沢の上人に渡される。

そこへ照手姫が偶然通りかかり、餓鬼阿弥陀を見て心を動かされる。照手姫は苦労してやつれても美しい容貌だったため男に乱暴されることをおそれ、狂人のふりをして小栗をおって熊野に着く。熊野の湯につかった小栗はもとの姿にもどり、そこで照手姫と再会する。

あとは小栗の壮絶な復讐劇で、郡代横山を鋸《のこぎり》引きにする光景など、血みどろの惨劇がこれみよがしにつづく。その後、常陸にもどった小栗は八十三歳で大往生をとげる。神仏が一ヶ所に集まり、小栗を巣野俣《すのまた》の八幡宮の神体に祀ることをきめる。照手姫はその近所に契り結びの神として祭られた。

勝重は主人公たちが神として祭られる結末を、

「勝姫さまも、きっと気に入られます」

きっぱりと言いきった勝重の口調が、おどろくほど紀三郎に似ている。

「そうか」

絵にかまけて勝重の世話は紀三郎にまかせっきりだった。

自分が十五の頃には、傾《かぶ》いた衣装で京の町を闊歩《かっぽ》して、酒を飲んでは女の肌におぼれた。だが勝重はもの心ついたときから遊び場といえば工房で、薄暗い土間で木炭をにぎって日がな一日絵ばかり描いて過ごしていた。あとは城下の店を往復するだけで、しかも妙の才覚で店は繁盛する一方だから、勝重は寂しがってじきに工房に帰りたがった。工房では紀三郎がいたし、下働きの辰蔵はいい遊び相手だった。

面倒見のいい紀三郎は弟子たちの信頼も厚く、膨大な絵巻物を手がけるうちに、かれの画風も一層円熟味をましてきた。華やかな京の表の顔と、陰の部分も身にしみて経験してきた紀三郎が描く色彩は、現実の憂さを忘れるかのように華やかなものだった。

勝重はそんな紀三郎の表面にあらわれた華麗な色彩に心酔している。

だが勝重は刺激のとぼしい福井で、それも工房と店の間を往復することだけで成長したせいか、十五の若さではやくも老成しかかったような人生観を持っている。抹香くさい中世の説話節など、活《かっ》気凛々《きりんりん》、溌剌《はつらつ》とした若者の情熱などには無縁の世界ではないか。

だがそうしたのは自分かもしれない。

勝重のことは妙や紀三郎にまかせっきりだった。しかも折につけ脳裡に浮かぶのは、不幸のうちに死んだ琴江と村満であり、ふたりへの贖罪《しょくざい》に激しく自分を責めたててきた報いが、勝重から青年らしい暴走や熱気すら無縁な世界に誘うことになったか……。

だがそうしていつまでも死んだ人間との過去を引きずることは、結局自分の気持ちにしか拘泥しない、いわば自分の傷をいつまでも舐《な》めて癒《いや》されようとする、自己保身でしかない。身近にいる妙や、勝重の満たされない心を思うと、それがいかに惨いことであったか。

又兵衛は、いつか勝重の習慣ともなった、眉根をぎゅっとよせ、両手で頭をかかえ首の骨をぽきぽき鳴らす癖を見ながら、暗澹《あんたん》たる気分で工房をでた。

雑木林の道をぬうように興宗寺への道を急ぐと、そのまま心願の座敷に向かった。

弟子の話では、心願はこのところ心の臓が弱って臥《ふ》せりがちだという。

「ご坊、いかがかな、ぐあいは」

又兵衛は心願の紙のように血の気のない顔を見ながら、枕元に座った。

「ああ、又兵衛どのか」

心願はおち窪んだ眼を薄く開けて、又兵衛をぼんやり見た。ふくよかな頬は刀で削がれたようにこけて、ひび割れした唇のまわりには白い髭がまばらに生えていた。

「夢を見ておった」

「どんな？」

「真田栗毛に乗られた忠直公と、黒毛の手綱をにぎった又兵衛どのが、鳥羽野の荒野を駆けていく光景じゃ」

「……」

「殿は、剃髪《ていはつ》され、丸坊主でござった」

豊後に行くとき、敦賀の寺で忠直は出家した。

「又兵衛どの」

心願は布団の中からふるえる手をさしだすと、

「すまん、福井になど無理やりおつれして」

「なんの、工房をもてたのも心願どののおかげじゃ」

又兵衛は骨と皮のように筋張った心願の手を両手で握りしめる。

「だが御用絵師ではない。それだけが心残りじゃ。せめて眼の黒いうちに……」

「心願どの、もとから御用絵師など柄ではなかった」

「せめて勝重どのの代には御用絵師に取り立てられるように、ご家老にはお願いしてござるが」

あとは喉にタンがつまったか、苦しげにゼイゼイ咳きこむばかり。

「心願どの、よう分かった。だがもう休まれたほうがよい」

心願のふるえる手を布団の中に入れると、又兵衛は涙をこらえて静かに座敷をでた。

雑木林の間をぬって歩いていると、どこからか梅の花が香ってくる。

不意に小鳥の鳴き声がして小枝がゆらいだ。

(心願どの……)

あの夏の暑い盛りの日、本願寺の長い回廊の角で鉢合わせした。丸々とした肉厚な頬に、悪戯っ子のような眼を光らせて、又兵衛の前に墨染の衣をなびかせて立っていた。

心願はその日から、まるで風のように又兵衛の心にすべりこんだ。あたかも血をわけた肉親のような自然さで、又兵衛の苛立った神経を鎮めようとしてくれた。

それにひきかえ、実父であるとされた荒木村重とは、堺の屋敷で対面したものの、死ぬまで関係は冷ややかなものだった。その後、村重が死んでも、又兵衛の素性だけがひとり歩きした。

織田信長に真っ向から叛逆し、一族を全滅させた荒木村重の奇跡の忘れ形見、しかも、母だし殿は信長の手あかのついた女で、当時石山本願寺を攻めあぐんでいた信長が、摂津領主、荒木村重を懐柔《かいじゅう》するための政略に、村重の側女にあたえた。いやいや、それはだし殿の姉のことだとか、世間は面白おかしく騒ぎたてたが、ともかくそれら浅ましい出生のうわさは、その後の又兵衛の人生に影のように貼りついてきた。

その村重も、太閤秀吉に許されお伽衆として秀吉を大いに笑わせ道化を演じたが、最後にはついに道化の面をはぎとり、秀吉の怒りにふれ足蹴りにされ、失意のうちに死んだ。

おれも、道化だ。信雄のお伽衆として絵を描かされ、座興の酒の肴にされ、面白おかしくはやしたてられた。最初は内心忸怩《じくじ》たる鬱憤に苦しんだが、そのうち開きなおった。

道化を演じて好き勝手に絵を描ければ、それこそ望むところだ。笑った連中に高く買いとらせてやればいい。すると、かすかに気持ちが楽になった。

だが、最後まで悩まされたのは、荒木一族の武士の系譜である。長兄の村次が死に際まで、又兵衛に託した一族の再興の願い、それを無下に切り捨てるには躊躇《ためら》いがあった。

心願だけは、おれの道化に気づいて、揺れ動く気持ちを分かってくれていた。

だから京にいられなくなったとき、おれは都落ちの侘しさに狂いたいほど憔悴したが、結局心願を信じて北ノ庄までやって来たのだ。

まもなく梅雨の季節になった。毎日降りつづける雨と異常なほどのむし暑さにみまわれた。工房では弟子たちが額に手ぬぐいを巻いて、滴り落ちる汗をとめていた。

大事な下絵に絵の具で色をつけていく、神経のはる作業の真っ最中だった。

又兵衛は、さっきから長い「小栗判官物語」絵巻物を、端から丹念に点検しながら、物語の展開に非常な注意力をはらって見ていった。途中巻を重ねるに従い、どうも人物の表情やら動きに明らかな違いがある。紀三郎にたずねると、めずらしくうろたえた。

「誰が描いた？」

「すみません、辰蔵です」

「辰蔵？　……あの男が、この小栗の顔を描いたというのか」

又兵衛は一瞬うなった。描線は（又兵衛風）だが、どこか強烈で、濃密さを感じさせる。

工房の隅を見ると、辰蔵が心配そうに紀三郎と又兵衛を見ている。

「紀三郎、おまえが教えたのか？」

「というより、辰蔵は師匠と京にでてから、どうも様子が変で」

紀三郎は口をつぐんだ。

「知っておる、だが落ちついたのではなかったのか」

「それが、絵です、絵を描きたくなったと」

紀三郎は鼻の頭に汗を浮かべ、あわててつけ足した。

「いえ、うそじゃありません。夜になると秘かに下絵を模写している姿を見た。これが意外に巧くて、ためしにこの十五巻のこの一ケ所だけ、描かせてみたのです」

「なるほど、それがこの小栗の顔か」

「はい」

「紀三郎、辰蔵にも、きちんと基本から仕こんでやれ」

「えっ」

叱られる、とばかりに覚悟していた紀三郎は、顔をくしゃくしゃにした。

「親方！」

辰蔵が叫んで又兵衛の前に跪いた。

「辰蔵、水を一杯くれ」

「へえ」

辰蔵は大きな体で土間の水甕《みずかめ》に走ると、湯呑になみなみと水を運んできた。そのとき、工房の戸が勢いよく開いた。

「大変です。急いでくだされ」

興宗寺の下男が血相変えて飛びこんできた。

「どうした！」

下男は眼をつりあげ、声にならない叫びをあげ又兵衛を見ると、あたふたと駆けだした。

長い回廊を走って部屋の障子を開けると、仰臥《ぎょうが》している心願が眼に飛びこんだ。

香が充満するなかに心願の内室と子息が肩をおとしていた。

「心願どの！」

又兵衛は枕元にかけよった。眼の前がくらんだ。一瞬これは夢だ、夢の中の出来事だ、と自分に言い聞かせた。

「息をひきとるまで、又兵衛どのと呼ばわって……」

内室の言葉に、又兵衛ははっと我に返った。不意に頭の中が真っ白になった。

「心願どの……」

又兵衛は枕元に膝を折ると、獣じみたうめきをもらした。

十六　目安箱《めやすばこ》

心願が死んだ翌年の秋、又兵衛の工房に手紙がとどいた。見ると畑中にある専修寺からで、お願いしたいことがあり寺までご足労いただきたいと書いてあった。

「はて、専修寺？　どこかで聞いたような」

又兵衛はしきりに思いだそうとするが、どうも浮かばない。

「寺であればまず絵の注文でございましょう。水墨画、三十六歌仙図、あるいは和漢故事説話図など、師匠の絵は評判になっております。おおかた、うわさを聞いてのことかと」

「父上、そうだと思います。どうもお殿さまの注文ばかり待っては工房もなりたちません」

勝重が大人びた表情で相づちをうつ。

金屋屏風以来、金屋平四郎の紹介もあって、地元の豪商あたりから絵の注文がきている。花見遊楽図も屏風に仕立てられ、平四郎の斡旋で裕福な商家におさめられた。

これに寺社がくわわれば、さらに大量の注文が期待できる。

「父上、とにかく身なりを整えておでかけくだされ。紀三郎、駕籠を呼んでくれ」

紀三郎は勝重を頼もしげに見ると、辰蔵を呼んだ。

まもなく駕籠にのる。山を越えてかなりの時間が経った。

やがて潮の香がしてきた。駕籠から降りると、陽はすでにかたむきかけて、豪壮な大伽藍に西日があたっていた。大門の庫裡に案内されると、寺僧が待っていた。

「お久しゅうございます」

そのしなびた顔を見て思いだした。

忠直と越廼の海岸まで遠駆けしたとき帰りに立ちよった。

「余が再興させた専修寺だ」

忠直の声がなつかしく耳によみがえる。寺が自分を呼びだしたのは忠直の縁か、そう思うと急になつかしさがこみあげた。

茶菓でもてなされたが、寺僧はなかなか用件を切りださない。仕方なく又兵衛は勝手にこの寺にふさわしい画の構想を立てはじめる。

寺だからといって水墨画や因果応報の説話などは月並みだ。さしずめ中国の故事にちなんで、牛車ならず象に車をひかせた晋武帝の画など、案外面白いかもしれない。

いや、それより平家物語の鵯川の軍団、近藤師経と寺僧の乱闘なんか、痛快だ。それとも平清盛の御前で白拍子を舞う祇王など哀れをさそっていいかもしれん。思わずにんまり顎をなでていると、寺僧がようやく本題をきりだした。

「又兵衛どのもご存知と思うが、当寺は伊勢の一身田《いっしんでん》専修寺と、長いこと本山争いをしてまいった」

又兵衛は肩すかしにあったように眼を瞬いた。そういえば、忠直からちらっと聞いている。ここ畑中専修寺と伊勢の一身田専修寺との確執は長く、かれこれ五十年も続いている。

両寺は親鸞を宗祖とする真宗高田派だが、親鸞の門弟真仏を中心に下野《しもつけ》高田の如来堂によった信徒を高田門徒と言ったのが始まりで、ご本山は下野国専修寺であった。

ところが親鸞から数えて十世真慧《しんえい》のとき、下野一帯は土一揆が起こり、真慧は逃れて伊勢におちのびた。そこで一身田無量寿院（のち専修寺となる）を建て、後継者には当時十三歳だった実子の応真を指名した。ところが応真は仏門より武芸を好み、その後専修寺住持職を辞退した。真慧はやむなく後柏原天皇の猶子《ゆうし》、常盤井《ときわい》宮、真智をむかえて法嗣《ほうし》（後継者）にした。ところが真慧が死ぬと、息子の応真は法嗣を狙って、真智を追いだした。

真智は越前に逃れ、守護の朝倉氏をたよった。朝倉氏の援助で熊坂に専修寺を建てた。これを機に、越前と伊勢は、高田専修寺本山をめぐって長い論争に入ったのである。

真智が死ぬと、熊坂専修寺は急速に勢力をなくし没落した。

その後、北ノ庄に入府した結城秀康から寺地をうけて、丹生郡畑中に大伽藍を造った。それが、ここ畑中専修寺である。

「忠直公は越廼にまいられた際には、かならずお寄りくだされました」

「そうでござったか」

「そこで、又兵衛どのにあらためてお願いしたいことがござって」

「はあ？」

「又兵衛どのの和漢の教養の深さは、京の本願寺でつちかわれたとか」

「そりゃまあ」

「絵も達者だが、文章、書道にも秀でておられる」

「さほどではないが」

「できれば忠直公がご健在のおり、決着をつけたかった。真宗高田派の本山は、ここ畑中の専修寺である。伊勢の一身田などの横暴を許すわけにはいかんのです」

「なるほど」

どうも話が読めない。絵師の自分に何をしろと言うのだ。

「いずれ幕府に訴訟を提出するつもりですが、そのためには何としてでも藩の援助をたまわりませんと」

僧はここでひと息入れると、

「藩主忠昌公へ、目安箱に投書してお願いしたいのです」

「なるほど、よい考えですな」

「又兵衛どのも、そう思われるか」

僧は勢いづいた。

「又兵衛どの、その役目、ぜひとも引き受けてくだされ」

「なんと、言われた？」

「忠昌公がなるほどと感心されるように書状にしたためていただきたい」

「またれよ。わしはただの絵師だ。さように重要な文書なら、むしろ寺が責任もって書くべきではないか」

「ごもっとも、ですが寺にも事情がござって」

寺僧は頭をかいた。

目安箱への投書は本名を書くことになっている。寺では訴訟に敗れた後の責任問題のため、誰も書き手がなく、そこで又兵衛に書かせようと白羽の矢があたったのだという。

「ご坊はどうも買いかぶっておられる。わしは絵を描くより能のない男だ。断る」

「どうでも、引き受けていただけませんか、むろんそれなりの報酬を」

「銭の問題ではない」

「そこをまげて、この寺のことは、忠直公もひどく案じてくだされた」

またもや忠直公か。たしかに忠直はこの寺に愛着をもっていた。

「それに、いずれ決着がついたら、寺でも又兵衛どのに絵を注文したい。なに画題など、むろんお任せして、たとえば太平記とか」

（太平記か）又兵衛は喉をうならせた。

太平記は京にいた頃から夢中で読んだ。とりわけ怪力の本性房が大岩を高だかと持ちあげ、敵の軍団に投げ込む場面は痛快で、一度は描きたいと思っていた。

（これも忠直との因縁と思えば）忠直が書いてくれと頼んでいるような気がしてきた。

「わしでよければ」

「受けてくださるか」

すかさず新しい茶菓が運ばれてきた。

「詳細はこれにて」

何とも手まわしがいい。おびただしい資料を風呂敷に包むと、ふたたび駕籠にのった。どうも気が重い。だが引き受けた以上は書くしかない。

夜道の山越えのせいか、担ぎ手が何度も交代するようで、駕籠が城下の店に着いたのは深夜をまわっていた。部屋には道平が酒を飲んでいた。又兵衛を見るとおどろいて、

「どこに行っておった」

又兵衛が畑中の専修寺と答えると、「襖絵か、それとも天井画か?」と、酔った眼をむけてきた。忠昌への目安箱への代筆だと言うと、冗談だと思ったのか噴きだした。

だが事情を聞くと、

「勝ち目がない。止めとけ」

「どうしてだ」

「いいか、宗祖を親鸞とする真宗は十派もある。西本願寺を本山とする浄土真宗本願寺派、東本願寺を本山とする真宗大谷派、専修寺を本山とする真宗高田派もそのひとつだ。おなじ教義をとなえても、坊主の世界も権力争いとなると熾烈《しれつ》だということさ」

かつて本願寺の教如は弟の准如との後継者争いに敗れて、家康を頼って東本願寺を建てた。本願寺が東西に分裂した瞬間だった。

又兵衛が資料をぱらぱらめくっただけでも、越前、伊勢の専修寺の本山争いも、朝廷、室町幕府など、時の権力者は請願のたびに、綸旨をあたえ、または承認してきた。

「ということは、幕府に訴訟を訴えても、こればかりはその時の力関係、しかも負ければ寺は存続で

きない。むろん絵師のおまえの立場だって微妙になる。そんな危険をおかしてまで引き受ける義理でもあるのか？」

道平の言うとおりだ。まんまと坊主にだまされた。だが引き受けた以上は書くしかない。

「まあ、いよいよ面倒になったら、手を貸してやる」

「どうした、えらく機嫌がいいじゃないか」

そこへ妙が酒を運んできて、

「道平さまはこのところ若いお嬢様がたに、和歌や書道の手ほどきをなすって、それはそれはご機嫌なのでございますよ」

ひやかすように笑った。

「ほう、それはなにより」

「茶化すな、二条道平、正真正銘の京の公家の出である。妙どののふれこみが功をそうした。嫁入り前の娘をもつ城下の裕福な商人どもが眼の色を変えおってのう」

「若くて美しいお嬢さまばかりがお相手で、道平さまの鼻の下ものびっぱなし」

妙がからかいながら道平の盃に酒を注ぐ。

「たかが町娘、わしもおちぶれたものだ」

「何をおっしゃる。町娘もなかなかだ、そのうち豪商どもから、ごっそり絵の注文が入る。そう自慢しておいでだったのは、どこのどなたです」

妙にぴしゃりと言われて、道平は情けなさそうに首をすくませた。

城下の店にとどまり三日かけて書きあげた。資料をきっちり読んで、快心のできあがりである。その夜は道平と祝盃をあげて、久しぶりに熟睡した。

翌朝鼻歌まじりで工房に行くと、紀三郎と勝重が朝飯を食っていた。

「父上、お帰りでしたか？」

又兵衛が専修寺から帰らぬので、ふたりとも心配していたようだ。

「それでご用のむきは？」

「目安箱に投書する文書をたのまれた。だがもう書いたから心配するな」

「目安箱？」

「父上、まことですか？　目安箱などお殿さまへの直訴《じきそ》ではないですか」

「さほど大げさではない。越前専修寺が本山だと資料を読んで書いただけだ」

「しかしお殿さまはどうあれ、ご家老の本多さまが黙ってはおられますまい」

「むっ」たしかに、本多は投書の主が又兵衛と分かれば嫌な顔をするだろう。

しかも専修寺は初代秀康、忠直がひいきした因縁の寺でもある。

「だがその代わりといっちゃなんだが、訴訟が成功したら絵を描かせてもらえる」

「訴訟！　専修寺はまさか幕府に訴えでるつもりですか」

「そうだ。目安箱はその下準備だ」

「父上、ご自分が何をなされたか、お分かりか。工房にも店にも一切かかわりのない事件に手を貸して、お殿さまの怒りにふれたら」

「案ずるな。工房とは関係ない」

「しかし」勝重はきっと唇をかみ、なおも又兵衛に食ってかかろうとする。

「もうよい。それより仕事だ。紀三郎、小栗判官物語はこれからが勝負だ。弟子たちにも気をぬくな、そう伝えよ」

又兵衛はふりむきもせず工房をでていった。

その後ろ姿を勝重の憎悪のこもった眼が射るように追いかける。

「勝重さま、師匠の言うとおり、まだまだ長い工程が待っています」

紀三郎がなぐさめると、勝重は不意に泣きだした。

「紀三郎の言うことは百も承知だ。絵巻物がどんなに手がかかるか、描写は、下絵が施され、それをもとに描線を描いて彩色する。その上で表情や文様などをあらわす描線が加えられて、やっと仕上げに入る。気のぬけない緊張の連続だ」

勝重が言うのは描き起こしの技法である。

顔貌表現を見ると、顔の輪郭線から目鼻立ち、眉、唇、耳、髭や髪の生え際を線描で表現した後に、肌の色を胡粉や丹で施す。さらに眼の上まぶたの線と黒目、上唇と下唇の閉じ側の線を必ず墨で再度描き入れる。こうした彩色後の描線の描き入れにより、顔の表情がより明確になってくる。

これはほんの一例だが、工房では、こうした又兵衛風の制作技術の訓練が統一的になされて、弟子たちの中にはあまりの厳しさに耐えられず、夜中に逃げだすものもいるほどだ。それでも山中常盤物語の当時は十名の弟子しかいなかったが、いつのまにか三倍にもふくれあがって、かなりの大所帯になっている。

「紀三郎、わたしは父上のあみだした手法を尊敬している。又兵衛風があって工房ははじめて成り立っている。だが工房も父上のはじめられた頃とは比べようもない規模になった。父上のような採算を度外視してまで絵にこだわる態度は、絵師としては立派だ。だがそれでは忙しいだけで、利益がうすい。下手すると元値を割りかねない」

それなのに、目安箱への投書など、工房を危険にさらすことを平然とやる。

紀三郎には勝重の苛立ちが分かる。

たしかに絵巻物の詞書ひとつとっても、又兵衛は青蓮院流を学んだ専門の能筆家を道平にさがさせ、気前よく銭をはらって書いてもらう。おまけに絵巻の表紙を飾る裂は、地を縹《はなだ》色の繻子織とし、萌黄、白、紅、茶の緯糸を浮かして亀甲花菱文に向鶴丸文と、美しい織り文様としている。また見返しと軸巻紙には、紗綾形文の金箔型押しの装飾紙を用いるなど、又兵衛のこだわりは銭がかかることばかりなのだ。

紀三郎は工房の責任者として苦労しているから、勝重の不満も分かる。

だがやっと十九歳になったばかりの勝重が、絵への貪欲な挑戦より、採算を重視する姿勢には、絵師としての物足りなさをおぼえてならない。

紀三郎は、今でも京の内膳の工房で、又兵衛の洛中洛外図屏風絵を見た衝撃を忘れることができない。この憂き世を、市井の人びとは憂さを吹きとばす熱気で、じつに活き活きと楽しんで暮らしている。貧乏な百姓のため、妹のお君が遊女に売られた、紀三郎には呪ってもあきたらない憂き世の苦痛にみちた現世を、又兵衛はもののみごとに笑いとばして、生きる力をくれた。勝重は、工房がやっと軌道にのりだした時期に青春期をむかえた。銭、銭と騒ぐわりには勝重は食うにも絵を描く環境にも困ったことはない。貧乏ゆえの屈辱も、かれの経験にはない。勝重に不幸と呼べるものがあるとしたら、強烈な個性の又兵衛の息子だということだ。勝重にはかれが独自に感じる絵の世界があっていい。むしろ、それが絵師としての勝重の成長になる。だが巨大になった工房の若き後継者として、勝重はあくまで又兵衛風の絵を踏襲することが第一に要求される。勝重が本能的に抱いている内心の焦慮、あがきは、彼についてまわる宿命なのかもしれない。

「勝重さま、さあ弟子たちが待っていますよ」

紀三郎は、はげますように勝重の背中を押した。

第三章　江戸

一　又兵衛、江戸に行く

年があけた三月、又兵衛は福井城の西にある大名小路の一角を歩いていた。城下の本多富正の家老屋敷についたのは、約束の八ツ半（午後三時）をすでに過ぎていた。

取次の用人ははじめての顔だが、警戒するようすもなく又兵衛を座敷にとおした。

まもなく本多があらわれた。渋い茶の着流しに羽織をまとったくつろいだ姿である。

「又兵衛、ひさしぶりだな」

しばらく見ぬ間に本多の頭は白髪になっていた。痩身に、頬骨の高い顔にも皺が目だつが、射ぬくような鋭い眼光は健在だった。

「ところで、又兵衛、そちは文筆にも才があるようだな」

「はっ？」

「目安箱への投書だ。寺の紛争にかかわるほど、畑中の専修寺とは懇意にしておるか」

「めっそうもございませぬ。ただの代筆を頼まれただけで」

暑くもないのに、背中に汗が流れた。

「伊勢の一身田専修寺《いっしんでんせんしゅうじ》が、幕府に正式に訴えでた」

「えっ？」又兵衛は一瞬息がとまるほどおどろいた。

「安心いたせ。ご裁定まではだいぶ時間もかかろう」

「はっ」思わず畳に頭をこすりつけた又兵衛を、本多は面映《おもは》ゆげに見ると、

「ところで、そちは大奥の荒木の局をぞんじておろう」

「荒木の局？　はて」

「荒木村重の末娘で、荒木村常の養母だと聞いておる」

「村常！　かれは生きておりましたか？」

「わしもくわしくは知らんが、たしか細川光利どののご家中にいるとか」

「肥前国熊本藩の？」

「さよう、だが江戸におるようだ」

又兵衛は眼がしらが熱くなった。村常は細川家に仕官して無事だった。村満が死んでからは音信も途絶えていた。夢を見ているような心地だ。

「又兵衛、江戸に行かぬか」

「はっ？　いまなんとおおせで」

「此度《こたび》将軍家光公のご息女千代姫さまが、尾張徳川家の光友さまに降嫁されることとなった。その装

具をつとめる絵師に、そちの名があがった。荒木の局の推挙だ」

「しかし、江戸には狩野探幽、尚信兄弟が幕府の御用をつとめておると聞きますが」

「だが探幽らはしばしば京におもむいて、二条城、大徳寺など、御殿や寺院の仕事をこなしておる。さらに諸国の大名も城や屋敷の普請にかかり、絵師の数は不足しておる。ところで又兵衛、そちはいくつになった？」

「五十七歳、まもなく六十路《むそじ》になります」

「そうか、もうそんなになったか」

「かれこれ十九年、いささか長く腰を落ち着けてしまいました」

「そうだな」本多はしばらく考えていたが、

「又兵衛、江戸に行ってくれぬか。殿は将軍家光公とは従兄弟の間でもあり信頼もあつい。荒木の局の背後には大奥の実力者春日局《かすがのつぼね》も控えておられる。おろそかにはできぬ」

本多は穏やかに言ったが、相手に断る隙もあたえない押しつけがましい口調だった。

なるほど江戸か……、だが又兵衛の胸には意外なほどしっくりとその言葉がしみた。

かつて小田原征伐の陣営に又兵衛も織田信雄《のぶかつ》の小姓として後方にいた。信雄の軍監だった蒲生氏郷を訪ねてきた細川忠興とは面識もある。いずれも千利休の高弟で、とりわけ一番弟子の氏郷の人徳を慕って、忠興はその後も姿を見せた。

その忠興の妻は明智光秀の娘で石田三成に殺されている。春日局はその明智光秀の重臣斉藤利三の娘であり、細川家とは親密な間柄だ。さらに荒木村次の妻は明智光秀の娘であり、荒木一族とも縁が深い。荒木の局が大奥にあがった経緯は分からないが、春日局との縁を思うと、村常の細川家への仕官もふくめて、又兵衛には納得できるものだった。

それに、村常が生きて江戸にいると知ったら、一刻も早く会って村満の最期のようすを聞いてみたい。それに徳川家康が築いた江戸を、死ぬまでに一度ぐらいは見ても損はない。

腹は決まったが、本多の言いなりになるのも小癪《こしやく》だ。

「どなたのご推挙にしろ、手前のような年よりには、いささか荷が重いことで」

「そちは狩野派でも土佐派でもない。いかようにも描けるのが強みだ。工房が心配か？」

「いえ、工房は息子の勝重や腕の立つ絵師がひかえておりますれば」

「そうか、よう申した。これはわしのいちぞんで福井藩はあずかり知らぬことだが、江戸に行くからには肩書ぐらいないと具合が悪かろう。御用絵師として送りだそうか」

「いえ、又兵衛、これまでも町絵師として好き勝手に絵を描いてまいりました。どうもその癖がぬけませぬ」

本多は薄目で皮肉に笑うと、おもむろに立ちあがった。

「あい分かった。出立の具体的日取りは、おって沙汰いたす」

城下の店によると道平がちょうど手習いから帰ってきたところだった。

「どうした、ご機嫌だな」

「道平、わしと江戸に行こう」

「江戸？　なにを寝ぼけたことを」

「ご家老から言われた」

「まことか？」

道平は又兵衛の顔をのぞきこんだ。

「まあ、一杯やろう」

道平は又兵衛の話におどろいたが、

「そういうことなら、わしもまいる。又兵衛と道行《みちゆき》とは無粋だが、江戸には小萩もおる」

はやくもその気になって、そわそわしている。

妙が徳利を運んできて、道平と又兵衛の盃になみなみと酒を注ぐと、からかった。

「どうしたのです、道平さま、江戸がどうとか、もう酔いがまわったのですか」

「妙どの、よろこんでくだされ。又兵衛に将軍家の御用が下された」

「えっ、おまえさま、何のことです？」

妙は真顔になった。

道平がかいつまんで上京のいきさつを説明する。妙は神妙にうなずいていたが、

「それで、ほかならぬおまえさまが、江戸に？」

なおも信じられないようだ。

「なに江戸に行くのはわしと道平、それに辰蔵だ。紀三郎、勝重は置いてまいる」

「おまえさまの年で、どうして江戸になど行かれるのです。まさか、おまえさま、江戸に女がいるの

では？　道平さまとしめしあわせて、その女に会いに行くのでは」

「なにを言う。ご家老直々の命令だ。断れん」

「ご家老は心願さまがあれほどお願いしたのに御用絵師にはしてくれなんだ。それを今になって命令するなど、おかしい」

「なに、江戸に行くなら御用絵師の肩書ぐらいはつけてやる、とは言われた」

「えっ、まことに？」

「だがわしはいらんと断った」

「おまえさま、何を考えてござる。せっかくのご家老の申し出です。しかも御用絵師は世襲《せしゅう》、勝重、孫子の代まで岩佐家は安泰になるのです。それを、おまえさまは断った。それで自分一人がいい気になって江戸に行くなど、勝手すぎる。わたしは、ゆるしません」

妙は眼に怒りをにじませ、又兵衛の胸ぐらをつかむと、こぶしで激しくたたきはじめた。

「妙どの、そう興奮なされるな。なに将軍家のお役目など一、二年ですむ。それにわしもいっしょじゃ。心配などいらん」

「それが、心配なのです」

妙にぴしゃりと言われて道平は頭をかいた。

その夜は、報せを聞いて駆けつけた勝重と紀三郎をまじえて遅くまで議論がつづいた。

勝重は、父の江戸行きが福井藩の半ば公認の命令とあって、むしろ名誉とありがたがった。だが御用絵師を断ったことには、眉をつりあげ、顔を真っ赤にして、食ってかかった。

「父上、なんてことを。父上はそれで気がすむでしょう。だが、わたしはどうなるのです。福井で御用絵師になるのが夢なのに、その機会をむざむざご自分の手で捨てるなど、父上の心はいまでも亡くなった村満という義兄上《あにうえ》のことしかないのだ」

「馬鹿を言うな！」

又兵衛はのけぞりながら、声を荒げた。

「さほど御用絵師になりたかったら、自分の腕でとれ」

「そうですよ、勝重、父上にあやまりなさい」

さすがに妙が勝重をたしなめる。

「もうたくさんです。紀三郎、なにをぐずぐずしておる。工房に帰るぞ」

勝重はかん高い声で紀三郎を叱りつけると、襖を勢いよく開けた。

「勝重、待ちなさい」

妙が、叫びながら廊下に飛びだしていく。

道平がため息をはいた。

「やれ、やれ、これじゃあ、荒木の局だの村常のこと、とうてい言いだせんな」

今さら家族の波風立ててまで、荒木一族との縁を大事にするのもどうか。だが自分に江戸行きを決めさせたのは、村常に会って、どうしても村満の最期の様子を確かめたい、その気持ちがあるからだ。

勝重はこれまで一度として腹違いの兄のことにふれたことはない。だが勝重にも見透かされるほど、自分には幼くてして他人の手に渡した村満が不憫《ふびん》で、その死も容易に受け入れられない。村常が生きて無事なら、村満とて、もしやどこかで生きてはいまいか。

又兵衛が実際に江戸に旅立ったのは、それから三年後の寛永十四年（一六三七）二月のことである。

二十年前心願に伴われ北ノ庄に下ったと同じ時期で、春が近いとはいえ湯尾峠には大雪が積もって、又兵衛の一行は難儀した。敦賀の海をながめて西近江路の荒路山を越え、海津の浦から湖西を歩いてその晩は大津に泊まった。囲炉裏端で酒を飲んでいると、ふきなぐる風雨の音がひっきりなしに板戸をおそう。その荒々しさは昔を偲《しの》ばせ、心願がいない旅路の寂寞さをいっそう深くした。

旅立ちの朝、妙は又兵衛に杖を手渡した。それから妙は袂から小さな袋をとりだして、

「おまえさま、この袋の中には蓬《よもぎ》が入っています」

「蓬？」

「これは丹生郡でしかとれない薬草です。怪我をされたらすり潰して、つこうてくだされ。どんな薬より効きます」

「妙！　世話をかけたな。わしも、この年で江戸に行かされるとは……」

「なんの、将軍さまのお仕事とならば、これ以上の名誉はありますまい。勝重にとっても、代々の岩佐家にとっても、箔《はく》がつくというもの、あとのことは心配せず、存分に働いてきてくだされ、のう勝重」

「父上、御留守のことはおまかせください」

勝重はこの五月には嫁を迎える。妙が城下の呉服商の娘と見合いをさせた。年は十六、楚々とした風情の美しい娘で、勝重はひと目見るなり気に入った。そのせいか父の出立にもなごやかな笑顔を見

せている。

「工房は私の命にかけてお守りいたします」

紀三郎はきっぱり言うと、「師匠をくれぐれも頼んだぞ」と、辰蔵をふりむいた。

「はい」

辰蔵は嬉しさを隠しきれずにうなずいた。十六で北ノ庄にきて二十年、辰蔵も壮年の逞しい男に変わっていた。

「なんだ、湿っぽいな。これで永のお別れでもあるまいし、じきにもどってまいる」

ひときわ陽気な道平の一声で、その場の緊張がほぐれた。

いよいよ出立となったとき、これまで気丈だった妙が、

「おまえさま！　かならずもどってきてくだされ」

叫ぶように言うと、又兵衛の胸にひしと抱きついてきた。

囲炉裏の火が赤々と燃えるのをながめていると、妙の肥えた身体の甘酸っぱい匂いが恋しく、最後まで緊張した面持ちで突っ立っていた勝重を思うと、涙がこみあげた。

それでも逢坂山をこえて徐々に京の町に近づくと、野辺には色とりどりの草花が咲き乱れて、そのかぐわしい匂いをかぐたびに、又兵衛の胸も明るさをとりもどしてきた。

「都だ！」感極まった道平の声がふるえている。

又兵衛も五条大橋からなつかしい都をながめた。以前とは比べようもないほど人家が立ち並び、橋の下まで軒並に商家がにぎわっている。そこから五条寺町通の雑踏にはいると、すれちがう人々の着

飾った姿や晴れやかな顔には、かつて長い戦乱に家を焼かれて逃げまどった痕跡もなく、泰平の御世を楽しむ気楽さが見えた。

四条河原に降り立つと、八つ半（午後三時）だというのに早くも観客で混雑していた。操り人形、珍獣の見世物興行、美しい若衆踊りに遊女踊りと、観客の気をひく三味線、太鼓、囃子の音が響きわたって、幕の中に男女がぞろぞろ吸いこまれていく。

「変わらんな、なにもかもが昔のままだ」

道平の眼に涙が光っている。又兵衛はうなずきながらも、若い頃一緒に遊んだ放埒《ほうらつ》たる気分はなく、むしろわずかな銭を得んがため、珍奇な工夫をこらして汗だくに演技する芸人たちの必死な骨折りが、身につまされて哀れに思われた。

（越前で無為に年をかさねてすっかり老いてしまった。世の中をわたるほど悲しいことはない。むかし見しかた恋しく忍びかねて訪れた都だが、昔日のときめきも薄れた。歳月とは時に惨い仕打ちをするものだ）

そんな又兵衛の感傷をしりめに、道平がそわそわしながら言った。

「又兵衛、わしはこれから六条三筋町に行って紀三郎の妹の消息をたしかめてくる」

「そうか、頼んだぞ。わしはこれから内膳と琴江の墓にもうでる」

「おっ、ではそういうことで、二条の油小路の宿で落ちあおう」

又兵衛は辰蔵をつれて建仁寺の前をとおり、近くの森の鶴の林に行った。南の鳥野辺に紫の煙が立ちのぼっている。雑草を踏み分けていくと、眼の前に小さな池がひろがって水際に鶴が数羽降りていた。近づいても飛び立つ気配もない。内膳と琴江の墓は雑草にうもれていた。辰蔵はていねいに雑草をぬいている。又兵衛は線香と山藤の花をたむけた。

（もう詣でることもあるまい）又兵衛はあふれでる涙をぬぐおうともせず、のろのろと歩きだした。

方広寺の大仏殿から豊国廟にまわるが、さすがに訪れる人とていない。豊国廟の建物は徳川家康の手で解体され、一部は琵琶湖の竹生島に運ばれたともいう。

北野の松林を訪れる。黄金の茶室で金襴の羽織袴の太閤秀吉が茶を点てる。十歳だった又兵衛は、鼠色の道服をきた坊主頭の千利休に手をひかれ、秀吉の前にだされた。

黒く縮んだ顔をした小男の秀吉が眼をむいて、すかさず破顔した。

「ほう、蟻一匹はいでる隙もにゃあ有岡城から、生きてでられた！　まさに奇跡の子じゃが」

脇にいた蒲生氏郷、細川忠興、古田織部の笑いさざめく姿が、松林の濃い緑の間からあらわれる。

（久しからぬ　命のうちにさかえおとろへを見ることこそ　あはれなりけれ）

又兵衛はしばし感慨にふけると、杖を片手に、二条油小路の宿に向かった。

宿といってもそこは大徳寺の僧、文室宗周の知人の別宅だった。通り一本入った閑静なたたずまいで、又兵衛は宗周との再会に涙をにじませた。

道平は翌朝白粉の匂いをぷんぷんさせてあらわれたが、お君の消息は分からなかった。

十日ばかり滞在し、三月五日いよいよ都を出立する。三条大橋に立った又兵衛は、都もこれが見納めかと、四方に見える名勝仏閣を書きしるす。ちょうど花見の季節で、東山は遊楽客でにぎわっていた。粟田口の小屋を借りて、宗周と別れの酒を酌み交わす。

宗周が惜別の和歌をさらりと詠みあげるのを、又兵衛は夢のように聞いている。

かつて都にいた若く盛んだった頃、二条関白昭実《あきざね》の御所に出入りして、詩歌管弦の遊宴で和歌のやりとりに興じた。それが今はどうだろう。二十年あまりも越前という鄙で年を重ねて、耳順《じじゅん》（還暦）の齢に皮肉にも耳が遠くなってしまった。歌への感動も、世に衰えの悲しさを感じるばかりだ。

（われ浅ましき生をうけ、憂き事技に身を苦しめ、季節の移ろいを歌に詠むことを忘れて、ただ暑いの寒いのと、ゆとりのない暮らしをしてきた）

恥ずかしいが、歌をいただいたからには、せめて腰折れの一首をと、又兵衛は返歌する。

別れを惜しみつつ、又兵衛らは東海道の旅にたった。

二　根岸の里

「又兵衛、あれが富士の山か！」

道平のけたたましい声に、又兵衛はものうげに顔をあげた。昨夜泊まった浜松の海辺の宿では、一晩中ざざんざと荒れ狂う波の音に寝ることもできずに、宿の媼を誘って酒盛りをした。朝方まで飲みあかし頭痛に悩まされながら天竜川を舟で越える。またもや船酔いか、胸くそが悪くなった眼に、晴れ渡った空がまぶしい。

「富士？……」

「そうだ、日本一の富士の山だ」

道平の指さす方を見ると、雪をいだいた山が秀麗な姿をあらわしていた。又兵衛は息をのんで、鏡を掛けたるようにきらきら見え渡る、うす紅の富士の姿に、しばし陶然と立ちつくしていた。

「又兵衛、冥土《めいど》のみやげに富士の山を見た、東海道の旅もまんざらじゃないな」

道平のはしゃいだ声に、又兵衛もうむと顎をなでると眼を輝かせた。

北ノ庄をでて十日ばかりも京にとどまると、懐かしさのあまり心は千路に乱れて、江戸に行く足も重くなりがちだったが、遠州灘の美しい光景に塩汲みの海女のかいがいしく働く姿を見、さらには海女らの衣を干した垣の物陰でうとうとまどろむ翁の姿に、盧生《ろせい》の黄粱一炊《こうりょういっすい》の夢にも勝るだろうと感じいり、又兵衛の気分もじょじょに昂揚していった。

「なに将軍家の御用など早々と終えて、富士を描きにまいろう」

又兵衛は快活に言うと、腰をさすりながら歩きだした。だがその後も大井川では川水が溢れて逆巻く水に押し流され、からくもたどり着いたが、命がけの危うさに、道平は恥も外聞もなく泣きわめいた。つづく箱根路の難所では又兵衛も辰蔵に背負われ、やっとの思いで江戸に来てみれば、江戸は浅い緑が萌えたつ風のかおる季節になっていた。

又兵衛ら一行は日本橋通りの雑踏の人の多さにまずは度肝をぬかれて、うろうろした。なるほど家康が天下に号令して造った江戸は、大規模な海岸埋め立て工事の結果、水路がいたるところに流れて、関東内陸各地に通じる交通の要所となっているらしく、水路を大量の荷を積んだ船が行き交うさまは圧巻だった。

やっとのことで越前藩上屋敷のある常盤橋の前にでると、外堀、内堀さらには堅固な石垣で守られた江戸城が見えてきた。深い森があたかも自然の要塞のように、天主閣や白壁はのぞめても、容易に攻撃できない堅牢さを感じさせた。しかも江戸城周辺には将軍家直属の旗本の武家集団が配置され、山の手の台地には武家屋敷地帯が割りあてられ、経済の軸である商人町、職人町には、船運の便利な埋め立て地があてがわれていた。

又兵衛は常盤橋門内に入った。正面のつきあたりに白い壁が小さく見え、両側の屋敷塀が裾開きにこちらにのびている。すぐ左に間部《まなべ》候の屋敷があり、越前藩の上屋敷はその前にあった。取次の侍に家老の本多の書状を見せると、家老屋敷に案内してくれた。

「ようまいった」

本多は主君忠昌の参勤交代で江戸にでていた。

「家光公のご息女千代姫さまのご婚儀の品々である。くれぐれも品格をそこなわぬよう、心してつとめてくれ」

婚礼のための屏風絵や衝立絵、さまざまな調度品など本多は指示すると、

「ところで工房だが、どうしたものか。江戸に知人などなかろう」

「根岸に、京で懇意にした狩野派の絵師、狩野内膳の息子重良が一家をかまえております。まずはそこをたずねてみるつもりです」

又兵衛が言うと、本多はほっとしたように、

「三年前、幕府から拝領した藩の中屋敷が霊岸島《れいがんじま》にある。住まうだけならいいだろう」

用件だけ言うと、そそくさと退出した。

又兵衛が屋敷をでて常盤橋を渡ると、道平が近づいてきた。

「ご家老はなんと？」

「すぐにでも仕事をしろと、あいかわらず人使いの荒いご仁だ」

「それで住むところは？」

「霊岸島の中屋敷を使えと、だがまずは根岸、重良の家に行くとしよう」

「根岸？　江戸はさっぱりだ。辰蔵、駕籠を拾ってまいれ」

道平が言うのを又兵衛はおしとどめて、

「東海道を歩いてまいった、なんの根岸など近くであろう」

又兵衛は早くも歩きだしていた。北ノ庄をでる時は妙がたっぷり路銀をもたせてくれた。それも京、東海道を旅するうち、浴びるように酒を飲んだせいか、こころもとなくなっている。それでも日本橋を渡り北の神田に向かう道筋の雑踏で、いっぱい飲み屋の屋台にむらがる侍や町人を目にすると、又兵衛も道平もすかさずわりこんで、江戸の酒を流しこんだ。その間辰蔵は付近で聞きこんだのか、ほろ酔い加減の二人をせかせて、下谷から池之端に、不忍池をめぐって上野の丘陵地帯をのぼって、金杉新田を前にひろがる根岸の里にまで連れていった。

「なんだ、北ノ庄と変わらんな」

道平は酔いがさめたように不機嫌そうにつぶやいた。

ここまでくると江戸とはいえ、あたり一帯田んぼばかりで目立つものとて寺の屋根ぐらいだ。夕暮れ時のせいか、近在の百姓家からは煮炊きする煙がのぼって、山里の樹木の茂みから、鶯の鳴き声がした。

越前で何度も見かけた遅い春の情景が浮かぶなか、京の二条油小路で十日ばかりを過ごした思い出が、又兵衛の胸に切なくよみがえってきた。そんな又兵衛の感傷をふきはらうように、先に歩いていた辰蔵が手をあげ、白い歯を見せて笑っている。どうやら重良の工房を見つけたようだ。

柴折戸をひいて庭先から入ると、放し飼いにされた鶏がけたたましく鳴きながら逃げまどっている。女中らしき女がいぶかしげに顔をだしたが、又兵衛が越前から来たと告げると、あわてて奥に駆けこんだ。あらわれたのは年の頃二十七、八、藍色も鮮やかな七宝模様の浴衣姿のお内儀で細おもてに、眉が濃く、眼尻のつりあがった、いかにも気の強そうな顔だちだが、華奢な肩、しまって肉づきのいい腰つきなどに嬌めかしさが感じられた。

「わしは越前からまいった岩佐又兵衛にござる。こちらは狩野重良どののお宅かな？」

「越前？　そりゃまた遠くからおこしで、ですがあいにく主人は、神田にご用のむきででかけております。あらっ、もうしおくれました、わたしは女房のおとよにございます」

それでもふにおちぬ顔の又兵衛に、それと察したか、おとよは、島田髷を心もちそらせて、黒眼がちのきつい眼をむけると、

「旦那さまには一昨年、吉原からひかされて後妻にはいりましたの」

又兵衛らを値踏みするように、鼻先で笑った。

その横柄さに道平がむっとして進みでた。

「重良どののご内儀か、みどもは京の公家二条の門流、二条道平、こちらは重良の父内膳どののご主

君、岩佐又兵衛どのにあらせられるぞ」

「えっ、何ですって？　……急にそんなこと言われたって、わたしや何も知りませんよ」

ぶつぶつ言いながらも、おとよは又兵衛らを家に招き入れると、女中にめいじて風呂をわかさせた。家は案外広く、長い廊下を伝って湯殿に案内される。

「ほう、檜ぶろとは豪勢だな」

道平が眼を丸くして、しきりに首をふっている。又兵衛もうなずいた。どうやら重良も絵師として江戸で認められたようだ、そう思ってみると、家の造作も家具も金がかかって見える。

「これなら工房の手配ぐらい、頼めそうだな」

道平がにんまりほくそ笑むのを受けながしながら、又兵衛は久しぶりにのんびりと湯につかった。東海道の旅も終わってみれば痛快だったたが、足腰は重たく、さすがに六十の年にはこたえた。だがここはもう江戸だ、それにひさしぶりに内膳の息子に会える。当分はここを根城に仕事してお役目をどこおりなく終える。あとは村常の消息でも確かめよう。

そう思うと腹がへってきた。風呂をでて手ぬぐいを肩にかけ、ぶらりぶらりと座敷に向かうと、はたして鍋のぐつぐつ煮える音がして美味そうな匂いがしてきた。

座敷に入ると、派手な大鯉の模様の浴衣に着がえたおとよが艶やかにふりかえって、

「こんなものしかおだしできず、お口にあいますかどうか、でもお酒はたっぷりございます」

さっきの横柄さとはうってかわって、じょさいなく笑うと、又兵衛の盃になみなみと酒を注いだ。

「それに京のお公家さま、江戸の酒ですが、おひとつどうぞ」

言いながらも女中に目くばせする。女中が鍋の蓋をとると、ついさっきまで庭先をかけまわっていた鶏が毛をむしられ人参やら大根、蓮根、里芋、コンニャクなどと炊きあわされている。見た目はわるいが美味そうだ。

「いやありがたい。朝から握り飯しか食っておらん」

又兵衛もあぐらをかくと、おとよに注がれるまま酒をあおった。道平といえば、おとよが酌をするたびにあらわになる真っ白い二の腕を、上目づかいにねっとり見つめて、さすが江戸は吉原の女、年増でもあだっぽいもんだと、にやにやしながら盃をかさねている。

そのとき廊下で辰蔵の声がした。辰蔵は、道平に言われて庭の一角にある工房を見に行ったらしく、おとよを見ると黙りこくった。見かねて又兵衛が、

「辰蔵、まずは腹ごしらえだ、それに酒だ」

助け舟をだすと、おとよがすかさず辰蔵をてまねいて、盃を渡した。

「おや、辰蔵さんとやら、あんたも京じゃ旦那さまに仕えてござったそうな、まっ、遠慮せずに、一杯あけとくれ」

おとよはしなをつくって酒を注ぐ。

辰蔵は顔を真赤にして、もうしわけねえ、あっしは酒はからきしだめでと、震える手で盃を返した。するとおとよは悪びれたふうもなく、「そうかえ、じゃあおまえ、あたしに注いでおくれ」と流し目をくれる。それだけで辰蔵は縮みあがって膝頭をかたくしている。

「辰蔵、せっかくの馳走だ、鍋の物を食え、うまいぞ」

又兵衛に言われ女中が取り皿に盛ってやると、辰蔵はほっとしたように頭を下げ、猛然と鶏にかぶりついた。額から汗をだらだらたらしながら、器用に鶏の骨をしゃぶりだした。そのようすがおかしいと、おとよが腹を抱えて笑いころげた。

しばらくして鍋のなかが空になった頃、女中がおとよに旦那さまがおもどりですと伝えていった。しこたま酒をのんだはずのおとよは、おどろいたことにすっくり立ちあがると小走りに廊下にでていった。おとよの姿が見えなくなったのをたしかめると、辰蔵が、

「いやおどろきました。立派な工房で、弟子も三人ばかり」

又兵衛にささやいた。

「それは好都合、又兵衛、ちと鄙《ひな》だが、工房があるだけましだ」

酔いつぶれて寝ていたはずの道平がむっくり上体をおこしてにんまりした。

その時障子が開いて、友禅染の絹の単衣に羽織を重ねた恰幅のいい男が入ってきた。

「若さま、お久しぶりにございます。あいにく神田のさるお大名の屋敷に呼ばれておりましたが、おとよから知らせがあり急ぎもどりました。ですが、わざわざ越前からまいられるなら、せめて文の一通なりいただけましたら、それなりの準備もできたでしょうに」

でっぷり肥えた重良にかつての精悍な内膳の面影はない。それにことばづかいこそ丁寧だが、又兵衛の突然の上京をいぶかしく思っているらしく、眼に警戒心をにじませている。

おとよが酒をすすめると、「酒はいい、茶をもらおうか」とぶあいそうに言うと、

「ところで、はるばる越前を後にされたというと、江戸にはなんぞご用で？」

「なに、たいしたことではない。福井藩にちと世話になって断れなんだ」

「藩命とは！　たいした出世でございますな。越前藩は御三家につぐ幕府の親戚筋の大藩、とりわけご家老の本多さまが切れ者と評判にございますが」

重良は一瞬ねたましげな眼つきをして、茶をすすった。

「将軍家の姫君の嫁入りの調度の品々をととのえる。絵師としてはおもしろくもなんともないお役目だ。それより重良、仕事は順調のようだな。すっかり貫禄がついて、みちがえたぞ」

重良は鷹揚にうなずくと、肉厚な手で湯呑をころがしながら、薄ら笑いをうかべた。

「たしかに江戸にでて成功でした。あのまま父の言うように京にいたら先細り、それにくらべて江戸はさすが天下の中心、諸国の大名家のお屋敷もあり、裕福な商人もごまんとおり、狩野派のわれらへのご用命もたくさんございます。ですからわたくしも、毎晩のようにお屋敷や大店に呼ばれて、遊興のおあいでのひとつもいたしませんと」

「ということは、絵は弟子たちにまかせっきり？」

「そのために腕のいい絵師をそろえておりますれば」

「たいした身分だな。弟子に絵を描かせて、落款《らっかん》だけ入れる、つまりは絵師も商いだともうすか」

「お察しがいい。客は狩野派のわたくしの落款に銭をはらう。同じ絵でも落款ひとつで何万両にもなれば、屑《くず》同然で値もつかぬこともあります」

「なるほど、生き馬の目をぬく江戸ならではのことか。わしは越前でいささか惚けた」

「おそれいります」重良はいんぎんに頭を下げる。

思わずしかめっ面した又兵衛の気分を察して、道平がこの場をとりつくろうように言う。

「子はおらぬのか？」

「江戸にでてまもなく疱瘡《ほうそう》にかかり、母子とも亡くしました。おとよは一昨年吉原からひかしましたが、いまだ子宝に恵まれません」

「それはすまぬ、いらざることを聞いた」

「いえ、かまいませぬ。ですが手前はこれで失礼させていただきます。これから青山美作守さまの下屋敷で連歌のあつまりがございまして」

重良は深々と頭を下げると、おとよの耳になにかささやいて、重そうな腰をうかせた。おとよが小走りに後をおう。まもなくおとよがもどってきて、さすがにすまそうなそうに、

「わざわざ越前からお越しくださいましたのに、主人はあのとおりお付き合いがあって」

「いや、お内儀、わしらこそ勝手におしかけて、ご迷惑ではござらんか」

「いえいえ、ここは江戸といっても日本橋や浅草、両国のにぎわいとも縁のない淋しいだけの里でございます。近くには裕福な商人の別宅やらお武家さまの隠居所があるようですが、普段のおつあいもなく、夜など狐や狸がでるそうで。吉原がたいそうにぎやかだったので、はじめて根岸にきた晩は恐ろしくて、生きた心地もござんせんでした。こんなところでよかったら、江戸におられるあいだ、好きなだけお泊りください」

「かたじけない。なにしろ江戸ははじめてで、見るもの聞くものめずらしゅうて、おことばにあまえて、しばらくはご厄介になるといたそう」

「そうと決まったら今宵はぞんぶんに酒もりといたそう。琴の音がないのは寂しいが」

道平が言うと、おとよは三味線をとりだし、低い声で小唄を口ずさみはじめた。切れのいい音色に、又兵衛もこれが江戸の風流かと眼をほそめて聞き惚れる。

翌朝、裏山の竹やぶから鶯の声がして眼をさました又兵衛が縁側にでてみると、辰蔵が薪を割っていた。辰蔵の盛りあがった筋肉がおりからの朝陽をあびて躍動している。そのようすを、おとよの視線がねっとりとおいかける。

「辰蔵さん、おまえ、ほんとにいい体してるねえ、どうだい、おまえだけでも、ずうっとここにいておくれでないか。ちょうど、男手がなくて不自由していたんだよ」

辰蔵は、おとよの誘いにも軽く頭を下げるだけで、ちょうど工房のようすを見ようと庭にでた又兵衛に気づくと、後を追いかけてきた。

工房の扉を開けようとすると、いきなり背後から男の罵声が飛んできた。

「やい、なにものだ、勝手に入ってもらっちゃ迷惑だ」

見ると背の高い三十ぐらいの苦みばしった男が、奥まった眼で睨んでいた。

「これは弥五衛門さま、あっしです、昨日ごあいさつにうかがった辰蔵でごぜえます。こちらは師匠の又兵衛さま、越前よりまいったおかたです」

「それがどうした？」

「江戸にいるあいだ、工房を使わせていただきたいと、へい、おねげえしてますだ」

「悪いが、親方からは何も聞いてねえんで。分かったら、とっとと帰っとくれ」

工房の戸の前に立ちはだかると、ぺっと唾をはいた。

「なに、お師匠さまに向かって！」

辰蔵が血相変え、思わず拳をにぎりしめる。

「よせ、辰蔵！」

又兵衛は踵《きびす》をかえして母屋に向かった。内膳が死んで、重良とはもう何年も会っていない。懐かしさもあって、重良をたよったが、うかつだった。重良は瀕死の内膳が死ぬのを待つかのように、早々と一門を率いて江戸にでた。あのときのにがい思いがこみあげた。

その夜、おとよはその話を聞いて、さすがにすまなく思ったか、又兵衛らに酒と上等の仕出し料理をふるまい、重良が帰宅したら、さっそく話をつけてやると、酒をあおって息まいた。だがいくら待っても重良はいっこうに帰ってくる気配もない。

夜半すぎて待ちくたびれた道平はそうそうに寝床にひきあげ、又兵衛も酔いつぶれて、ついには座敷に大の字になり、いびきをかきはじめた。そんな又兵衛をかついで辰蔵が寝間に運ぶ。夜具をかけ廊下を歩いていくと、いきなり障子が開いて、おとよが手招いた。

「お年寄りは寝たかえ、そうかい、まあ、そんなとこにいないでおはいり、ひとりじゃ寂しくて、おまえも少しぐらいは飲めるんだろ」

おとよは鼻にかかった甘え声で辰蔵の手に盃をにぎらすと、酒を注いだ。しかたなく辰蔵が盃をあけると、

「いい飲みっぷりじゃないか、今夜ははなさないよ、とことん飲みあかそうじゃないか」

「おかみさん、そんなに飲んじゃ体にさわる。親方がもどられたら、心配なさる」

「いいんだよ、あの人は帰ってきやしないさ。若いだけの湯女《ゆな》に、骨の髄までたぶらかされて、なんだい、あたしゃ吉原の売れっ妓だったんだ、馬鹿にしやがって」

おとよは手酌で酒をあおると、真っ赤な唇をきっとかんで、きつい眼をつりあげた。凄艶でぞっとするほど色気があった。辰蔵はあわてて腰をうかすと座敷を逃げだそうとした。その辰蔵の背中越しに、

「ひとりにしないでおくれ、後生だからさ、あたしゃ淋しくて……」

おとよのふりしぼるような声が悲鳴のように追いかけてきた。辰蔵はその声に一瞬ひるんだが、どうにか気力をふりしぼると、やっとのことで廊下に飛びだした。

部屋の中からは物音ひとつしない。辰蔵は不安にかられた。だがもう一度座敷に入る勇気はない。どうしたものか、辰蔵は混乱した気持ちをかかえて、台所の自分の寝場所にかけこむと、一晩中まんじりともせず、夜を明かした。

三　江戸の風

「なに辰蔵、これから湯女風呂に行って重良を連れもどす？　おまえ正気か」

女中の給仕で朝餉を食べていた道平が、すっとんきょうな声をはりあげた。その声に、箸を置いたまま所在なげに茶をすすっていた又兵衛は顔をしかめた。昨夜の深酒のせいで、朝から頭がわれるよ

うに痛くて、おまけにむかむかして吐き気までする。

「なんでおまえが行かなくてはならんのだ」

「おとよさん、あんまりあわれで……」

「ばかな、夫婦のことは他人には分からんものだ。首をつっこむな。それとも辰蔵、まさかおまえ、おとよの色香に迷わされたか？」

「そんなことはねえです。だいいち、おとよさんは親方の大事な奥さんだし」

辰蔵は手のひらでしきりに首筋の汗をぬぐいながら、うなだれた。

「だったらおまえが何で話をつけにいく？　おかしいじゃないか。それに、おとよの言い分じゃ、吉原はお上にも認められた遊郭で格式もある。ところが湯女はお上の眼が届かないから貧乏人でも誰でも相手になる。そんな卑しい湯女に、だいじな亭主を寝取られた、悔しくて殺してもあきたらない、おとよにしたらそれでお前を使って殴り込みをかける。おおかたそんなところだろう。辰蔵、野暮はよせ、又兵衛がこまっておろう」

道平が、かたわらで苦虫を噛み潰したように憮然とした表情の又兵衛を気づかうように、やんわり辰蔵をさとしている。だが辰蔵には聞こえていないか、硬い表情で押し黙ったままだ。精悍な体がひとまわり縮んだようで、やがて辰蔵が台所にきえると、道平はその後ろ姿をながめながら、ため息をはいた。

「又兵衛、どう思う。あの堅物の辰蔵がどうやらおとよの色気にまよったか、やれやれとんだ根岸の女狐め、純朴な辰蔵を色じかけでたぶらかすとは、江戸は恐ろしいところだ」

それには答えず又兵衛は、茶を飲み終えると縁側にでた。

「道平、これから霊岸島の中屋敷にまいろう。ここでは絵はおろか、将軍家の姫の婚礼調度の仕事など、とうていできん」

「そうだな、それにここは、江戸といってもちと寂しすぎるし」

道平も江戸にでたからには小萩の消息も知りたいところだし、いつまでも根岸の里に居座ることには反対だった。

遅くならないうちにと、そのまま又兵衛らは根岸を発った。おとよは見送りにも顔を見せず、辰蔵をやきもきさせたが、日暮里から上野の不忍池をめぐり、下谷広小路の雑踏に足を踏み入れたころから、にわかに活気づいてきた。

「道平さま、このまま下谷御成街道を真っ直ぐ行くと、筋違橋御門にでるんで」

「そのようだな、あそこに見えてきたのが、その筋違橋だろうか」

辰蔵は江戸切絵図を見ながらうなずくと、すたすた歩きだした。六十歳の又兵衛と道平とはちがい辰蔵は三十六の男盛り、身のこなしも敏捷だが、おまけに土地勘もよさそうだ。

「ということは、湯女風呂がある佐柄木《さえき》町、雉子《きじこ》町はこのあたりで？」

「湯女風呂？　辰蔵、おまえまだそんなこと考えているのか、やめとけ、おまえには荷が重すぎる」

筋違橋御門を渡ると、未練気にあたりを見まわす辰蔵を急かせて、又兵衛らの一行はそのまま日本橋通りを過ぎて、八丁堀の組屋敷沿いに福井藩の中屋敷のある霊岸島にたどり着いた。広大な敷地の四方が水路に囲まれたお屋敷で、又兵衛らは取次の侍に家老の本多から預かった書状を見せると、まもなく塀沿いに長くのびた侍長屋の一室に通された。だが長屋内は六畳と四畳半の二間きりで、一間を工房に使うとあとは雑魚寝《ざこね》するしかない。

「いくらなんでもひどすぎる。こんなことなら江戸になんか、来なきゃよかった」

道平がまっさきに口をとがらせた。

「うむ」さすがの又兵衛も渋面をかくさない。

せめて侍屋敷のもう一軒なりとも借り受けたい、道平の言い分はもっともだ。だがどうしたものか、又兵衛がためらっていると、辰蔵がぼそっと口をはさんだ。

「あっしの寝場所でしたら、なにそこの中間部屋でももぐりこみますんで、それよりこれからひとっ走り行って、具財の調達などしてめえりやす」

真剣な辰蔵の眼に又兵衛は苦笑した。そういえば本多は越前藩の家老ながら、大名格にあつかわれ、四万五千石で越前府中に城をあたえられている。当然参勤交代もするし、上屋敷は浅草柳原にある。又兵衛は矢立から筆をとりだすと、本多への書状をしたためた。辰蔵に言いきかせて本多家の上屋敷に走らせる。辰蔵はすばやく身をひるがえして表に飛びだしていった。

「やれやれ、辰蔵のやつ、江戸の水がよっぽどあうのか、生きいきとしておる」

そう言う道平は侍長屋の座敷にあがりこむと、徳利から酒を飲んでいた。又兵衛も隣に腰をおろすと酒を飲みはじめた。

道平の言うとおりだ。辰蔵は京をでて北ノ庄に長くとどまり、こうして江戸までふきわたってきたが、その土地、土地にしっくりとけこむのも早かった。だが江戸はどうやら別格のようだ。北ノ庄では勝重、紀三郎に遠慮していたが、江戸に来た以上、師匠をささえるのは自分の役目だとの気負いもあり、みちがえるほど逞しくもなっていた。又兵衛は駆けだしていった辰蔵の後姿を頼もしくながめながら、顎の無精ひげをなでた。

数日して、本多家の用人から霊岸島の中屋敷に連絡が入った。隣接する侍屋敷をあたえるとのことで、又兵衛もほっと胸をなでおろした。

こうして又兵衛は将軍家へ献上する婚儀の装具に取りかかった。だが涼しい越前での暮らしが長かったせいか、夏の江戸の蒸し暑さには閉口した。赤疹がでて秋口まで痒くてたまらない。おまけに侍長屋の間仕切りは、板きれ一枚の安普請で隣室の話し声が筒抜けだ。こうなると工房のある越前がひたすら懐かしく思われる。それでも一年半あまりして、ようやく仕上がった初音蒔絵《はつねまきえ》調度など婚礼品のできばえには、又兵衛自身おおいに納得し、声をはずませた。

「辰蔵、ようやくお役目はすんだ。今日はふんぱつして舟を使うとするか」

調度の品々を丁寧に箪笥におさめていた辰蔵が、おどろいたようにふりむく。

「なに、これで江戸ともおさらばだ。越前の土産話に水路をめぐってみよう」

「それならわしもでかけよう。頼んであった小萩の消息も知れた頃だろう」

道平は霊岸島に落ちついてから高田藩の上屋敷をたずねて小萩の消息をたずねたが、結局分からずじまいだった。それでも顔なじみの侍女らをつうじて行方を追っていた。

霊岸島から江戸橋をくぐり日本橋まで猪牙船《ちょきぶね》を走らせる。頬をあたる川風ははやくも秋の気配をただよわせひんやりしていたが、荷車で大事な箪笥など調度品を運ばせる気苦労を思うと、よほど快適に感じられた。

「なるほど、江戸は水の便のいい都だ」

又兵衛は日本橋下の魚河岸に船荷がではいりするようすをながめながら、感嘆の声をもらした。日本橋をすぎると、じきに常盤橋御門が見えてきた。

「どうだ、かえりはぶらぶら日本橋かいわいの店でもひやかしていくか」

「わしもそうしたいところだが、ようやく小萩の消息が分かってのう」

道平は、調度の品々を降ろしていた辰蔵に向かってにんまり笑うと、片手をあげて橋を渡っていった。又兵衛は江戸城の高い天守閣をまぶしそうに見あげ、とうとう江戸ともお別れか、と感慨深く眼をほそめた。

四　あいつぐ火災

家老の本多がせわしそうに座敷にあらわれた。多忙らしく、本多は儀礼的に姫君の婚礼調度品を確認すると、

「ちょうどよかった。又兵衛、そちもぞんじておろう、今年（寛永十五年）正月早々、川越の仙波東照宮が火災で焼失した。五年前、天海僧上が竣工したばかりの将軍家には由緒あるもので、由々しき事態である」

又兵衛は平伏しつつ、うなずいた。いくら中屋敷に閉じこもったままでも藩士たちの話で知ってい

る。本多はかるく咳払いすると、

「そこでだ、こたび再建される拝殿に三十六歌仙扁額を奉納する用命をたまわった。竣工までには二年はかかるだろうが、殿も期待しておられる。越前藩の名誉にかけて腕をふるってほしい」

畳みかけるように命じた。

さすがに又兵衛も、むっと気色ばんで、強情そうに首をふった。

「婚礼調度のお役目は無事はたしもうした。かくなる上は越前にもどるのみ。だいいち江戸では工房もなく、絵具にもことかくありさま、腰をおちつけようにも無理でござる」

「なるほど工房がいるか。よかろう、さっそく手配いたすとしよう」

「ですが」

「なんだ、まだ何か言いたいか。それより勝重はいくつになった？」

「はっ、まもなく四十になります」

「なるほど、相応の年になったな。いずれ藩の御用絵師に推挙いたす所存じゃ」

「はっ、ありがたきおおせ……」

本多に軽くいなされた。憮然としたが気をとりなおして、本多ににじりよる。

「九州にまいりました甥の荒木村常の消息でございますが、その後なにか分かりましたでしょうか？」

「うむ、当方でも大奥の荒木の局に問い合わせておるが、詳細は、分からぬ」

本多は実際何も知らないのか、そのまま席を立っていった。

又兵衛は肩をおとした。江戸にでる気になったのも、村常に会って息子村満の最期のようすを確かめたい一心があってのこと、だがかんじんの村常は又兵衛とすれちがうように江戸を出立していた。

それも又兵衛らが江戸に到着した寛永十四年の十月に勃発した九州での天草、島原の乱がきっかけで、村常は肥後熊本藩の細川光利に従軍し、成敗のため現地に入ったという。だが乱の鎮圧に手こずっているようで、年の暮れには老中松平伊豆守信綱がじきじきに幕府の上使として現地に派遣された。その後、ようやく乱は鎮圧され、松平伊豆守信綱は江戸に凱旋した。このときばかりは江戸中が祭りでもあるかのように浮かれた。

それもひと段落ついた。だが依然として村常の消息は分からずじまいだった。

こうなったら、自分を江戸に呼びだすきっかけともなった荒木の局に直接会って、たしかめるしかない、そう思って家老の本多に願いでるも、いずれそのうちおりを見てと、かるくいなされて今まできてしまった。

どうも本多にしてやられたか、又兵衛は苛立たしい気分をかかえて屋敷をでた。

常盤橋御門をわたると、堀をながめていた辰蔵があわてて駆けよってきた。

「辰蔵、越前にもどるのは二、三年先になるやもしれん」

けげんそうな辰蔵に事の次第をかいつまんで話してやると、辰蔵は眼を輝かした。

「仙波東照宮に奉納する扁額に三十六歌仙図でございますか、それに工房も望みどおりで絵具にも不自由しない、夢のようでございます」

まるで紀三郎そっくりの物言いに、又兵衛は苦笑した。それでも辰蔵が素直に喜ぶのを見ると、又兵衛も御仕着せの仕事にかかわらず、みなぎるものがこみあげてきた。

そうだ、折角はるばる江戸までやって来たのだ。江戸でなくば描けないものもあるはずだ。くまなく町中を歩きまわり、江戸の風俗を写しとってくれよう。

ずっとむかし、まだ若かったころ、京の町中を探索して、自分なりの洛中洛外図を完成させたときの、あの魂をふるわせるような興奮が、めらめらと胸に立ちのぼるのを心地よく感じていた。そうときまれば話も早い。又兵衛は唾を飛ばしてふりむいた。

「辰蔵、これからは江戸市中を足のむくまま、興味のおもむくまま、それこそ路地裏のどぶ板までのぞきこんで、江戸の素顔とやらを、この手で描いてみせようぞ」

辰蔵は長い顔に大きな眼を輝かせて、子どものように無心にうなずいた。その横顔に夕陽があたって、濃くなった顎鬚の汗を光らせていた。

五　湯女《ゆな》風呂

まもなく待望の工房が神田鍋町《なべちょう》の一軒家に決まった。越前藩が三年の契約で借り受けたものだ。平屋だが工房に適した大広間に寝間、居間など五部屋、台所に風呂までついている結構な物件で、日本橋にも藩の上屋敷にも近かった。いっしょに見にいった道平がおどろいて眼をみはった。

「これはいい、又兵衛、おまえもえらくなったものだ。将軍家への調度品のできばえがよほど気にいられたか、さすれば此度の川越の仙波東照宮に奉納する三十六歌仙絵扁額の仕事もあたえられたか。どうやら越前藩が正式に又兵衛を御用絵師並みに評価したものと思われるな」

工房にうずくまっていた辰蔵が、ぱっと顔をあげ、誇らしげに又兵衛を見あげる。

ただ又兵衛はお仕着せの仕事はにがてで、どうにも気乗りしない。

今日も辰蔵を連れて、ぶらぶら日本橋通りを歩いていると、橋のたもとの高札の前に、大勢の人垣ができていた。中央で隠居らしい老人がかすれ声で読みあげるのを、商人やら大工道具を担いだ職人、人足風の男らが聞き耳立てては大声で怒鳴りあっていた。

「って言うと、お上《かみ》は湯女《ゆな》風呂の女の数を、たった三人しか、お認めにならねえっ、てことですかい、御隠居さん」

「そうだ。なにしろ幕府公認の吉原が、湯女におされて、さっぱりだそうだ」

「そりゃあたりまえでさ。なにせ湯女は若くて美人ばかり、おまけに銭だって吉原みたいに高くはつかねえ。垢《あか》をながして髪を洗って、さっぱりしたとこで、美人とさしつさされつ、そのまま二階にのぼって朝までいい目にあうことだって夢じゃねえ。それを、たった三人にするって？　バカ言っちゃこまるね。俺たちゃ若いんだ。体がもたねえよ」

早口で唾を飛ばしてしゃべる江戸っ子の話は、はたで見ているとまるで喧嘩腰で、江戸にでた当初はめんくらったものだ。それも聞きなれると、にぎやかで楽しい。

「だから、まじめに働いて吉原に遊びにいく銭でもためるんだね。それが甲斐性《かいしょう》ってもんですよ。おや、しまいに厳しいことが書いてある。違反者は吉原大門の前で処罰されるそうですよ。これだから、お上にさからっちゃいけませんね」

「ご定法だかなんだかしらねえが、褌《ふんどし》の中味まで口出しされちゃたまんねえ。爺さんは用なしだからいいけど、俺たち歌舞伎に学んで丹前《たんぜん》風と呼ばれて粋で通っているんだぜ」

職人風の若い男が袂を肩までたくしあげて、じまんの刺青《いれずみ》の腕を見せ凄《すご》んでみせる。

「なんだい、その丹前ってのは、どてらのことかい」

「馬鹿言っちゃこまるな。神田佐柄木《さえき》町の先に堀丹後守さまのお屋敷があるんで、略して丹前御殿、その先にずらりと並ぶ湯女風呂、通いつめる俺らは、丹前風の若者ってわけ」

「風呂場の洗い場の格子の間を座敷にこしらえて、金屛風を立て、灯りをともして、着がえた湯女が、三味線を弾いて小唄の一つも口ずさみながら、あだっぽく酌をする。まったく、ぞくぞくしてたまんねえや」

ねじり鉢巻きの大工が調子よく相棒をふりかえる。

「どうでえ、今夜あたりのぞいてみるかい。蛇皮線《じゃびせん》をきかせる変わった店があるんだ」

「蛇皮線？　なんでえそりゃ」

「琉球の三味線だっていうが、妙にジンと聞かせてくれる」

「いい女かい」

「いや大年増だ、だけど、そこがまたたまんねえ」

「兄いの年増好きにゃ、つきあっていられねえ」

「お前たち、馬鹿言ってる場合じゃありませんよ。これは一大事だ。なになに、遠い天草で反乱をおこしたキリシタンの残党が、江戸まで逃げこんできたって。やれやれ、お上もやっきになっている。年に一度の宗門改めどころか、隠れキリシタンの詮議がきびしくなりそうだ。お前らも、のんきに湯女風呂なんぞで浮かれていると、しっぺ返しにあいますよ」

老人がたしなめると、男たちは急に真顔になり、こそこそと散っていった。

蛇皮線か、懐かしい響きが耳をかすめる。

若かったあの頃、四条河原でお玉がさかんに奏でていた。阿国は遊女歌舞伎のようだと蛇皮線の音色を嫌っていた。あれから阿国歌舞伎は江戸に行ったというが、どこで小屋がけしているのか、とんとうわさも聞こえてこない。

又兵衛は高札をはなれると十軒店を神田に向かって歩きだした。そのとき辰蔵が、あわただしく駆けよってきた。

「あれは、親方、重良さまじゃござんせんか？　どこに行くのだろう？」

辰蔵はすぐにでも後をおいたいそぶりで又兵衛を見る。その真剣な眼差しに、又兵衛も仕方なしに重良の後をおう羽目になった。

重良が向かった先は佐柄木町と雉子町の間の路地の間口は三間ばかりの湯女風呂だった。重良が慣れたようすで風呂屋の暖簾をくぐると、辰蔵がこまったように溜息をはいた。

「わしたちも垢を流していこうか、しばらく風呂にも入っていないし」

「えっ？」

辰蔵は懐から手ぬぐいをだすと、もじもじしながら首筋をぬぐっている。

そのとき駕籠がとまって女がでてきた。その顔を見て辰蔵が眼をむいた。

女は湯女風呂の前でさすがにためらったように眉をしかめて突っ立っている。辰蔵があわてて飛びだそうとするのを又兵衛は押しとどめて、路地におしこめた。

「動くな。しばらくはおとよのようすを見ておれ」

「でも、通行人の手前もございます。ここは私が見はることにして、おとよさんは家に帰してあげましょう」

辰蔵は又兵衛の制止にもかまわず、今にもおとよの前に飛びだそうとする。

そのときどこからか蛇皮線の音色が聞こえてきた。又兵衛ははっとして、音の方向がする二階家を見あげた。蛇皮線の音色は、座敷芸の男芸者や酔客相手のものではなかった。妙な節回しや飾りの崩した音ではなく、まっすぐ素直に心にひびいてきた。

遠いむかし、お玉が四条河原で弾いていた素朴な音色によく似ている。

「お玉だろうか？」

又兵衛が二階家を見あげてつぶやいた。そこも湯女風呂の暖簾がかかっていた。

「ひとつ、入ってみるとしよう」

辰蔵はぴくっと顔をあげると、それから周囲を見まわして声にならない悲鳴をあげた。

「おとよさんが、いない！」

路地から飛びだし、あたりをきょろきょろ見まわす。

「重良が決めることだ。わしらが何を言っても聞く耳ももたぬだろう」

そのとき又兵衛は激しい悪寒におそわれた。

その場にしゃがみこむと、歯の根があわなくなるほど、がたがた震えだした。

しまった、瘧《おこり》（マラリア）の発作だ！

江戸にでてからというもの、又兵衛は度々瘧の発作にみまわれるようになっていた。みるみる眼の前がかすんで、意識が薄らいでいく。

誰かがしきりに叫んでいる。誰だ？　どうやら女の声のようだ。お玉だろうか？

又兵衛は薄目を開けた。

「やっと気がついた、よかった」

「ここは？」

「湯女風呂だそうで」

辰蔵がうわずった声で言う。

「心配おしでないさ、湯女風呂だけど銭はいらないよ」

女はお熊という湯女で、年は三十ぐらいで大年増だが、肉づきのいい体に、ふっくらした紅い頬、強い光をおびた大きな眼、あつぼったい唇の、なかなか男好きのする女だった。

「蛇皮線を弾いていたのはおまえか？」

「おや、爺さん、耳さといね。むかし、ここのお女将さんだった人から習ったんだよ。これは形見さ」

「その女将さんって、もしやお玉って、言ってなかったな」

「えっ、爺さん、女将さんのおなじみかい。惜しいね、三年前の夏、流行り病で死んじまったけどさ」

お熊は心底おどろいたようで、びっくりしたような大きな眼でしげしげと又兵衛を見ると、ぼってりした唇をすぼめて、あっけらかんと笑いだした。辰蔵はそんなお熊を食い入るように見つめて、お熊が笑うと自分も顔をくしゃくしゃにして笑った。


その夜、又兵衛は神田鍋町の家で、道平にお玉のことをうちあけた。

「おどろいたな、あのお玉が、湯女風呂の女主人だった？　それも三年前に死んでいたとは、おしかったな」

道平はさすがになつかしそうに眼をほそめたが、辰蔵を見ると、

「それよりおとよのほうはどうした、重良がのぼせている湯女は見つかったか？」

辰蔵はぴくっと首をすくませると、もりあがった肩をおとした。

「だが又兵衛気をつけろ。湯女風呂なんぞ、銭十五銭はらえばどんな客とも寝る。いかがわしい病をうつされるのが関の山、遊ぶなら吉原の遊女、銭はかかるが安全だし、だいいち格がちがう」

道平はどこから聞いてきたのか、口を酸っぱくして忠告した。

だが又兵衛はなつかしさもあって、辰蔵を連れて、それからもお熊の湯女風呂にいそいそと通いつめた。

風呂屋の暖簾をくぐり、銭十五銭をはらって中に入ると、あら熱のしずくや烟《けむり》が立ちこめて眼もあけられない。それでもずらりと並んだ湯女はざっと二十人ばかり、煤竹《すすだけ》、玉子色の木綿衣装に黒半襟《はんえり》、鼈甲《べっこう》のさし櫛《くし》、褄《つま》高く袖ゆたかにひんとし、しゃんとして客の垢《あか》をかき、髪を洗っているようすは、いかにも艶《なま》めいて見ごたえがあった。

お熊はお玉から湯女風呂をまかされたというが、いまだに湯女でもあった。大柄な体の浴衣の前をはだけて、二の腕をまくしあげ、裾をからめた肉づきのいい肢体を又兵衛にこすりつけるように垢をおとしていく。しかもうわさ好きらしく、髪を洗っているまも湯しぶきに負けない金切り声をはりあげる。

耳の遠い又兵衛には遠くで蝉がないているようで、ふむふむとうなずくばかりだ。それでも気のいい女らしく、

「思いだすねえ、故郷《くに》のじっちゃんの背中も、たしかこんなだった気がしてね。でも越後を八つででたから、達者でいるか分からない」

「わしも越前からまいった」

「そっか、どおりでウマがあうわけだ」

「そういや、爺さん、江戸にはなんの用できたんかい。物見遊山《ものみゆざん》とも見えないし、もしや縮問屋《ちぢみどんや》のご隠居さんかい？　だったらお召しの一枚も気前よくおくれよ。六つ半には風呂屋もしまうから、後はお好みのまま、今夜こそ、いい思いさせてあげよう」

「いや、あいにくと貧乏な絵描きでねえ。絵筆しか持ちあわせておらん」

「だったらあたいを描いとくれ。吉原の遊女なんかに負けない、うんときれいな女にしておくれ」

お熊の荒い鼻息を首筋にこそばゆく感じながら、又兵衛はうなずいた。

「ところでお熊って名前、勇ましいな、誰がつけたんだ」

「うちは、じっさまの頃から猟師でね、縁起かついで、こげな名前さつけられた」

お熊は照れたように風呂桶に湯をくむと、又兵衛の体に勢いよくあびせた。

「それよか約束だよ。あたいの顔きれいに描いておくれ。吉原の女どもなんかに負けてたまるか。連中は湯女のあたしらを猿ってあだなで呼んで馬鹿にしている」

「サル？」

「垢《あか》をかく、だから猿なんだそうだ。だけど吉原なんぞの遊女に負けちゃいられない。近頃じゃ吉原も閑古鳥《かんこどり》だそうだよ。それにいくら綺麗に着飾っても、吉原の大門は一旦くぐったら最後、自由にでることもできやしない。そこへいくとあたしら湯女は、どこに行こうと、誰と春をひさごうと勝手なんだ。だけど爺さん、日本橋の高札見たかい」

又兵衛がうなずくと、お熊は風呂桶をおいて急に真顔になった。

「湯女風呂にたった三人しか湯女を置いちゃいけないなんて、お上もお慈悲がないねえ。そのうち一斉に取り締まりがある。そしたら数にあわない湯女を捕まえて、吉原にごっそり送りこむ。そうさ、奴《やっこ》女郎って呼ばれて、ほかの女郎には馬鹿にされるし、飯を喰うのも一番あとまわし、年季だって三十年って気の遠くなるようなもんだし、生きて吉原の大門はでられやしない。だけど変だねえ。吉原で色を売る分にはかまわない。湯女風呂や岡場所でやったら罪になる、なんて。どこでやろうと、やることなんか、おなじなのに、さ」

お熊は湯気で上気した顔をしかめ、舌打ちした。

「さあさ、爺さん、風呂はしまいだよ。ちょっと支度してくるからね」

又兵衛が湯あがりの水を飲んでいると、辰蔵がそわそわしながら隣に座った。

いつのまにか風呂のあがり場に用いた格子の間に座敷がこしらえてあった。金の屏風に灯りがぼんやり燈されて、孔雀がらやら弁慶格子、色とりどりの浴衣にきがえた湯女たちが三味線を弾きながら、小歌を謡い、客を集めていた。お熊が酒をもってあらわれた。

「おや、こちらのお方はお連れさんかえ。牛みたいに頑丈そうな体してござる」

又兵衛に酒を注ぎながら、客の値踏みをするような目つきでじろじろと辰蔵を見る。

辰蔵は耳たぶまで赤くなりながら、身を縮ませている。

「むかし、越後のうちにも、たった一頭牛がいてねえ、そん頃は畑仕事もらくで、だども牛っこが死んじまったら、無理がたたっておとうが倒れて、そんからは食うもんもなくなって、やだよ、湿っぽくなって、兄さん、もしや湯女風呂ははじめてかい？　だったら今夜は二階でゆっくりしておいでな、あたいがううんといい思いさせたげる」

お熊は気だるげに煙管に火をつけると、唇を丸めて煙をはきだした。

「お熊、はじめての客に恥をかかせてはいかん」

「爺さんの言うとおりだね。さっきの話だけど、うちの女将さんはいいお人だった。無理に客をひくこともない、それに吉原なんぞで野垂れ死なんぞさせないってねえ。だけどお上に逆らってそうそう無事だったためしはないし、お上のご正道だっていうけど、ようはお大名や侍、大金持ちに都合がいいだけ、あたいら弱い者が何人死のうと痛くもかゆくもない。だけどあたしゃ負けちゃあいられない。子どもはまだ三つ、かわいいさかりさ」

「子がいるのか？」

お熊がにっと笑った。化粧直しに厚塗りした白粉が、眼のまわりの皺を目立たせている。

「亭主はいないのか？」

「爺さん、野暮はなしだよ。湯女なんぞ宿場女郎に毛の生えたようなもんさ。子どもの父親が誰だって、そんなこと分かるはずもない。たいがいの女は始末させられるけど、死んだ女将さんは産んでもいいって、だから、あたしゃあの子のためにも、生きるよ」

お熊は眼をぎらぎら光らせ、唇をきつくかんだ。お熊は、八つで親に売られ、塩尻の宿場女郎を皮切りに、次々女衒《ぜげん》の手にわたり、桶川の宿場までながれついた。その頃には逃げようなんて気もなくなっていたと、白い歯を見せた。

「宿場女郎は二食しか飯も喰えない。それも粗末なもんで、ぼろぼろになるまで働かされる。だからたいがい二十五、六で死んじまう。あたいなんか運がいいほうさ。ある晩宿場で火事騒ぎにあって、あたいは三ヶ月の身重だったけど、子を堕ろすのが嫌さに、命がけで逃れてきたんだ。えっ、子どもがいなかったら、さあ、どうだか、だけど皮肉だねえ。自分を売った親をずっと怨んでいたけど、子を産んで、初めて子を手ばなした親のつらさが身にしみてね」

お熊は照れたように遠くを見つめた。その表情には、越後の村で親と暮らしたわずかな日々を思いだしたのか、童女のようなあどけなさがうかんでいた。

又兵衛はそんなお熊を美しいと思った。子をかかえ、湯女などさげすまれながら、それでも溢れんばかりの生命力を失わずに生きている、お熊の、生なましい肉体の厚みに、そのたくましさに、一撃くらったように圧倒された。

帰り道、辰蔵が思いつめたように言った。

「きれいな人です、お熊さんは」

「そうだな」

辰蔵は又兵衛の返事に満足したように、

「それに、どこか、ぬちっとして、しんねりして、たくましい」

どもりどもり言った。

又兵衛は笑いだした。辰蔵の言うとおりだ。

「湯女風呂にかよって、ひとつお熊を描いてやるか」

辰蔵はぶるっと首をふるわせた。

「お、お熊さんに、そう言ってきやす」

辰蔵は暴れ馬のように身をひるがえすと、かけだした。辰蔵が飛びこんだ二階家から、蛇皮線の音色が聞えてきた。流行りの「世継曽我《よつぎそが》」の道行を、まるで節分の豆をまくような高い調子の投節《なげぶし》で唄《うた》う、お熊の声に聞き惚れながら、又兵衛は頬をゆるませた。

辰蔵のやつ、どうやら本気でお熊に惚れたようだ。これも新興都市江戸ならではのことか、又兵衛には秩序だっておもしろくもない質素な町並みも、辰蔵には泡立つような熱気にあふれて身をとろかすような魅力に富んで映るのか。

又兵衛は辰蔵の若さがうらやましい。近頃では耳も遠くなり、おまけに眼もかすむ。それを言いわけに、絵を描くにも凡庸《ぼんよう》さが目立ってきた。将軍家の仕事をこなすことにあくせくして、絵師としてのおのれの性根まで腐らされたような気がする。せっかく江戸までやって来たのに、なさけない。こうなったら、湯女をてはじめに、吉原や江戸の名所にでかけて、さまざまな女たちのようすを描いてやろう。いや女だけじゃあない、早口でまるで喧嘩腰でまくしたてる威勢のいい町人たちの姿も魅力的だ。

みなぎる気分をかかえて神田鍋町の工房に入ると、道平が酒を飲みながら待っていた。

「どうした。高田御殿は？」

松平忠直のかつての妻、勝姫は三人の子らと高田御殿に住まわっていた。辰蔵がやっとの思いで探りだした御殿は、神田上水をのぞむ景勝地の高台にあり日本橋からもさほど遠くはない。道平は白綾の絹の小袖に友禅染で孔雀を描いた派手な羽織を着こんで、すっかり白くなった髪を小さく髷に結んで、駕籠にのりこみ、意気揚々とでかけたのだ。

「小萩には会えなんだか？」

道平はそれにはこたえず手の甲で酒をぬぐうと、眼をそらせた。

「まさか、門前払いか？」

冗談半分軽口たたくと、道平が憤然とにらみつけた。

六　吉原の遊女と湯女

神田鍋町の工房に早飛脚がきた。道平が心配そうに文を手渡す。

「又兵衛、また大工頭の木原なにがしから書状が届いておるぞ」

「ほうっておけ」

「そうもいくまい。相手は東照宮の御大工頭、木原木工允《もくのじょう》だ。しかも三度目、いい加減にしないとむくれられるぞ」

又兵衛はしぶしぶ文をあける。木原は又兵衛の仕事ののろさにしびれをきらして、早く歌仙の仕事に手をつけないと貴殿のためにも悪いことになる。脅迫まがいに催促してきた。手紙をのぞきこんでいた道平が語気の鋭さに仰天して、「ここは木原の言うとおり、三十六歌仙に専念したほうがいい」と真顔で忠告するが、

「ふん、分からんやつだ。大工ごときに言われる筋合いはない」

又兵衛は憤然と手紙を破り捨てた。

「だがことは幕命だ。万が一にも期日に間に合わん時にはそれこそ事だ。下手すると、災いは福井の工房にもおよぶかもしれんな」

道平のことばに辰蔵が飛びあがった。北ノ庄をでる時、紀三郎からくどくど言い含められてきた。自分がついていながらそんな事態をひきおこしたとあっては、面目もない。辰蔵の心配をよそに、又

兵衛は今日も辰蔵を連れて湯女風呂に行くつもりだ。

「まあそうびくびくするな。それにお熊との約束もある」

「それはそうでございます、ですが」

「そうだ、辰蔵がこまっておる。大工頭とて焦っておるのだ。それともなんだ、三十六歌仙図を描くのが嫌なのか？　なら、辰蔵に手伝わせろ」

「別に三十六歌仙を軽視しているわけではない。だがわしは長い間風俗画を描いてきて、自分ではいっぱし世俗を分かった気でいた。それもお熊や湯女たちを描いて、じつはなんにも分かっていなかったと気づかされたのだ。たしかに湯女は、着飾った吉原の遊女よりも外見では美しくもない。むしろ醜《みにく》い。しかも、だれとでも春をひさぐいやしい生業にあまんじるしかない身分だ。だがはげた白粉の下の素顔からは、親元から売られた童女のままの純で無垢な表情がのぞいている。そのせいか、彼女らは誰ひとりとして、生きることをあきらめてなんかいない。むしろ不幸な境遇をばねにして、貪欲でたくましくさえある。わしはな、辰蔵、真におのれの生命に忠実に生きるとはどんなことか、湯女たちから教えられた気がするのだ」

「たしかにお熊さんや湯女たちは、たくましい。世間ではさげすまされ、ばかにされて、でもどんなおんなたちより、あっしにはきれえに見えるんで」

　辰蔵はきっぱり言った。

　そんな辰蔵を連れて、又兵衛は真っ昼間からお熊の湯女風呂に通いつめた。お熊は最初のうちこそ照れくさそうに、立ち姿をさせても、いらいらと爪をかんではわざとふてくされ、疲れたと言ってはあくびをする。又兵衛がほとほとこまりきっていると、見かねた辰蔵が団扇を片手に風をおくる。そのようすがおかしいと、お熊は身をよじって笑いころげる。そのあっけんからんとした無邪気な表情を、又兵衛の筆はすかさずとらえていく。

「やれやれ、これじゃあ三十六歌仙のほうが、よほど楽だ」

帰り際、又兵衛がぼやくと、首筋の汗を手ぬぐいでぬぐいながら、辰蔵がすまなそうに肩をすくませ、「お熊さんには、あっしからよおっく言っておきやす」と、蚊の鳴くように声でつぶやく。

それでも一ヶ月ばかりもたつと、お熊も慣れてきた。自分からすすんで又兵衛の前に立つと、見返り美人ふうの立ち姿で、それもかたわらの辰蔵の気をひくように、反り返った姿勢をとり、その片方の指で地を強く踏み、もう一方の足を反らせて指をあげ、奇妙な姿勢をとって、すましこんでいる。

こうしてできあがったお熊の絵を見て、吉原からもどった道平は心底おどろいた。

又兵衛の画面からは、あふれんばかりのお熊の激しい慷慨《こうがい》の気魂があらわれて、それでいて湯女のでろりとした肉感が艶めいている。決して美しくもない、むしろ醜くさえ見えるお熊が、愛らしくさえあった。

「さすが又兵衛、俗にありながら、お熊が妙に可憐だ」

「そうさ、これこそ、当世、浮世の美人絵、江戸の庶民が待ち望んでいたものだ」

京でもなく、北ノ庄でも手がけなかった、新興都市江戸ならではの新境地の絵、大勢の群衆が乱舞する京の洛中洛外をくまなく描いた屏風絵、越前では豪華絢爛ながらも、あたかも世相を反映したかのような仇討ちをあつかった大量の絵巻物群……

だが徳川家康が築いた江戸は、質実剛健、強固な屋台骨に、海外に飛翔する自由までうばう鎖国令まで敷いて、庶民はその強大な溝のなかで、泰平の世を謳歌、たとえそれが狭められた自由であっても、満足するよう、治世の鎖をはりめぐらした。

そんな檻の中の庶民のささやかな楽しみの一つが湯女風呂で遊ぶことだし、わずかな銭で手に入る当世の美人浮世絵なのだ。庶民は長屋の煤けた板壁にはりつけ、おのれの欲望を燃えあがらせ、快楽にふける。それこそが、いじましい庶民の娯楽なのだ。

お熊の立ち姿を、それも浮世の片隅でいじらしく生きる女たちの美人絵を、おれはとうとう完成させた。

そんな又兵衛の意気込みに水をさすように、道平が口から酒をだらだらたらしながら、

「だが女は吉原にかぎる。湯女などくらべものにもならん、描くなら吉原の花魁だ。わしがきれいどころを集めておこう」

酒臭い息をはきつけた。

「なるほど、吉原の花魁か」

又兵衛はにんまり笑いながら、白くなった顎髭をなでる。

翌日、道平が呼んだ駕籠にのると、吉原の大門をくぐった。将軍家の絵師だと道平がふれこんだか、きれいどころがずらりと並んで待っていた。

「萩扇でありんす」

なかの若い芸妓が盃に酒をそそぐ。どうやら道平のなじみの女らしく、酌をするたびに道平を見て、ぽっと顔を赤らめた。

「萩扇はまだ十七、御家人の娘だが、親が借財を抱えて泣く泣く苦界に身を沈めた、わしがはじめての男だ」

と、うちあけられたと、耳もとで道平が自慢げにささやく。

「ひとつお前の手で綺麗に描いてやってくれ」

道平に言われるまでもなく、又兵衛も興にのって、それから七日ばかりも廓に逗留して、女たちの艶やかな姿態を描きつづけた。


数日後、又兵衛は辰蔵をつれて、お熊の湯女風呂の暖簾をくぐった。

「お熊、どうだ、吉原の遊女たちだ。きれいだろう」

「どれどれ」

お熊が絵を手にとると、ほかの湯女たちもあらそって絵をのぞきこむ。

「なんだい、こんな女たち、きれいなことあるもんか」

お熊が激しくののしった。湯女たちも口々にわめきたてる。

「又兵衛さん、あんた将軍さまの御用をつとめるエライ絵師だっていうけどさ、たいした腕じゃないね」

「そうだ、爺さん、あたいたち湯女をバカにするんじゃないよ。吉原の遊女なんかに負けてたまるか」

唾まではかれて、又兵衛はほうほうのていで神田鍋町の家にもどった。

「どうだった？」

道平は又兵衛のたくらみをおもしろがって、首を長くして待っていた。

「どうもこうも、すさまじいもんだ」

「なるほど、吉原の遊女と湯女風呂の湯女か、たがいに春をひさぐ商売《あきない》ながら、吉原の遊女は格が一段も二段も上等とな、湯女どもを見下す視線のおぞましさ、おおっ、ぶるぶる、女とはまっこと恐ろしき生き物よ」

「うむ、一方は体制に組み込まれた吉原の遊女、彼女らの視線の先には、けっして美しくもない、むしろ醜い湯女たちがいる。その軽蔑しきった眼に、湯女たちもまた全身で反撃しようと、逆に吉原の遊女らを見返している。湯女はたくましく、その生命力は驚嘆にあたいする」

「それはそうと、辰蔵も、どうやらお熊に首ったけだ。お熊の倅の太一も、すっかりなついておるし、良い夫婦《めおと》になるだろう」

又兵衛が笑いながら言うのを道平もうなずいて、

「そうだな、辰蔵が身をかためるなら、わしもひとつ」

道平がにやにやしながら打ち明けたところによると、高田御殿に日参するうち、あるとき駕籠にのった勝姫の行列が御門をでるのにぶつかった。供の中に小萩の姿を見かけると、道平も行列のあとを追った。

「勝姫さまもよほど退屈してござったか、椿の花見に小石川くんだりまででかけたとか、だがそのせいで、久々に小萩に会うてのう」

又兵衛は、幸せそうな道平に背をむけると、工房に入った。

工房の土間にかかげたお熊の湯女図が眼に飛びこんできた。反り返った奇妙な姿勢からは、むせっかえるような肉体の生々しさが、鋭く見据えた大きな眼の中には、又兵衛の挑戦をあざ笑うかのような大胆不敵な笑いさえ、うかんでいた。

七　村常、仕官がかなう

しばらくして、家老の本多から呼びだしがあった。おそらく村常の行方が分かったのだろう、又兵衛は期待に胸をふくらませ、かけるように常盤橋御門を渡った。辰蔵がすばやく後を追う。控えの間でしばらく待たされた。やっと顔を見せた本多は、

「殿が参勤交代で江戸表にまいられた。だが長旅のうえ、久々の江戸で暑さにやられたのか、臥《ふ》せっておられる」

と言うと、めずらしく肩で荒い息をはいた。

「江戸の暑さは格別にござりますれば」

又兵衛も江戸に来た当初は悩まされた。体じゅうに発疹がでて、かゆくてかきむしった。熱い湯が効くと朝風呂にもつかったが、かゆみはおさまるどころか、かえって激しくなり、とても絵を描くどころではなかった。それも四年もいると、どうにか肌のほうで馴染んだ。

そんなことを考えていると、本多がめずらしくねぎらいの言葉をかけた。

「そちもなれぬ江戸でよう辛抱いたした、家光公の姫君千代姫さまも尾張徳川光友どのへ輿入れされたことだし、川越仙波東照宮の三十六歌仙絵も無事に奉納された。これで将軍家への面目も立ったと、殿はひどくおよろこびじゃ」

「おそれいりまする」

又兵衛は頭を下げながら、やれやれ、あとは村常のことを聞いて越前に帰るのみ、そう思うと、自然と口もとがほころびる。

だが今日の本多はよほど藩主の病で疲れきっているのか、力のない眼をして黙然として眼を閉じたままだ。しかたなく庭先をながめていると、不意に本多が口を開いた。

「それはそうと、大工頭の木原からは、再三苦情があった。そちは湯女風呂に入りびたって、三十六歌仙絵に取りかかろうともしなかったそうではないか」

やっぱりそれか、木原のやつ、藩にまで苦情を言うとは嫌なやつだ。又兵衛は内心悪態をついたが、ここはままよと太っ腹を見せて、

「たしかに湯女風呂に通いつめて湯女を描いておりました。それに吉原の遊女たちの立ち姿も」

「ほう、うわさはまことであったか」

「ご家老さまにも、ここに用意してございます」

又兵衛が、自作の湯女、吉原の遊女図をひろげてみせると、本多は身をのりだして見入っていた。

それから喉を押し殺したようなしわがれ声を立て、低く笑った。

「三十六歌仙絵もいい。だが、そちの本領はこっちのほうだな。いずれもいやしき遊女ながらも、幕府公認の吉原の遊女には高級娼婦の誇りがあり、一方、世の中では最も下賤とされる湯女風呂の湯女にも、負けん気の強い慷慨《こうがい》の気風が凛とみなぎって、これはこれでおもしろい。いずれも在野の絵師にこだわる、そちらしい絵だ」

いかにも感心したとばかりに眼を細めると、又兵衛にもやわらかな視線をむけた。

「又兵衛、そちとも永いつきあいとなった。はじめて北ノ庄であいまみえたのは」

「はっ、てまえが四十」

「となると、わしは四十六であったか、思えば永き歳月、ともに過ごしてきたものよ」

本多は感慨深げにつぶやいた。そういえば本多も齢七十を越して、いまだ藩主忠昌に仕えている。最初の越前藩主結城秀康の死去のさい、追い腹を家康に禁じられ、以来松平忠直の改易騒動にも眉ひとつ動かさず、新藩主の忠昌を補佐して、五十年あまりの長い道のりをひたすら藩政一筋につくしてきた。

「時代は、たえず変化していく。人も、変わらねば、生きてはいけぬのかもしれんな」

本多が、めずらしく独り言ちした。どうも今日の本多は勝手がちがう。皺の多い顔は土気色で、疲労が濃くにじみでている。殿さまのご容態が、さほど悪いのだろうか?

又兵衛は突如浮かんだ考えに戸惑ったように膝をあらためると、しゃべりだした。

「たしかに時代は人間の思惟もおよばぬ速さで変化しています。かつて正当であったものも、ひとたび体制が変わると非とされる。こうしてみると人間の考える価値ほど、あてにならないものはありません。今ではあらゆる人々が泰平の御世の名目で、階層に縛りつけられてしまった。だがどんな立派な施策をもってしても、思いどおりに支配できぬもの、それは自由を求める人のこころ、もっといえば生への渇望、それすなわち男女の情愛でありましょう。我らが遠い王朝に画題をかりようと、描かれるのは男女の愛欲そのもので、それこそがまさに浮世というもので、人としての真実もそこにあるからです」

一度しゃべりだすと止まらなくなった。

「湯女は、たしかに幕府が定めた身分からいえば最下層の者たちです。だが人としてのまことが、彼女らの溌剌とした性のなかに脈うっているとは、湯女を描くまでは思ってもみなかったことなのです」

「なるほど、それを一々統制しては無粋である、そちらしい反撃である。だがそれこそが幕府も頭をかかえる難題じゃ。公娼は吉原のみと定めたのも、武士や町人などが泰平の世になれきって、誰もが華美になり風紀を乱しているからだ。武力で国が滅ぶ戦国の世は終わった。これからは人倫が国の存亡を左右する」

本多もいつになく素直に胸の内をあかすと、

「そういえば、近いうちに湯女風呂に、お上の一斉取り締まりが入るといううわさを聞いたが」

とぼつりとつぶやいた。そのとき庭先から、不意にひぐらしが鳴いた。

「そうじゃ、忘れておった、村常のことじゃが」

本多は思いだしたとばかりに膝をうつと、

「天草では熊本藩主細川光利どのに従いその戦ぶりは際立っておった。どうやらその勇猛な戦闘ぶりが松平伊豆守どのの目にとまったらしく近くお取立てになると聞いておる」

「松平伊豆守信綱どのに、でござりまするか」

なんと、伊豆守とは！　将軍家光の知恵袋、蔭の立役者、一瞬又兵衛の脳裏に様々な思惑が過ぎったが、突如あふれでた熱い涙でかき消された。

「ありがたき仕合わせ、して、村常は江戸にもどっておりましょうや」

「それじゃ、大奥にも問い合わせておるが、何処におるやら、わしにも分からん。なんせこのところ事件が多うてのう」

本多が頭をかかえるのは、昨年の寛政十六年江戸城本丸から出火、さいわい天守閣は無事だったが、その修復にも手間どっているということか。

だが、それも時間の問題だ、又兵衛は本多の前で薄くなった頭髪を畳にこすりつけた。

「だが、暑いな、こう毎日暑いと、いささか越前が恋しくなる。将軍家の御用もすんだし、越前にはいつもどる？」

「近頃瘧《おこり》を頻繁に患っておりますれば、旅にでるのもいささか難儀に思われまする。ですが、まずは村常に会ってから」

あとは涙がこみあげて、声にならなかった。

神田鍋町の工房に飛んで帰ると道平がちびりちびりと酒を飲んでいた。又兵衛の顔を見るなり、「どうだった、村常の居所は分かったか？」と濁った赤い眼をむけてきた。

又兵衛から状況を知らされると、

「ほう、ご老中の松平伊豆守信綱どののご家来とはのう」

と、すっかり総白髪になった頭をそらして、眼をうるませた。

「辰蔵、酒をもってまいれ、村常の祝い酒だ、今夜はとことん飲もう」

辰蔵がすばやく徳利をかかえて走ってきた。又兵衛と道平の盃になみなみ酒を注ぐと、手の甲で鼻をすすりあげた。

酒ははらわたに沁みた。これで荒木一族もようやく陽の目を見られるというものだ。

思えば長い歳月であった。亡き兄上も草葉の蔭でさぞやよろこんでおられよう。

それに村常に会ったら、村満の消息も、たしかめたい。腹を断ったとあったが、まことだろうか。

そうだ、人のうわさほどあてにならぬものはない。すべては村常に会ってからだ。自分に言い聞かせ、あとは村常に会うよろこびに、皺だらけになった唇をゆるめて、浴びるように酒をながしこんだ。

やれやれ、これでやっと福井に帰れる、又兵衛は故郷に残した妙と勝重を思いだすようになっていた。だがここでも皮肉なことに、又兵衛の評判を聞きつけて江戸の諸大名屋敷から注文が殺到したのだ。当時、幕府の御用をつとめる狩野派は大挙して京に上っていた。江戸では、諸大名の屋敷が続々と建てられて、絵師の絶対量が不足していた。又兵衛が描く屏風一双、袷（の描き絵）、達磨、霊照女図など簡単な絵でも、大名たちはよろこんで令状をくれた。それがいちいち越前藩にもとどいて、こうなると越前に帰るのも又兵衛の一存ではいかなくなった。

八　又兵衛、瘧に苦しむ

その日又兵衛は久しぶりに道平と日本橋の書肆《しょし》、須原屋市兵衛の店に立ちよった。市兵衛は又兵衛が描いた吉原の遊女絵に惚れこんだと、店頭の目立つ場所にかざってくれていた。

市兵衛の店で美味い酒を馳走になると、道平はすっかり上機嫌になり、これから吉原にくりだし今夜は豪遊しようと、市兵衛を口説いて銭をださせ、又兵衛をもせきたてた。

だが又兵衛には瘧の発作のいやな予感がする。又兵衛は道平と別れると、辻駕籠にのって神田鍋町の工房にもどった。すると辰蔵が蒼い顔で又兵衛の帰りを待っていた。

「どうした？　なにかあったか」

「弥五衛門に金を持ち逃げされました」

「なんだと！　いくらだ」

「東照宮の仕事の手間賃、まるまる五十両」

弥五衛門は重良の工房から借り受けた絵師である。その手引きをしたのは重良の女房のおとよであった。三十六歌仙扁額のため下職がどうしても必要になり、又兵衛がおとよに頼んでまわしてもらったのだ。

「それに」

「まだあるのか！」

「弥五衛門は、おとよさんをうばって駆け落ちした。さっき親方が気色ばんで工房に怒鳴りこんでこられた。ですが、あっしには信じられねえ。あのおとよさんが、弥五衛門などにたぶらかされるとは」

辰蔵は苦痛に顔をゆがませ、きつく握った拳をぶるぶるふるわせている。

「女狐め！　そそのかしたのは、おおかた、おとよのほうだ。まだ分からんか」

又兵衛はくさくさして工房の奥座敷に腰をおろした。辰蔵が茶を運んできて、心配そうに又兵衛を見ている。

このまま根岸によって重良と会おうか。だが辰蔵の話では重良も頭に血がのぼっているようだし、五十両はもどらないだろう。逆に文句を言われるのがオチだ。

そういえば本多が気になることをもらした。近いうち、湯女風呂への手入れがある。三人以上湯女をかかえた風呂屋は、とりあえず全員が奉行所にしょっぴかれる。

そうだ、お熊にしらせてやらねば、それとも辰蔵にひとっ走り行かそうか。

又兵衛が考えこんでいると、不意に背筋に悪寒がはしった。

瘧の発作、だろうか？

そう思うまもなく、体中がかっと火をふいたように熱くなった。頭がわれるように痛い。又兵衛は必死に何かにすがろうと、ついたてに手をおよがせる。そのとたん、激しい痙攣がおこった。彼は声にならない叫びをあげ、その場に昏倒した。

しだいに薄れゆく意識のなかで、だれかがしきりに自分を呼んでいる。辰蔵が医師をつれてきたのだろうか。そういえば近頃では発作も頻繁におこっている。その都度医師は、今度発作がおこったら致命的だ。助からないだろう、と宣告する。

こうしてなんども瘧の発作をくりかえすたびに、彼は確実に自分が死に近づきつつあることを、その恐怖を味わうようになっていた。それらが混沌と何の脈絡もなく浮かんでくると、又兵衛はまたも例の問いを、無意識にくりかえしていた。

おれは、このまま死んでしまうのだろうか？　あの世とやらにいくのだろうか？　だがいったい、あの世には何があるのだ？　そしてこの世には、何があったというのだろうか……。

又兵衛のまぶたに、高く澄んだ空が、鴨川の川音が、焼けつくような六条河原の小砂利に寝ころんで眺めたはるか遠くの東山の山なみが、とつじょ悩ましく浮かびあがってきた。

そうだ、おれは、まだ死ぬわけにはいかない。死にたくない。この世に、あまりに未練をのこしている。青い空、風、草木や大地を、日々の暮らしを……。

彼は夢と現実のなかをうつらうつらしながら、ひたすら考えつづけた。それも、生きることより、死のことを多く考えながら。

又兵衛には自分が、死のほうにより近くいることが分かっていたから。

工房の奥ではだれかが陽気にさわいでいる。大きな蠅が、顔や枕もとに飛んでいる。油虫が行燈の芯をしゃぶる音がした。体中が燃えるように熱い。さっきから格子戸の前に白っぽい影がちらついている。だれかが自分を呼んでいる。だれだろう？　もしや、自分を呼んでいるのは琴江の、村満の霊だろうか？　そう思って彼はぞっとした。

死が、格子戸の外にいる。生の彼岸から自分を呼のは、誰だろうか？

又兵衛は一瞬死の恐怖を忘れさせた、かつての京での妻や子の存在を思った。

突然蠅が「ブーン」と耳もとでうなった。又兵衛は追い払おうと手をのばした。あたたかでやわらかい、白いものが、彼の手をつつみこんだ、気がした。

誰だろう？　目の前の女は、高々と結いあげた流行りの兵庫髷に鳳が羽をひろげた大胆で奇抜な意匠の小袖、葛の葉についた露を白くあしらった羽織をまとった粋な江戸前の風情、……あれは湯女風呂の女将だ……お玉だろうか？

まさか、こんな青白くふやけた顔だったか、高く澄んだ青い空の四条河原で、裾をからげて陽気に踊っていた、あの小麦色に日やけした娘が。

おれはいま夢うつつのなかにある。思えば、人の生も、現在も、永遠とはほど遠い、つかの間のうたかたの夢であろうか、そのなかで、命あるかぎり生き永らえようとするのも、いのちのよろこびといえようか。

父荒木村重のことが、一瞬脳裏をかすめた。彼もまた、世の中の是非にあらがっても、生きることに我が身をゆだねたのだろうか。

又兵衛は瀕死の闇をさまようらち、本多から忠告された、近いうちにきっとある、湯女風呂の一斉取り締まりも、きれいさっぱり忘れていた。

九　村常の失脚

諸国に大飢饉をもたらした寛永年間が終わり、正保元年（一六四四）となった。

又兵衛が江戸にでて、かれこれ七年の歳月が経っていた。

そんなある日、越前藩家老の本多から至急の呼びだしがあった。辰蔵を連れて常盤橋の上屋敷に入ると、本多が待っていた。

「大奥の荒木の局だが、こたび銀座の不正人事に連座したことが判明、失脚いたした」

「ただいま、何と？」

「荒木の局はすでに罪を認めておられる。よって処罰される」

「しかし、村常は、松平伊豆守信綱さまにお召し抱えにあいなったと、聞き及んでおりまするが」

「うむ、その伊豆どの本人が銀座の不正を断罪してのう。伊豆どのが申されるには、上さまの御威光を示し、天下を安泰にするためには、邪魔なものは一切合切取り除かねばならない、大きな全体の利益のためには、小さな犠牲もやむえず、と」

「ということは、村常は、お取りたていただいた村常は、いかがあいなりましょうか？」

「運が悪かった。荒木の局の後ろ盾の春日局は昨年他界されておられる。村常の連座はまぬがれぬ」

「連座ですって？　村常が罪をおう！」

「荒木の局、村常ともども、肥後熊本藩の細川光利どのに身柄を預けられ、蟄居をもうしつけられた。

よってまもなく江戸から護送される」

あやうく絶叫しそうになる。喉がからからに乾いて、涙がふきだした。歯のすきまから、嗚咽がもれそうになる。唇をきつくとじ、ただひたすら歯を食いしばる。体中に震えがきて、又兵衛は膝に置いた拳をにぎりしめたまま、あわや昏倒しそうに頭をぐらぐらさせた。

本多は言うだけ言うと、さっと席を立っていった。奥座敷では藩主の松平忠昌が病で臥せっており、上屋敷も騒然としていた。六十七歳になっていた又兵衛は、立ちあがる気力も失せて、茫然としていたが、やっと藩邸をでると、辰蔵に駕籠を呼ばせてのったが、どこをどう通って工房にもどったか、意識もなかった。すぐに医師が呼ばれたが、三日三晩眠りこけた。

又兵衛が病床にあると知った本多は家来を見舞いによこした。そのとき辰蔵は勇気をふるって持ち逃げされた五十両の話をうちあけた。

まもなく品川の宿場にひそんでいた弥五衛門とおとよが捕えられ、持ち逃げされた五十両の半分がもどってきた。不義密通をはたらいた弥五衛門とおとよは死罪となり、遺骸はさらされた。それっきり、重良はぷっつり姿を見せなくなっていた。


年があらたまった正保二年八月、藩主の松平忠昌の死が報じられた。家老の本多から書状が届いたのは、数日後のことである。読むなり道平の声がはずんだ。

「忠昌公は死にのぞんで、勝重を御用絵師にするとおおせられた。又兵衛、良かったな」

又兵衛は薄目をあけ、喘ぐように息を吐いて、何度もうなずいた。その眼から涙が筋のように頬にすべりおちた。

妙からの手紙で、勝重がすでに二人の息子の父親になったと知らされている。父となり工房の親方となった勝重が、どんなに勇気づけられることか。それは又兵衛に最後の生きる気力をもたらした。そんな又兵衛に、道平は心底よろこんだ。だが藩主忠昌の死去により、家老の本多富正も隠居したことまでは知らせなかった。

そんなある日、又兵衛は辰蔵を枕もとに呼ぶと、

「辰蔵、わしは自画像を描こうと思っておる。国もとでは妙が、勝重が案じておろう」

「はい、きっとお届けいたします」

辰蔵は又兵衛の気持ちをおもんばかって優しい眼をむける。だが瘧に苦しむ又兵衛にその体力が残されているか、不安でならない。それに前年には、越前藩の家老だった本多富正の死去が報じられた。道平も辰蔵も、又兵衛にはいっさい知らせなかった。それほど最近の又兵衛は瘧の発作に頻繁に苦しめられていた。

その夏も江戸はむし風呂のように暑かった。夕方軽い食事をとりうとうとしたが、夜なかからふたたび高熱にみまわれた。体中に震えがきて、発作はその間隔をちぢめ、一日に何度もおそってきた。そのたびに又兵衛は悲鳴のようなうめき声をあげ、道平や辰蔵をあわてさせた。

又兵衛は、以前は生の終焉を恐れていた。死を考えると恐怖と絶望におののいた。そういうとき又兵衛は心願の言葉を思いだした。すべてのもの、すべての人を愛すること、つねに自己を愛のために犠牲にすることを、思いうかべた。

それは生の圧迫を一時わすれさせた。だがすべての人を愛することは誰をも愛さないことにもなり、生活しないことを意味した。その考えを究極までおしすすめると、生きることも、身近な死さえも、ある生存の不可思議な安易さとして、ほとんど理解できない感覚となっていく。死ぬことさえ、当然の事実だと思えるようになってしまうのだ。

こうして病のふちをさまよいながらも、残された越前の家族のために、又兵衛は最後の気力をふりしぼって、発作の合間のわずかな小康状態をみはからって、工房にこもった。

そうして自分に残された時間をはかるように、自画像を、ふるえる筆で描きあげた。

そして、ついに絵が完成したその夜、未知に対する恐怖の、ついには辿りつく最後の発作が、又兵衛に起こった。

十　湯女風呂の一斉摘発

夢のなかで、又兵衛は通りをいく荒々しい物音を、聞いていた。大八車の地響きと、大勢の足音がひたひたと走るのを聞いた。町奉行所の捕り方の、鋭い笛の音がした。

「湯女風呂の一斉摘発だ！」

だれかが叫んだ。通りをいく同心の白たすきや鎖かたびら、右手にもった一尺八寸の十手、腰にさした真剣が、闇に光る。後に続く中間、手下たちが、同じく白たすき、白はちまき、鎖すねあてをつけ、六尺棒をかかえて、梯子や戸板を積んだ大八車をおして駆けていく物音がした。

「しまった！　町方の手入れだ。お熊があぶない」

又兵衛は言葉にならない悲鳴をあげ、寝床から這いだそうと、異常な努力をした。

だがそれも全身をおそう痙攣に身動きもならず、荒い息ばかりが喉にからんでひゅっと笛のように鳴った。

そのとき又兵衛は、家の戸をたたく音を聞いた。

音はしだいに高くなり、奇妙な足音が強引に入りこもうとしている。

誰だ！　……おまえは何ものだ？　……なぜ、戸をこじあけようとする？

又兵衛はけんめいに戸口にいざって、それを入れまいと、全身の力をふりしぼり、戸をおさえつけた。だが外の力は恐ろしく強い。

ついに戸が、開いた。そのとき何ものかが、白いものが、しのびこんだ。

悪夢がしだいに強く、その領域に彼をひきずりこんでいく。


道平は町方の呼子の音に、目をさました。

往来では、奉行所の捕り方が神田鍋町の通りを北に向って進んでいた。その先頭が佐柄木町の角をまがった。大八車の軋む音、おびただしい足音にまじって怒号や悲鳴が飛びかう。道平は、茫然とそれらの物音を聞いていた。

それが、町木戸のあく明け六つ前のことであった。

やがて東の空が白んできた。弟子たちの一人が土気色の顔で震えながらもどってきた。彼は口から泡を飛ばして、町方の徹底した手入れの凄まじさをしゃべりたてた。

その結果、大半の湯女風呂が打ち壊しにあい、五百人ちかい湯女と客が、小伝馬町の牢にぶちこまれたという。

「辰蔵、辰蔵はおらんか」

道平が金切り声をあげる。だが、工房からは返事もない。おそらく町方の捕り方の騒ぎに、湯女風呂に駆けつけたのだろうか。

そこへ工房の下働きの男たちが、煤だらけの疲れきった顔であらわれた。

「湯女風呂はどうなった？」

「役人の手で、あらかた打ち壊されたってことでやんす」

「お熊は、無事か？」

「さあ、湯女も客も、しょっぴかれたってことだし……」

男のひとりが恐怖にひきつった顔で震えながら言うと、水甕から水を飲んだ。

そこへ近くに住む男らが、がやがや早口でまくしたてながら、戸板をかついでやって来た。見ると、戸板の上にはずぶ濡れになったお熊の変わり果てた姿が横たわっていた。

「これは！　お熊じゃないか。どうしてこんなことに？」

「お熊さんは、佐柄木町の路地裏の溝に首を突っこんで、見つけたときはもう息をしていなかった」

お熊を見つけたという大工が、すまなそうに頬をひきつらせる。

そのとき、血相変えた辰蔵が戸口から飛びこんできた。

辰蔵は戸板の上のお熊を見るなり、大きな眼を見開き、口をあんぐり開いたまま、放心したように、何度も、何度も唇をわなわな震わせていたが、やにわにお熊の身体におおいかぶさると、身をよじって泣き喚いた。

「お熊！　お熊、なんで死んだんだ。ちくしょう、ちくしょう！　おれが敵を討ってやる」

腕まくりした辰蔵が、眼をつりあげて駆けだそうとする。

「辰蔵、おちつけ！」

道平があわてて辰蔵をおしとどめようと土間に飛びおりた。

「道平さま、どいてくだせえ、あっしが敵を討ってやらにゃあ、お熊は浮かばれねえ。お熊は、なんも悪いことなんかしてねえ。だのに殺されたんだ」

「辰蔵、しっかりしろ。太一がおびえている」

十一歳になった太一は、お熊の冷たくなった死に顔を、不思議そうにながめていたが、道平のひと言で、はっと我に返ったように、猛然とお熊の亡骸にしがみつくと、わっと声をはりあげ泣きだした。

「太一、すまん。お熊を助けてやれなんだ」

辰蔵が太一の体を抱きしめながらうめくように言うと、太一は顔をひしとをあげ、憎しみのこもった眼であたりをにらみつけると、

「おっかァのかたき、おいらが討ってやる」

叫びながら表へ飛びだそうとした。

「太一！」

辰蔵は声にならない叫びをあげ、かけだそうとした太一のやわらかな体におおいかぶさるようにすがりつくと、その厚い胸にひしと抱きしめておいおいと泣きだした。

そのとき、奥の部屋から、かすかに物音がした。道平の胸がざわめいた。

あわてて奥の部屋に飛びこむと、又兵衛が最後の痙攣をひきおこしていた。

「又兵衛？　……又兵衛！」

十一　自画像

又兵衛は死んだ。慶安三年（一六五〇）六月二十二日の早朝のことである。

江戸にでて十三年、又兵衛は越前に帰ることもなく、齢七十三歳の生涯を江戸で終えた。

道平は、がらんと人気の絶えた工房に座ると、又兵衛が死ぬ間際に描いた自画像の前に盃を置いた。

それから自分の盃とかれのに酒をなみなみと満たすと、

「又兵衛、飲むか」

気安く誘って、歯のすきまから嗚咽をもらした。

道平には、又兵衛が自分を置いてひとり旅立ったことが、いまだに信じられない。

「こんな自画像に、ちんまりおさまって、又兵衛、さぞや窮屈しておろうな」

実際、自画像の中の又兵衛は、籐椅子に腰をおろして、右手に杖、左手には数珠をかけて、病にやつれた冴えない顔をしている。髪が薄くなって、おまけに無精ひげをはやして、さいづち頭のいかにも汚らしい老人だ。

「又兵衛、もういっぺん、桜の花の下で、とことん酒を飲んで酔いしれたかったな」

又兵衛がにやりと笑ってうなずいた。

(江戸の桜も見事だが、桜はやっぱり京だ。醍醐の桜花だな)

「おうおう醍醐の花見だ。あの頃は、おたがい若かったな。思いっきり傾《かぶ》いて朱塗の柄の長刀をだらりと差して、都中を闊歩して歩いた。そうだ、おまえの左隣にある長刀だ。おまえは生涯その長刀を離さなかった」

だが自画像の右手の机の上には、これまた又兵衛がこよなく愛した香炉、古典の書物の数々が置かれている。道平は思わず苦笑した。そうなのだ。又兵衛、おまえの一生は、結局これら自分が愛したすべてのものとかかわってきたのだ。

だが又兵衛、おまえの眼だけは、おれがはじめてあった時とちっとも変わっちゃいない。

鋭い気魄に満ちていたが、憂いをおびて、どこか物狂おしげで、寂しそうだった。

そう、貴船の山奥に棲み、たった一匹で千年も気狂いしたように躍りつづけたという、あの御伽草子にでてくる鬼のように……。

たしかに又兵衛、おまえはどんな師にもつかずに、たったひとりで気狂いしたように絵を描きつづけてきた。だが、たったひとりで道をきわめるというのは、ときに精神の充足をもたらすこともあろうが、その孤独の苦しみはとうてい誰にも分からんことだろう。

どれ、そろそろこの自画像も、福井の妙さんや勝重のもとに届けてやらねばなるまい。骨壺は心願の眠る興宗寺に葬って、月命日には自画像をかけて弔ってくれというのが又兵衛の遺言だから。

「辰蔵、福井に行ってくれ」

「はい、道平さま」

辰蔵は神妙にうなずきながらも、もじもじした。

「どうした?」

「へっ、太一のやつ、ひとつ、あっしと東海道を旅させてやりてえんで……」

工房の隅から小さな顔が、じっと息をひそめてこっちをにらみつけている。

お熊が死んで、たったひとりの保護者になった辰蔵に、万が一にも危害を加える者がいたら、どんな大きな相手でもかかっていく。

十一歳の太一の丸々した眼は、少年の日の又兵衛にそっくりだった。

小さな獣じみて喰いつかんばかりだが、どこかおどおどして寂しそうなのだ。

道平は笑いだした。

又兵衛、おまえってやつは、どこにだって生きているんだ。

「道平さま、自画像を届けたら、きっとけえります。それまで工房をお頼みします」

日本橋の上に立った辰蔵と太一の頭上に、江戸の真っ青な空が広がっている。辰蔵の声が爽やかな風にのって、いささか遠くなった道平の耳にも聞こえてきた。

「ジイ……、きっと、かえってくるぞ」

太一が負けじとかん高く叫ぶ。

道平は照れくさそうに真っ白になった頭髪をなで、ちぎれるように手をふった。

（了）

あとがき

八年前、書店でなにげなく手にした辻惟雄先生の『岩佐又兵衛』の著書に衝撃を受けた。絵は好きで、これまで日本の画家の絵はかなり見たつもりだった。だが、正直、この本を読むまでは、これほど大胆におのれをえぐりだした絵師の絵を見たことはなかった。しかも、辻先生によると、岩佐又兵衛こそが浮世絵の始まりをつくった、とある。

それからは機会をみては岩佐又兵衛の絵、および生い立ちなど、ありとあらゆる資料を漁り、何度か書いてみた。資料にないぶんは、かなり創造してみた。

だがいずれも成功しなかった。

そんなおり、二〇一三年四月、「岩佐又兵衛全集」絵画、研究編が、芸華書院から、一挙に刊行された。私は興奮して、一刻も早く、それら絵画、研究論文を読みたいと、出版社にも問い合わせてみた。

とにかく、本は高額で、私がかんたんには買えないものだったから。

絵と研究論文は、いずれも国立国会図書館にあると教えていただき、その年の熱い夏の盛り、連日図書館に通いつめ、絵を見つめて、資料集を読みふけり、天にも上る幸せで濃密な時間を、又兵衛とともに過ごすことができた。

絵はもちろんのこと、辻先生はじめ、学者諸先生の論文には、丹念な研究のご苦労がにじみでていて、学者の方の論文とは、じつに大変なものと、ただただ驚嘆させられ、同時に、これでやっと生の又兵衛の声が聞けた、今度こそ、又兵衛の真実に迫ろうと、身震いするほど興奮させられた。

こうして又兵衛の絵画と研究論文を精読し、小説の構想を練るうち、思いかけずもその年の秋から、東京国立博物館で、「京都、洛中洛外図と障壁画の美」特別展が開かれたのである。狩野派の絵にまじって、岩佐又兵衛の「舟木家蔵　洛中洛外図屏風」も堂々と展示され、私も大勢の見物人にもみくちゃにされながら、又兵衛の洛中洛外図屏風を見る恩恵に浴した。

ため息がでた。まったく又兵衛の筆にかかると、洛中洛外に生きる人々が、それこそ往時のままの姿で、忽然とあらわれた、いえ、現生に躍りこんできた、と、思われたからだ。

辻先生が、又兵衛の「洛中洛外図屏風」（舟木屏風）が描かれた年こそ、浮世絵元年にあたるといってもよい、とまでおっしゃっておられた真意が、実感として納得できた。

やっぱり書くなら、又兵衛だ。一度はあきらめかけ、無念の思いにさいなまされていただけに、それからは寝ても覚めても又兵衛のことが気にかかり、彼の生きた人生が、その絵とともに夢の中にまであらわれるようになった。

はじめて書きたいと思ってから、気がつけば、八年の歳月が経っていた。

こうして作品を書きあげてから、初めて小説のイロハを教えてくださった元野性時代の編集長、根本昌夫先生に読んでいただき、ようやくお墨付きをいただくことができた。

そこで、「真葛と馬琴」で、歴史浪漫文学賞優秀賞をいただき、デビュー当時からお世話になっている郁朋社の社長佐藤聡さまに原稿を読んでもらい、このたび、やっとのことで出版の運びとなった。

さらに本書を著すのに、又兵衛の遺骨が納められてある福井県の興宗寺の前ご住職北條紘文様には、又兵衛に影響を与えた僧、心願の像など拝見させていただき、さらには又兵衛に関する貴重な資料など快く教えていただき、大いに励みになったこと、心から感謝したい。

また、大分の歴史研究家の柴田義弘氏には、著書「一伯公」を、わざわざ郵送していただき、大分に配流されてからの松平忠直の、その後のようすなど興味深く拝読させていただき、又兵衛とのからみでは大変参考になった。

そのほかにも多くの方々のお力に支えられ、又兵衛を完成させることができた。

紙上をおかりして、あらためて厚く御礼申しあげます。

令和元年七月吉日

小室　千鶴子

編集部註／作品中に一部差別用語とされている表現が含まれていますが、作品の舞台となる時代を忠実に描写するために敢えて使用しております。

参考文献

『岩佐又兵衛全集」絵画、研究編』芸華書院　二〇一三年四月
『岩佐又兵衛研究に関する八章』辻惟雄
『岩佐又兵衛の生涯』畠山浩一
『福井と又兵衛―その画系と活動について』戸田浩之
『「金屋屏風」論―又兵衛は王朝物語をいかに描いたか』飯島沙耶子
『岩佐又兵衛と宗達』廣海伸彦
『浮世又兵衛行状記』佐藤康弘
『「浄瑠璃物語絵巻」の絵画表現』筒井忠仁
『岩佐又兵衛風古浄瑠璃絵巻群の芸能資料としての価値』深谷大
『絵巻「をくり」の制作状況を探る』太田彩
『舟木本洛中洛外図の制作背景について』畠山浩一
『論集、東洋日本美術史と現場、見つめる、守る、伝える』竹林舎　二〇一二年五月
『岩佐又兵衛』辻惟雄著　文春新書　二〇〇八年第一刷発行
『岩佐又兵衛』（日本美術絵画全集）辻惟雄著　集英社　一九八〇年発行
『浮世絵師又兵衛はなぜ消されたか』砂川幸雄著　草思社　一九九五年初版

『原色日本の美術』辻惟雄他著　小学館　昭和四十六年初版　昭和五十一年八版発行
『江戸初期の芸術』「書道全集二三」平凡社　昭和四十一年発行　昭和四十四年七版発行
『絵巻の世界』福井県立美術館　一九九七年発行
『岩佐又兵衛と俵屋宗達』福井県立郷土歴史博物館　平成十九年
『福井藩と江戸』福井県立郷土歴史博物館　平成二十年
『岩佐派のゆくえ』福井県立美術館　平成十年
『完訳フロイス日本史一から五』中公文庫　二〇〇二年初版発行
『琳派百図』別冊太陽　平凡社　一九七四年発行
『荒木村重研究序説』瓦田昇著　海鳥社　一九九八年発行
『日本の名城』別冊歴史読本　新人物往来社　二〇〇七年発行
『城下町江戸』歴史群像シリーズ　株式会社学研
『福井県の歴史』山川出版
『古田織部伝』桑田忠親　ダイヤモンド社　二〇一〇年三月
『一伯公』柴田義弘　松平忠直公三百五十年祭奉賛会　一九九九年十月

岩佐又兵衛《いわさまたべえ》　——浮世絵《うきよえ》をつくった男《おとこ》——

2019年11月4日　第1刷発行

著　者 — 小室《こむろ》　千鶴子《ちづこ》

発行者 — 佐藤　聡

発行所 — 株式会社　郁朋社《いくほうしや》

〒101-0061　東京都千代田区神田三崎町2-20-4
電　話　03（3234）8923（代表）
ＦＡＸ　03（3234）3948
振　替　00160-5-100328

印刷·製本 — 日本ハイコム株式会社

装　丁 — 宮田 麻希

ISBN978-4-87302-707-4 C0093